LENA GOLD

Voll auf Ex-Kurs

Buch

Sind Sie schon einmal verlassen worden? Nein? Dann hatten Sie bisher entweder riesiges Glück – oder Sie leben zölibatär. Auf mich trifft weder das mit dem Glück noch das mit dem Zölibat zu. Denn an einem Donnerstag vor genau zwanzig Tagen hat meine große Liebe mit mir Schluss gemacht. Seitdem bin ich todunglücklich und nur noch ein Schatten meiner selbst.

Ich – das ist Pia Weiland, 33 Jahre alt, Texterin in einer Werbeagentur in der schönen Hansestadt Hamburg. Er – das war (bzw. ist) Sebastian Krüger, 35 Jahre alt, Musikproduzent bei einem kleinen Hip-Hop-Label. Wir waren ein echtes Traumpaar. Absolut! Gleiche Wellenlänge, gleicher Humor, die gleiche abstruse Vorliebe für Chicken Wings und Pizza ohne Käse. Oder anders gesagt: sitzt, passt, wackelt und hat Luft! Aber »Luft« ist vielleicht genau das richtige Stichwort: Die habe ich Basti wohl, ohne es zu merken, abgedreht. Und jetzt ist er weg. Und durch meinen Schädel kreist nur ein einziger Gedanke: Was kann ich tun, um ihn zurückzugewinnen?

Nach drei Wochen Liebeskummer finde ich dann endlich das, was ich brauche: In Berlin bietet ein Coach das Seminar »Voll auf Ex-Kurs – So gewinnen Sie Ihre verflossene Liebe zurück« an. Da muss ich hin! Sofort!

Autorin

Lena Gold, geboren in den wilden Siebzigern, verbrachte ihre Kindheit und Jugend im Rheinland. Ursprünglich hegte sie Ambitionen, sich als karnevalistische Frohnatur einen Namen zu machen, entdeckte nach dem Abitur aber ihre Liebe zum Schreiben und machte sich auf in die Medienstadt Hamburg. Hier treibt sie seit Mitte der Neunziger ihr Unwesen, arbeitet für verschiedene Magazine und Zeitungen und verfasst dann und wann auch mal ein Drehbuch für einen flotten Unterhaltungsfilm. Mit »Voll auf Ex-Kurs« legt sie nun ihren ersten Roman vor und leugnet nicht, dass die Geschichte autobiografische Züge trägt. Wobei sämtliche Personen und Handlungen gleichzeitig selbstverständlich komplett ausgedacht sind.

Lena Gold

Voll auf Ex-Kurs

Roman

GOLDMANN

FSC
Mix
Produktgruppe aus vorbildlich
bewirtschafteten Wäldern und
anderen kontrollierten Herkünften

Zert.-Nr. SGS-COC-001940
www.fsc.org
© 1996 Forest Stewardship Council

Verlagsgruppe Random House FSC-DEU-0100
Das FSC-zertifizierte Papier *Holmen Book Cream* für dieses Buch
liefert Holmen Paper, Hallstavik, Schweden.

1. Auflage
Originalausgabe Juni 2010

Umschlaggestaltung: UNO Werbeagentur, München
Umschlagmotiv: plainpicture/Lubitz + Dorner
IK · Herstellung: Str.
Satz: omnisatz GmbH, Berlin
Druck und Bindung: GGP Media GmbH, Pößneck
Printed in Germany
ISBN: 978-3-442-47168-3

www.goldmann-verlag.de

Für M. Trotz allem.

1. Kapitel

Ground Zero

Ich kann nicht verstehen, was er sagt. Das heißt, physisch kann ich es schon verstehen, also, wenn es um das reine Hören geht. Nur psychisch begreife ich es nicht. Da lösen seine Worte in der verquirlten Masse zwischen meinen beiden Ohren (auch »Hirn« genannt) gerade einen kompletten Systemabsturz aus. Er, das ist Sebastian, mein Freund, mein Liebster, mein Ein und Alles. Seit fünf Monaten schon, fünf Monaten voller Glück, Harmonie, Seelenverwandtschaft und, ähm … Streit. Aber auch voller phantastischem Sex, das soll an dieser Stelle nicht unerwähnt bleiben.

Nur darüber redet Sebastian gerade leider nicht. Von dem phantastischen Sex, meine ich. Nein, er hält sich lieber beim Thema »Streit« auf, bei der kleinen Auseinandersetzung, die wir gestern Abend hatten und die nun dazu führt, dass er die bereits erwähnten Systemabsturz-Worte sagt.

Das heißt, er sagt sie nicht, er scheint sie vielmehr zu rappen, was vielleicht daran liegt, dass Sebastian seine Brötchen als Produzent bei einem kleinen Hip-Hop-Label verdient. Aber möglicherweise ist es auch nur das Blut, das laut durch meinen Kopf pocht und jeden seiner Sätze mit einem gnadenlosen Rhythmus unterlegt. *Spiel mir das Lied vom Beziehungstod, Requiem für eine beerdigte Liebe:*

»Es geht einfach nicht mehr. ES GEHT NICHT MEHR.

Ich fühle mich zerrieben und von dir getrieben, bin überfordert und ausgebrannt, du hast mich völlig überrannt.«

Nein, so hübsch reimt er das nicht, während er am Fußende meines Bettes hockt und dabei den Kleiderschrank fixiert. Er bringt es mehr stockend vor, leise purzeln Worte wie »vorbei« und »Ende« aus seinem Mund. Bei mir hingegen purzeln die Tränen, zwar ebenfalls leise, aber keineswegs stockend. Mehr sturzbachähnlich, quasi aus weit geöffneten Schleusen.

»Kannst du mich nicht ansehen, während du mir das sagst?«, will ich wissen. Wer mich abserviert, soll mir dabei wenigstens in die verheulten Augen blicken. Doch Sebastian schüttelt den Kopf.

»Nein, das kann ich nicht. Und ich möchte dich bitten, mir jetzt keine Szene zu machen.« Szene? Was für eine Szene?

»Hab ich schon mit was geworfen?«, frage ich und denke gleichzeitig darüber nach, ob meine Nachttischlampe nicht in der Tat ein ausgezeichnetes Wurfgeschoss wäre. Gefällt mir sowieso nicht mehr, ich wollte längst mal eine neue kaufen.

»Pia.« Er seufzt und starrt weiter die Schranktür an. »Wir haben es versaut. Wir haben es *beide* versaut und kriegen es einfach nicht hin.«

»Aber warum denn nicht?« Ich bin versucht, ein kleines »Menno« hinterherzuschieben. Aber dann fällt mir ein, dass ich mit meinen dreiunddreißig Jahren dafür wohl ein bisschen zu alt bin.

»Das weißt du doch selber.«

»Wenn ich es wüsste, würde ich nicht fragen. Also hätte ich gern eine Antwort.« Doch anstatt einer elaborierten Antwort, ob nun gerappt oder nicht, erhalte ich nur einen weiteren Seufzer. Dann steht Sebastian auf, geht hinaus in den Flur und legt den Zweitschlüssel zu meiner Wohnung auf die

Kommode neben der Tür. Jetzt löse ich mich aus meiner Bewegungsstarre, springe vom Bett auf und folge ihm.

»Kannst du«, frage ich, als er schon die Klinke in der Hand hat, »mich wenigstens noch einmal in den Arm nehmen?« Er dreht sich zu mir um. Und irgendwie wusste ich, dass das vielleicht ein Fehler sein würde. Aber jetzt steht er vor mir, mein großer, mein stattlicher Held. Mit seinen 1,90 Metern, den dunklen gelockten Haaren und den stahlblauen Augen, die dazu genau den faszinierenden Kontrast bilden, der Pierce Brosnan zu Weltruhm und einigen Milliönchen auf dem Konto verholfen haben dürfte.

Und er tut es. Er nimmt mich in den Arm. Ganz fest drückt er mich an sich, so dass ich seinen Herzschlag spüren kann. Stumm stehen wir da, seine »Kleine«, wie er mich immer genannt hat, und mein »Basti«. Nur eine Sekunde scheint es zu dauern, dann macht er sich von mir los und schlurft mit hängenden Schultern durch die Tür. Als sie hinter ihm ins Schloss fällt, explodiert es in mir. Ground Zero. Na, prima!

Der erste Morgen nach Ground Zero

Gut. Die Situation ist einigermaßen unschön: Gestern hat mich mein Freund verlassen, weil er meinte, es ginge mit uns beiden nicht mehr. Heute – wir schreiben Montag, den 27. September –, sitze ich um sechs Uhr morgens in der verschnarchten Werbeagentur, in der ich meine Brötchen verdiene, und bin mit Sebastian absolut einer Meinung. Es geht nicht mehr. Es geht nicht mehr, dass ich hier hocke und mich mit einem schwachsinnigen, unnützen und noch dazu schlecht bezahlten Prospekt für eine piefige Baumarktkette befasse, während irgendwo da draußen meine große Liebe herumläuft und … und … ja, was, und? Und schon bald irgendeine andere kennenlernt? O mein Gott, plötzliche Panik steigt in mir auf. Er *wird* eine andere kennenlernen, mit Sicherheit wird er das! Vielleicht hat er ja sogar schon?

Pia, versuche ich mich zu beruhigen, er ist erst seit gestern weg, und sooo schnell wird er seine Pierce-Brosnan-Scheinwerfer nun auch nicht auf ein neues Objekt der Begierde ausrichten. Hoffe ich jedenfalls. Aber um sechs Uhr morgens ist es auch eher unwahrscheinlich, dass Basti gerade eine andere anbaggert, das ist nun überhaupt nicht seine Zeit. Meine übrigens auch nicht. Zumindest normalerweise nicht. Aber bei Liebeskummer bedingter Insomnia (in Fachkreisen auch LBI genannt) kann es schon mal vorkommen, dass ich zu nächtlicher Stunde im Büro sitze und versuche, mich abzulenken. Wenigstens mein Chef wird begeistert sein, dass mich mein derzeitiger Zustand in ein Dasein als Workaholic treibt.

Drei Stunden später: Mein Chef wird *nicht* begeistert sein. Denn anstatt mich darauf zu konzentrieren, die Vorzüge von Winkelschleifern, Heißklebepistolen und Tischkreissägen mit Hilfe poetischster Worte hervorzuheben, gilt meine gesamte Konzentration – Basti. Und dem verzweifelten Gedanken daran, wie schön es mit uns beiden war …

*

Kleine und Basti, Teil 1:

Ich sah ihn das erste Mal, als meine Freundin und Kollegin Barbara Ende April ihren Junggesellinnenabschied auf der Reeperbahn feierte. Eine an und für sich vollkommen würdelose und überholte Veranstaltung. Erwachsene Frauen werfen sich in rosafarbene T-Shirts mit der Aufschrift »Barbaras letztes Geleit«, trinken sich zu Hause mit billigem Fusel einen Schwips an, stecken die angehende Braut in ein peinliches Bunnykostüm, hän-

gen ihr einen Bauchladen mit Kondomen und Schnäpsen um und scheuchen sie zwecks Verkauf des überschaubaren Sortiments kreuz und quer über die Reeperbahn. Dabei wird gegackert, als wäre man dreizehn Jahre alt, und gebechert, als gäbe es kein Morgen mehr.

Tja, und in diesem äußerst fragwürdigen Zustand habe ich Sebastian eben kennengelernt. In einem rosafarbenen T-Shirt, in der Hand ein paar Fläschchen »Kleiner Feigling«. Insgesamt schon ein mehr als schlechtes Omen. Aber die Optimistin in mir sagt sich noch heute, dass eine Geschichte, die so anfängt, im Grunde genommen nur gut ausgehen kann, weil die kosmische Lebensdramaturgie es verlangt, dass die negative Anziehung durch positive Schwingungen verstärkt im Endergebnis zwingend dazu führen muss, dass, dass … jetzt habe ich den Faden verloren.

Jedenfalls stand er plötzlich neben mir, als wir vor dem Eingang des »Goldenen Sacks« gerade eine grölende Horde Männer mit Kondomen und Kurzen zu je drei Euro versorgten (mittlerweile waren wir dazu übergegangen, Barbara beim Verkauf ein bisschen unter die Arme zu greifen). Das heißt, er stand nicht wirklich neben mir, er lehnte an einer Hauswand, rauchte eine Zigarette und beobachtete unser Treiben mit zynisch in die Höhe gezogenen Augenbrauen. Lässig. Typ einsamer Wolf. Sprich: Eigentlich viel zu cool für mich – aber der »Kleine Feigling« hatte mich längst enthemmt. Und so stolperte ich auf ihn zu, auf den Mann, der in Kürze mein Leben komplett auf den Kopf stellen sollte, hielt ihm eine Handvoll Präservative und Schnapsfläschchen unter die Nase und sprach die historischen Worte: »Willst du auch welche?«

Sein zynischer Blick wich einem Lächeln, das nicht minder zynisch war. Und er schüttelte den Kopf. »Schade«, sagte ich, »aber warum denn nicht?« Eine Frage, wir erinnern uns, mit der unsere Geschichte nicht nur begann, sondern mit der sie auch wenige Monate später enden sollte.

»Ich habe alles, was ich brauche«, erwiderte er ruhig und nicht mal unfreundlich, der Klang seiner dunklen Stimme rieselte wie sanfte Musik in meine Ohren.

»Oh«, kam es dann von mir, »da hast du ja echt Glück, wenn du das von dir behaupten kannst.«

»Ja, das habe ich.« Darauf wusste ich nichts mehr zu erwidern, so dass ich mich zurück zum hysterischen Haufen trollte. Wohl doch eine Nummer zu groß für mich, eindeutig nicht die Kategorie Mann, mit der ich mich auskenne. Was vielleicht daran liegt, dass ich normalerweise nie irgendwelche Typen anspreche, sondern mich ansprechen lasse. Und die, die das tun, haben logischerweise **nicht** *alles, was sie brauchen, sonst hätten sie mich ja nicht angesprochen.*

Aber ich sollte falsch liegen. So ganz komplett ausgestattet war Bastis Leben wohl doch nicht, denn als wir eine Stunde später lärmend über den Hans-Albers-Platz zogen, sah ich ihn aus den Augenwinkeln auf mich zukommen. Und zwar direkt auf mich. Ich gab mir größte Mühe, ihn zu ignorieren, ein wenig unangenehm war mir seine Abfuhr vor der Kneipe schon. Aber wie ignoriert man jemanden, der auf einmal keine zwanzig Zentimeter entfernt vor einem steht?

»Hier«, sagte er und drückte mir einen Zettel in die Hand. In diesem Moment bemerkte ich zum ersten Mal seine unglaublich blauen Augen und fragte mich, warum die Schöpfung solche Halogenstrahler an einen Mann verschwendet und sie nicht lieber beim schöneren Geschlecht einsetzt, um es noch etwas schöner zu machen. »Wenn du deine rosafarbene Periode hinter dir hast und ein letztes Geleit suchst, ruf mich an.« Ich war zu perplex, um etwas zu erwidern, und starrte ihm nur sprachlos nach, wie er sich umdrehte und mit lässigen Schritten davonging.

*

»Guten Morgen. Du siehst scheiße aus.« Mit gewohnt einfühlsamen, wenn auch durchaus zutreffenden Worten werde ich von eben jener Barbara aus meinen Gedanken gerissen, der ich in gewisser Weise meine derzeitige Lage zu verdanken habe.

»Vielen Dank«, knurre ich zurück und werfe ihr einen bösen Blick zu. Sie lächelt anmutig (anmutig lächeln ist Barbaras Spezialität) und lässt sich in ihrem zarten Blumenkleidchen Größe sechsunddreißig auf den Platz auf der anderen Seite unseres Doppelschreibtischs sinken. Ihre blonden, schulterlangen Locken wippen dabei leicht, und mir wird mal wieder klar, weshalb Barbara ganze fünf Heiratsanträge – von fünf verschiedenen Männern – ablehnen konnte, bevor sie den sechsten schließlich annahm.

Ich hingegen muss mich mit langweiligen braunen, schnurgeraden Haaren abfinden, die mir bis zu den Schultern gehen und selbst mit Hilfe einer Dauerwelle nicht dazu zu bewegen sind, ein bisschen Schwung vorzutäuschen. Und so ist das Einzige, was bei mir wippt, meine Hüftpolster, denn nachdem es bei Basti und mir schon in den vergangenen drei Wochen nicht mehr ganz so toll lief, habe ich mich etwas zu sehr mit kompensatorischer Lebensmittelaufnahme getröstet. Noch ein Burger mehr und ich verlasse Größe vierzig in Richtung zweiundvierzig. Und da die Lage sich ja momentan nicht gerade verbessert hat, da … na ja.

»Ist was los?«, will Barbara wissen. »Du hast total tiefe Augenränder.«

»Basti hat mich verlassen.«

»Oh. Das tut mir leid.« Sie setzt einen Blick auf, als hätte ich ihr soeben von einem abgebrochenen Fingernagel berichtet, und ich frage mich schon, warum um Himmels willen ich mit Barbara befreundet bin – bis mir einfällt, dass ein abgebrochener Fingernagel für sie tatsächlich einer Tragödie gleichkommt. Außerdem fügt sie dann mitfühlend hinzu: »Wann denn? Und warum? Weshalb hast du mich nicht sofort angerufen?«

»Gestern früh. Er meinte, es ginge mit uns beiden einfach nicht mehr, weil wir uns nur noch streiten und er das Gefühl hat, mir gar nichts recht machen zu können. Danach wollte ich dann erst einmal allein sein und nachdenken.« Ja, so bin ich: Stellt man mir drei Fragen, werden sie alle drei brav nacheinander beantwortet.

»Und?«, fragt meine Kollegin. »Hat er Recht damit?« Ich starre sie an und merke, wie mir die Tränen in die Augen schießen.

»Ich weiß es nicht«, bringe ich gequält hervor, »in letzter Zeit ist es wohl nicht mehr so gut gelaufen.« Dann lasse ich meinen Kopf auf die Tischplatte sinken und schluchze leise vor mich hin.

»Kopf hoch«, sagt Barbara in ermunterndem Tonfall, »der Chef kommt.« Okay, der Tonfall war ermahnend, nicht ermunternd.

Gerade noch rechtzeitig habe ich mich zurück in eine aufrechte Position gebracht und mir mit einem Taschentuch, das Barbara mir reicht, die Nase geputzt, da steckt auch schon Roland Behrmann seinen Kopf durch die Tür zu unserem Zweierbüro herein. Ihm gehört die verschnarchte Werbeagentur mit den piefigen Kunden, aber immerhin reichen die Einnahmen offenbar für seinen Porsche Boxster, mit dem er hier immer großspurig angerauscht kommt.

Jetzt steht er vor uns, geleckt wie immer in Jeans mit Bügelfalte und hellblauem Polo-Shirt von Ralf Lauren, die Ray-Ban-Sonnenbrille lässig in den Ausschnitt gehängt, sein Teint sommerfrisch vom letzten Segeltörn im Mittelmeer. Ohne diese Aufmachung würde er mit seinen vollen honigfarbenen

Haaren und den hellgrünen Augen vielleicht sogar ganz gut aussehen – so aber ist er nur ein weiterer Medienfuzzi um die vierzig, wie einem in Hamburg alle fünf Meter einer begegnet.

»Guten Morgen, die Damen!«, begrüßt er uns. Strahlender Blick Richtung Barbara: »Alles gut?« Irritierter Blick zu mir: »Was macht der Prospekt für die Müllermanns Baumärkte, Frau Weiland?«

»Fast fertig«, lüge ich. Denn fertig ist hier nur eins: ich.

»Gut«, sagt er, »die Sachen müssen morgen zur Abnahme an den Kunden raus.«

»Kein Problem.« Wo ist der nächste Strick? El Cheffe entschwindet.

»Brauchst du Hilfe?«, will Barbara wissen.

»Nein«, antworte ich ermattet. »Das stehe ich schon durch. Das auch noch.«

Der erste Abend nach Ground Zero

19.30 Uhr, Barbara packt ihre Sachen zusammen, nachdem sie sich zuvor im Bad für die Heimkehr zu ihrem Gatten zurechtgemacht hat. Sie sieht aus wie heute Morgen, kein Unterschied zu erkennen. Ich bin mittlerweile ein Wrack. Nicht nur emotional, sondern auch nervlich. Zu meinem Liebeskummer hat sich nämlich noch die handfeste Panik gesellt, mit meiner Arbeit nicht rechtzeitig fertig zu werden. Von acht Seiten Prospekt liegen noch siebeneinhalb vor mir. On the Nightshift …

»Bist du sicher, dass ich dir nicht helfen soll?«, will Barbara wissen, während sie ihre Tasche schultert. »Ich kann Jens auch sagen, dass es mit unserem Kinoabend nichts wird. Ehrlich!« Ich lächle sie dankbar an.

»Nein, ist schon gut. Wenn ich hier erst einmal meine Ruhe habe, läuft's bestimmt von ganz allein.« Außerdem: Barbaras Angebot in allen Ehren, aber da sie im Gegensatz zu mir nicht Texterin, sondern Grafikerin ist, wüsste ich gerade nicht, wie sie mir helfen könnte. Außer vielleicht als moralische Stütze, aber was soll sie hier neben mir hocken, während ich mir das Hirn zermartere?

»Meinst du wirklich?«, fragt sie noch einmal nach.

»Ja.« Nein. Nichts läuft. Nichts wird jemals wieder laufen. Nie wieder!

Fünf Minuten später ist Barbara aus der Tür, und ich bin – allein. Also gut, stelle ich mich der Herausforderung. Das fehlte ja noch, dass ich neben meiner Beziehung nun auch noch meinen Job gegen die Wand fahre. Nein, nein, Pia Weiland ist ein Werbe-Profi, da wird sie sich doch nicht von so einem kleinen bisschen Herzschmerz einschüchtern lassen!

Ich wende mich der geöffneten PDF-Datei auf dem Bildschirm zu. Wollen mal sehen. Der neue Winkelschleifer von Reck & Hecker. Was fällt mir denn dazu ein?

Der neue Winkelschleifer von Reck & Hecker
Verlassen worden? Wut im Bauch? Kein Problem, der neue Winkelschleifer RH 324 von Reck & Hecker eignet sich ganz hervorragend dafür, den Abtrünnigen in fünf Teile zu zerlegen, so dass er bequem in eine 1 x 1 Meter große Kiste passt (zum Beispiel in eine unserer praktischen Aufbewahrungsboxen von Sondermann), die sich dann ganz einfach in der Elbe versenken lässt.

Ha! Ich sitze vor meinem Text und freue mich. DAS wäre doch mal wirklich ein Argument, sich so einen dämlichen Winkelschleifer zu kaufen! Und außerdem merke ich, wie die kreativen Kräfte in mir erwachen und ich mit großer Freude weiter drauflos texte.

Gartenschlauch »Floral«
Mit seiner Länge von insgesamt 30 Metern und seinem überaus biegsamen, aber doch robusten Material lässt sich der Gartenschlauch »Floral« hervorragend mehrfach um den Expartner wickeln. Anschließend können Sie ihn damit einfach aus dem Fenster hängen und dabei gleichzeitig noch Ihre Beete bewässern. Überaus praktisch!

Ich schreibe mich in Rage. Keine zwei Stunden später ist der Prospekt fertig. Super! Nur schade, dass ich die Texte so unmöglich abgeben kann. Kurz vor halb zehn. Wenn ich jetzt nicht wirklich mal anfange zu arbeiten, wird das heute nichts mehr.

Also speichere ich das PDF ab (darüber will ich mich später noch mindestens hundertmal amüsieren) und fange in einer neuen Datei von vorne an. Winkelschleifer, also wirklich! Bin ich tatsächlich zu solchen niederen Arbeiten auserkoren? Ja, bin ich wohl. Und während ich versuche, träumerische Ausdrücke für »Handlichkeit« und »Geringer Energieverbrauch« zu finden, schweifen meine Gedanken wieder ab. Natürlich zu: Basti …

*

Kleine und Basti, Teil 2:
Drei Tage nach der peinlichen Kiez-Nummer rief ich ihn an. Mit zitternden Händen wählte ich seine Nummer und hoffte mit halbem Herzen, dass er nicht rangehen, sondern mich zurückrufen würde, wenn er meine Nummer im Display sah. Er ging ran.

»Hallo, hier ist Sebastian.«

»Hier, äh, ist … Rosa Luxemburg.«

»Wer?« Okay, kein guter Witz.

»Na, Pretty in Pink, die Frau in der rosafarbenen Periode.«

»Ach, ja, richtig! Schön, dass du anrufst. Das ging aber schnell.« Schnell? Ich habe drei Tage lang mit mir gerungen und mir auf die Pfoten gehauen. War mein Anruf etwa trotzdem zu früh? Männer!

»Ja, hm, ich dachte, ich meld mich einfach mal.«

»Und in welcher Periode bist du jetzt?«

»Dunkelblau.«

»Sehr gut. Dann lass uns doch mal was trinken gehen. Da passt blau ganz gut.«

Und das haben wir dann auch gemacht. Sind etwas trinken gegangen. Noch am gleichen Abend trafen Basti und ich uns im Schulterblatt in einer angesagten Szene-Bar. Und: Ich trug Rosa. Jawohl! Denn beim Zurechtmachen – ich hatte mich bereits für eine dunkelblaue Bluse entschieden – kam mir die Idee, dass es ja überhaupt nicht in Frage kommt, dass ich es diesem Kerl von Anfang an recht mache. Einsamer Wolf hin, einsamer Wolf her, ich lasse mich doch nicht schon vor dem ersten Date unterdrücken!

Sebastians irritierten Blick quittierte ich mit einem grinsenden »Ich bin farbenblind«. Danach verstanden wir uns wunderbar. Zumindest bis zu dem Zeitpunkt, als ich die beliebte »Und was machst du so«-Frage stellte.

»Wie, was soll ich denn machen?«

»Na, beruflich.«

»Ach, beruflich.« Große Pause. »Ich lebe vom Wetten.«

»Wie, vom Wetten?«

»Na, vom Wetten halt.«

»Äh, bei ›Wetten dass?‹ oder wie?«

»Nö. Pferdewetten. Fußballwetten. Sowas halt.«

»Aber davon kann man doch nicht leben!« Wieder die zynische Augenbraue.

»Sicher kann man das. Sehr gut sogar, man muss nur das richtige Händchen dafür haben und die Risiken und Chancen gut gegeneinander abwägen.« Herr Ober, zahlen! An was für eine halbseidene Type war ich denn hier geraten? Dann auf einmal prustendes Gelächter von Blauauge.

»Das war ein Witz. Ich bin Musikproduzent. Echt, du solltest mal dein Gesicht sehen!« Haha, sehr lustig. Wie gesagt, Basti und ich verstanden uns auf Anhieb wunderbar …

*

Düdeldidu. Mitten in meinen Gedankengang zwischen den neuen Gartenhäusern aus schwedischem Naturholz und meinem ersten Date mit Basti klingelt das Telefon auf meinem Schreibtisch. Um 22.43 Uhr. Kann nur was Privates sein.

»Behrmann Communications, Pia Weiland.«

»Hallo, Süße. Ich bin's, Philip. Immer noch in der Agentur, wie ich höre? Machst du mal wieder eine Nachtschicht?« Ach so, ja. Den hätte ich jetzt fast vergessen. Meinen Mann. Den gibt's ja auch noch …

Später in der Nacht nach Ground Zero

Um kurz nach eins sitzen Philip und ich bei mir zu Hause auf dem Sofa und trinken den Vernaccia, den wir vergangenes Jahr bei unserem letzten gemeinsamen Urlaub in der Toskana gekauft haben. War ein schöner Urlaub. Auf der mehrstündigen Autoheimreise nach Hamburg haben wir uns dann getrennt. Das heißt, ich habe mich getrennt, Philip war damit nicht so wirklich einverstanden. Besser gesagt, überhaupt nicht. Aber die 50er Jahre sind ja glücklicherweise vorbei, da reicht es schon, wenn einer nicht mehr will.

Und ich wollte eben nicht mehr, nach drei Jahren Ehe – die wir seinerzeit etwas überstürzt nach sechsmonatiger Beziehung geschlossen hatten –, war der Ofen für mich schlicht und ergreifend aus. Vielleicht hätte ich auch erst einmal fünf Anträge ablehnen sollen, bevor ich »Ja« sage. Andererseits war ich im Gegensatz zu Barbara sicher, bis auf den von Philip so schnell keinen mehr zu bekommen, also habe ich lieber sofort eingewilligt. Und außerdem, das muss man wirklich sagen, sieht Philip mit seinen dichten blonden Haaren und den großen braunen Augen wirklich sehr, sehr gut aus, ein »hübscher Kerl«, wie meine Mutter immer meinte.

Das erste Jahr nach der Hochzeit war super. Das zweite mäßig. Im dritten waren wir komplett auseinandergedriftet. Jeder machte sein eigenes Ding, und so lebten wir in schweigender, aber durchaus friedlicher Koexistenz nebeneinander her, führten nur noch Gespräche auf »Kannst du bitte den Wasserkasten hochtragen?«- und »Wir brauchen noch ein Geburtstagsgeschenk für deine Mutter«-Niveau. Während des Italienurlaubs sprachen wir dann gar nicht mehr miteinander, wir *ließen* sprechen und zogen uns während unserer zweiwöchigen Rundfahrt gut und gern zwanzig Hörbücher rein.

Sicher, auch so kann man miteinander alt werden. Aber man kann es auch lassen. Und ich hatte einfach das Gefühl, dass ich mit Anfang dreißig zu jung war, um … na ja, um nicht mehr daran zu glauben, dass es doch irgendwo, irgendwie und vor allem mit irgendwem *mehr* geben musste als »Philip und Pia Weiland haben sich nichts mehr zu sagen«.

Tja, das gab's ja dann auch. Mit Basti war mir nicht ein

einziges Mal der Gesprächsstoff ausgegangen. Jedenfalls bis zu dem Zeitpunkt, als er beschloss, mich zu verlassen, und so überhaupt nicht mehr mit mir zu reden.

Dafür sprechen Philip und ich jetzt wieder miteinander, man muss doch in allem das Positive sehen.

»Ach, nimm's nicht so tragisch«, sagt er jetzt gerade und trinkt einen Schluck von seinem Weißwein. »Der Idiot kommt doch sowieso in ein paar Tagen wieder angekrochen und will dich zurück.«

»Woher willst du das wissen?«

»Weil du eine unglaublich tolle Frau bist, die ein Mann einfach nicht verlieren will.« Ja, so ist er, der Philip. Unheimlich süß. Unheimlich lieb. Und leider immer noch unheimlich verliebt in mich. Was die Tatsache, dass ausgerechnet er mich gerade zu trösten versucht, einigermaßen absurd erscheinen lässt. Andere Menschen hätten vermutlich ein hämisches »Das geschieht dir recht!« verlauten lassen und sich gefreut, dass der Expartner gerade genauso abserviert wurde, wie es ihnen vor einem guten Jahr selbst widerfahren ist. Nicht so Philip, der ist zu gut für diese Welt.

»Du bist wirklich zu gut für diese Welt«, spreche ich meine Gedanken aus und werfe ihm ein schiefes Lächeln zu.

»Ich weiß.« Schiefes Lächeln zurück. »Aber genau das war ja bei uns beiden das Problem. Zu wenig Reibungsfläche, wie du immer gesagt hast.«

»Na ja«, ich seufze laut auf, »jetzt habe ich ja meine Reibungsfläche. Jedenfalls fühlt es sich im Moment so an, als hätte man mich einmal quer über ein Stück Sandpapier gezogen. Alles ist wund und tut weh und macht Aua!«

»Du schreibst zu viel für Baumärkte«, stellt Philip fest, »du findest mittlerweile schon sehr eigenartige Vergleiche.« Wir müssen beide lachen, was mir in diesem Moment erstaunlich gut tut. »Ist dein Prospekt denn fertig geworden?« Ich nicke.

»Ja, hab vorhin noch alles an den Kunden geschickt, damit er es abnicken kann. Ist zwar keine Sternstunde der Literatur geworden, aber für den Otto-Normal-Heimwerker wird's schon noch reichen.«

»Ich sag ja immer, dass du mal ein Buch schreiben solltest.« Philip ist Lektor bei einem Hamburger Verlag. Daher auch sein unerschöpflicher Vorrat an Hörbüchern.

»Um ein Buch zu schreiben, muss man was zu erzählen haben.«

»Hast du doch!«

»Was denn?«

»Deine gescheiterte Ehe. Deine gescheiterte Beziehung. Dein Job, der dich anödet ...«

»Klingt eher nach einer ›Anleitung zum Depressiv-werden‹. Glaube kaum, dass das einer lesen will. Und außerdem hast du eben noch behauptet, Basti würde wieder zu mir zurückkommen!«

»Siehste. Dann wird's ja doch nicht so ein depressives Buch.«

»Ach, Philip.« Ich drücke ihm einen Kuss auf die Wange. »Ich hab dich lieb.«

»Ich dich auch, meine Süße. Aber das weißt du ja.«

»Du sagst es mir ja nur ungefähr jeden Tag dreimal.«

»Wäre es dir lieber, ich würde es lassen?«

»Sagen wir so: Es wäre mir lieber, wenn du irgendwann eine wunderbare Frau kennenlernst, der du es dann sagen kannst.« Philip sieht mich nachdenklich an.

»Die finde ich schon irgendwann.« Und an der Art, wie er das sagt und mich dabei aus seinen großen braunen Dackelaugen anschaut, weiß ich genau, was er denkt. Nämlich, dass er nur mich will. Mich, die gerade wegen eines anderen traurig ist. Das Leben ist doch manchmal einigermaßen ungerecht. »Und du«, fährt Philip dann fort, »wirst spätestens in einer Woche auch wieder von Basti hören, dass er dich lieb hat.«

2. Kapitel

Eine Woche nach Ground Zero

Als Orakel taugt Philip eher nicht, seine hellseherischen Fähigkeiten halten sich in ziemlich beschaulichen Grenzen. Nicht nur, dass Basti mir *nicht* gesagt hat, dass er mich lieb hat. Nein, er hat überhaupt nichts gesagt. Beziehungsweise sich nicht mehr bei mir gemeldet. Funkstille. Total. Total frustrierend für mich.

Selbst auf eine kurze Mail von mir, in der ich »nur mal« nachhorchen wollte, wie es ihm so geht, hat er nicht reagiert. Und auf die drei Nachrichten, die ich ihm zu Hause auf dem Anrufbeantworter hinterlassen habe und in denen ich ihn um ein Treffen bat, auch nicht. Nicht mal auf eine der fünfzehn SMS hin, die ich im Verlauf der Woche getipselt habe, hat er sich gemeldet. Na gut, in der letzten hatte ich ihm auch geschrieben, dass er sich von mir aus dann gehackt legen soll, wenn er mich einfach ignoriert. Aber selbstverständlich habe ich das nicht wirklich so gemeint, also, die Sache mit dem sich gehackt legen.

»Ich glaube, Basti hat das mit dem Schlussmachen wirklich ernst gemeint«, teile ich Barbara am Montagvormittag meine neueste – und ich möchte sagen, erschütternde – Erkenntnis mit. »Er reagiert nicht einmal, wenn ich ihm was maile, ihn anrufe oder eine SMS schicke.«

»There's many fish in the sea«, erwidert sie nur trocken, ohne von ihrem Computerbildschirm aufzublicken.

»Für dich vielleicht«, knurre ich düster, »in meinem kleinen Tümpel herrscht gerade akutes Fischsterben.« Jetzt sieht sie mich doch an.

»Und was ist mit Philip?«

»Philip?«

»Der Mann, mit dem du noch verheiratet bist. Du erinnerst dich?«

»Aber ich bin doch in Basti verliebt, was soll ich da mit Philip?« Manchmal kann ich die Gedankengänge meiner Freundin und Kollegin nur schwer nachvollziehen, um es mal vorsichtig zu formulieren.

»Ich dachte ja nur, du könntest ihn als eine Art Zwischenlösung nehmen. Bis wieder ein neuer Kerl auftaucht.« Ich werfe ihr einen einigermaßen entsetzten Blick zu.

»Zwischenlösung? Philip hängt noch total an mir, da kann ich mich doch nicht mit ihm trösten, während ich in Wahrheit nur Basti zurückhaben will!«

»Warum nicht?«

»Weil das total unfair wäre.«

Barbara zuckt mit den Schultern und streicht sich mit einer Hand durch ihre blonde Mähne. »Männer muss man nicht fair behandeln.«

»Philip schon.«

»Das genau war ja das Problem.«

»Was meinst du denn damit schon wieder?« So langsam frage ich mich, ob Barbara sich mit irgendwas zugedröhnt hat. Normal klingt das jedenfalls nicht, was sie mir hier erzählt.

»Na, dass Philip immer viel zu nett zu dir war. Jeden Wunsch hat er dir von den Augen abgelesen, hat alles für dich getan und war immer für dich da. Kein Wunder, dass dir das langweilig wurde.«

»Jens tut doch auch alles für dich«, werfe ich ein.

»Das ist etwas anderes.«

»Wieso?«

»Weil ich anders bin als du. Ich genieße es, die volle Aufmerksamkeit eines Mannes zu haben.«

»Ach? Und ich etwa nicht?«

»Nein«, stellt Barbara fest, »du magst es, wenn man dich scheiße behandelt.«

»Basti hat mich nicht scheiße behandelt!« So langsam aber sicher nimmt dieses Gespräch hier Züge an, die mir ganz und gar nicht gefallen.

»Hat er nicht?«

»Nein!«

»Na gut. Dann habe ich mir diese achthundert Gespräche, die wir zum Thema ›Warum hat Basti jetzt wieder das und das gemacht?‹ geführt haben, wohl eingebildet.« Sie wendet sich wieder ihrem Bildschirm zu und fängt unbeeindruckt an zu tippen. Ich selbst hingegen bin gerade etwas … grummelig. Sicher habe ich mich mal über Basti beschwert, sowas ist ja wohl auch ganz normal. Aber achthundert Mal war es bestimmt nicht. Basti war toll. Meistens jedenfalls. Zum Großteil. Gar nicht mal so selten.

*

Kleine und Basti, Teil 3:

Nach unserem ersten Date in der Schanze ging dann auf einmal alles ziemlich schnell: Wir zogen bis drei Uhr morgens um die Häuser und landeten schließlich bei Basti zu Hause. Genauer gesagt in seinem Bett. Und schon beim ersten Mal musste ich feststellen, dass Sebastian als Liebhaber gewisse Qualitäten hatte, die mich sogar darüber hätten hinwegsehen lassen, wenn er wirklich als Zocker sein Geld verdient hätte. Aber das musste ich ja zum Glück nicht einmal.

Irgendwann zwischen meinem dritten und vierten Orgasmus hielt ich es dann für angebracht, ihn über ein kleines, wenn auch nicht vollkommen unwichtiges Detail aus meinem Leben aufzuklären.

»Du«, sagte ich, während er gerade dabei war, mich durch bloßes Knabbern an meinem linken Ohrläppchen zum nächsten Höhepunkt zu kitzeln, »ich bin übrigens verheiratet.« Das Knabbern hörte schlagartig auf. »Also, noch, meine ich«, schob ich schnell hinterher. »Mein Mann und ich leben in Trennung.«

Basti rollte sich auf den Rücken, zündete sich eine Zigarette an, blies kleine Rauchkringel in die Luft und fixierte relativ lange die Zimmerdecke, bis er schließlich sagte: »Das macht nichts. Ich bin eh nicht so der Beziehungsmensch.«

»Äh, wie?«

»Na ja«, erklärte er, »mit festen Bindungen hab ich's nicht so.«

»Ach so.« Und bevor ich ihn fragen konnte, was genau er damit meinte, drückte er seine Kippe aus und fing an, genau da weiterzumachen, wo er aufgehört hatte.

*

»Guten Morgen, Frau Kerstens, guten Morgen, Frau Weiland!« Wie üblich steckt Roland Behrmann nach seiner Ankunft den Kopf durch unsere Tür, um zu überprüfen, ob wir auch fleißig am Arbeiten sind. Heute hat er sich für ein zitronengelbes Oberteil entschieden, und natürlich ziert auch dieses Shirt ein kleiner gestickter Polospieler.

»Morgen«, erwidern Barbara und ich gleichzeitig.

»Gut sehen Sie beide wieder aus«, sagt er, richtet seinen Blick aber einzig auf meine Kollegin. Schon peinlich, wie er Barbara immer anbaggert. Peinlich bis würdelos, möchte ich sogar sagen. Dabei war er als Gast auf ihrer Hochzeit, da müsste ihm doch klar sein, dass er auf vollkommen verlorenem Posten kämpft! Nun ja, die Trennung von Philip und mir hat er allerdings auch mitgekriegt, vielleicht lebt er getreu dem Motto: Die Hoffnung stirbt zuletzt.

»Vielen Dank, Sie auch!«, erwidert Barbara kokett das Kompliment, sie weiß eben, wie man die Kerle um den Finger wickelt. Ich weiß das nicht und sage deshalb nichts dazu, für so was Plattes werde ich mich bestimmt nicht bedanken.

»Wie läuft's denn gerade?«

»Alles bestens«, meint Barbara, »ich habe Ihnen eben das Layout für den Schuhkunden auf den Server gestellt, Frau Weiland hat auch schon den Text reingeschrieben.«

»Ach, Sie meinen die Geschichte ›Auf atmungsaktiven Sohlen durch den Winter‹? Prima, das schaue ich mir gleich mal an.« Barbara nickt.

Ich unterdrücke ein Seufzen. Wenn das mal nicht Meldungen sind, auf die die Welt gewartet hat! Atmungsaktiv durch den Winter – und das im Spätsommer. Aber tatsächlich sind wir mental schon im Dezember, oder, wie Roland Behrmann es nennt: »Gedanklich immer einen Schritt voraus.« Tja, auf mich trifft das leider nicht zu, denn während mein Chef und meine Kollegin sich weiter in banalen Plänkeleien ergehen, habe ich gedanklich wieder den Rückwärtsgang eingelegt und quäle mich mit weiteren Erinnerungen an meine zerbrochene Beziehung.

*

Kleine und Basti, Teil 4:

Nach diesem Statement war mein Kampfgeist natürlich geweckt. Was soll das heißen, mit festen Bindungen hab ich's nicht so? Das, so dachte ich damals, wollen wir ja mal sehen!

Und tatsächlich brachte ich Basti dazu, im Verlauf eines Monats erst von »unser Ding«, dann von »unserer Liaison« und schließlich davon zu sprechen, dass wir miteinander »unterwegs« sind.

Es passierte bei der Albumpräsentation der Band »The Cosmic Monkeys«, die er kürzlich unter Vertrag genommen hatte. In einem schrammeligen Kiezclub spielte die Kombo quälende 90 Minuten lang auf, was ich tapfer durchhielt, denn schließlich stand ich mit stolzgeschwellter Brust neben Basti, der mich die ganze Zeit lang fest im Arm hielt.

»Und?«, wollte einer der kosmischen Affen wissen, als wir bei der Aftershowparty an der Bar standen und er sich mit Basti über die unglaubliche Intensität der Vibes aus dem Publikum unterhielt, die ihn während des Auftritts so richtig »geflasht« hätten (Musiker, ein seltsames Völkchen), »was ist mit euch beiden so?« Ich erstarrte zur Salzsäule. Was würde Basti dazu sagen? Sicher, er hatte mich mit zu dem Showcase genommen und für jeden gut sichtbar gezeigt, dass ich scheinbar mehr als die weit entfernte Cousine bin. Aber direkt darauf angesprochen …

»Wir«, antwortete Basti mit einem breiten Grinsen, legte wieder seinen Arm um meine Schulter und zog mich an sich heran, »sind miteinander unterwegs.«

Miteinander unterwegs? Den restlichen Abend grübelte ich darüber nach, was das wohl bedeuten sollte, dieses »Miteinander-unterwegs-Sein«. Als wir spät in der Nacht nebeneinander in Bastis Bett lagen, konnte ich nicht mehr anders. Ich musste ihn fragen.

»Du?«

»Ja?«

»Was meinst du eigentlich damit, dass wir miteinander unterwegs sind?« Basti drehte sich auf die Seite und warf mir einen amüsierten Blick zu.

»Na, eben das, was es heißt: Wir sind unterwegs.«

»Ja, aber was bedeutet das?«, bohrte ich nach, obwohl ich mich dabei schon ein kleines bisschen schlecht fühlte, weil mir irgend-

wie klar war, dass Basti es nicht sonderlich mochte, festgenagelt zu werden.

»Was immer du denkst«, erwiderte der schöne Mann neben mir. Herrje, das klang genauso kryptisch wie die Texte der Cosmic Monkeys.

»Das verstehe ich immer noch nicht ganz. Unterwegs sein … das klingt so … unverbindlich«, wagte ich mich mit klopfendem Herzen einen Schritt weiter vor. Jetzt lachte Basti kurz auf.

»Ich würde doch mal sagen, das kommt schwer auf die Richtung an, oder?«

»Und in welche Richtung sind wir unterwegs?« Seufzend legte er wieder beide Arme um mich, zog mich an sich heran und gab mir einen langen Kuss.

»Kleine«, nuschelte er dann in mein Ohr, »wenn du es unbedingt hören willst, lass es mich so formulieren: Du bist meine Freundin. Okay?«

Freundin. Er hatte es gesagt. Freundin, Freundin, Freundin! Prompt wurde ich von einer heißen Gefühlswelle durchspült – das war der glücklichste Moment meines Lebens!

Tja. Und von diesem Moment an ging es mit Basti und mir eigentlich nur noch bergab.

*

»Sie können also die Druckfreigabe erteilen.« Ich schrecke aus meinen Gedanken hoch, als Roland Behrmanns Stimme an mein Ohr dringt.

»Äh, wie bitte?«

»Für den Prospekt, Frau Weiland.« Mein Boss mustert mich leicht ungnädig.

»Den Prospekt?«, echoe ich.

»Sie erinnern sich vielleicht, die Werbebeilage für Müllermanns Baumärkte, die Sie betreuen und die nächste Woche ins Abendblatt soll«, stellt er nun ironisch fest, und Barbara unterdrückt sichtlich angestrengt ein Kichern.

»Ach, so, ja«, stottere ich, »*der* Prospekt.«

»Genau«, bestätigt mein Boss. »Der Kunde hat mich eben auf dem Handy angerufen und die Freigabe erteilt, kann also alles in Druck gehen. Wie gehabt, 250.000 Exemplare, die Druckerei soll die Prospekte dann direkt an den Verlag liefern.«

»Ich kümmere mich drum«, stelle ich eilig fest und ziehe wie zur Bestätigung meines nun sofort einsetzenden Arbeitseifers die Computertastatur näher zu mir heran.

»Bestens«, meint Roland Behrmann, nickt mir und Barbara noch einmal zu, bevor er entschwindet. Dreißig Sekunden später steckt er noch einmal seinen Kopf in unser Büro. »Übrigens, Frau Weiland: gute Arbeit! Zwar keine Sternstunde der Literatur, aber für die Müllermanns Baumärkte doch durchaus ausreichend.« Vielen Dank, was für ein Lob! »Als Nächstes kümmern Sie sich dann um die Urkunden und die Internetseite für die Apfelpatenschaften?«

»Natürlich«, erwidere ich und lächele ihn süßlich an. Noch so ein Hammer-Etat, den ich aufs Auge gedrückt bekommen habe: Ein Obstbauer im Alten Land hatte die Idee, dass man bei ihm für fünfzig Euro pro Jahr eine Patenschaft für einen Baum übernehmen kann. Dafür bekommt man dann eine schicke Urkunde, wird zu Events wie Erntefesten und Schnittkursen und Trallala eingeladen und erhält am Ende dann sämtliche Früchte, die sein »Patenkind« trägt. Tja, und diese Urkunde soll nun ich zusammen mit der Webseite mit einem freien Grafiker entwerfen; Barbara ist bei diesem Job natürlich raus, ihr gibt der Chef nur immer die schicken Sachen, die irgendwas mit Mode oder Lifestyle zu tun haben. Ich seufze. Eine wirklich tolle Aufgabe für mich, da werde ich dann wohl gleich mal in den sauren Apfel beißen.

Als ich um kurz nach acht völlig erledigt – die Äpfel haben mich echt fertiggemacht – die Tür zu meiner Wohnung in der Semperstraße aufschließe, blinkt mir freudig mein Anrufbeantworter entgegen. »Basti!«, ist mein erster Gedanke. »Träum weiter!«, mein zweiter. Und so ist es dann auch: Die vier Nachrichten stammen 1. von meiner Mutter, 2. von Philip, 3. von meiner Mutter, 4. von meiner Mutter.

Mamas Anrufe ignoriere ich geflissentlich, denn ich habe nur wenig Lust, nach einem langen Arbeitstag noch eine Grundsatzdiskussion zum Thema »Warum hast du deinen Mann verlassen?« zu führen. Das einzige Thema, das meine Mutter seit einem Jahr parat hat, denn sie ist der Ansicht, dass ein Mann, der nicht säuft und einen nicht schlägt oder betrügt, doch wunderbar und perfekt ist. Meine Versuche, ihr erklären zu wollen, dass das ja aber nicht alles sein kann und dass es für eine glückliche Beziehung vielleicht noch zwei, drei klitzekleine Kleinigkeiten braucht, habe ich mittlerweile resigniert eingestellt. Stattdessen rufe ich den Nicht-Säufer, Nicht-Schläger und Nicht-Betrüger an.

»Hallo, ich bin's«, sage ich, nachdem Philip ans Telefon gegangen ist.

»Na, meine Schöne? Wie geht's?«

»Nenn mich nicht so«, maule ich.

»Warum denn nicht?«

»Weil du mir damit ein schlechtes Gewissen machst.« Er lacht.

»Weshalb? Weil du schön bist?«

»Erstens bin ich das nicht, und zweitens … ach, ich bin heute einfach scheiße drauf.«

»Das dachte ich mir schon«, erwidert Philip. »Immer noch nichts von deinem Sebastian gehört?«

»Nein«, antworte ich in weinerlichem Tonfall, wofür ich

mich sofort wieder schäme. Ich muss endlich mal aufhören, mich bei meinem Exmann auszuheulen, mein Benehmen ist wirklich mehr als widerlich!

»Sollen wir vielleicht eine Kleinigkeit essen gehen? Das lenkt dich bestimmt ab.«

»Wenn ich mich noch mehr mit dem Essen von Kleinigkeiten ablenke«, gebe ich düster zurück, »sehe ich bald aus wie Kirstie Alley. VOR ihren diversen Schlankheitskuren.«

»Du übertreibst mal wieder maßlos.«

»Woher willst du das wissen?«

»Als ich dich vor einer Woche gesehen habe, warst du von Kirstie Alley noch ziemlich weit entfernt.«

»In einer Woche kann viel passieren«, antworte ich, merke aber, wie ich schon wieder lächeln muss. Bitte, lieber Gott, schick Philip eine nette Frau, die diesen wunderbaren Mann verdient hat, es ist nicht richtig, wenn so einer allein durch die Gegend läuft!

»Also«, unterbricht Philip meine Gedanken. »Was ist jetzt mit Essen? Du kannst dir ja auch gern einen Obstsalat bestellen.«

»Hör bloß auf mit Obst«, gebe ich seufzend zurück, »davon habe ich nach heute mehr als die Nase voll.« Kurz berichte ich ihm von meinem neuen Projekt, der Apfelpatenschaft.

»Wie wäre es dann mit Kino?«, schlägt Philip daraufhin vor.

»Wenn ein richtig schlechter Horrorstreifen läuft, denke ich drüber nach.« Ich kichere. »Aber, wenn ich ehrlich bin, ist mir heute einfach nur danach, auf dem Sofa rumzuliegen.«

»Bist du sicher? Nicht doch ein bisschen Ablenkung?«

»Das ist wirklich lieb von dir, aber ich will mich heute lieber hier einigeln.«

»Okay, wie du meinst. Aber wenn du es dir noch einmal anders überlegst, meld dich einfach.«

»Das mach ich. Vielleicht können wir ja die Tage ins Kino gehen.«

»Immer gern, das weißt du ja. Von Mittwoch bis Freitag bin ich allerdings in Frankfurt auf der Buchmesse. Ich hab aber mein Handy dabei, falls irgendwas ist.«

»Was soll schon sein?«, seufze ich. »Trotzdem, vielen Dank!« Wir verabschieden uns, und ich lege auf.

Die nächste Stunde versuche ich, mich erst mit Fernsehen, dann mit Lesen und schließlich mit meiner Bügelwäsche zu beschäftigen. Leider will das als Ablenkungsmanöver nicht so recht funktionieren, heute Abend sind die Gedanken an Basti nahezu unerträglich. Wieder und wieder kreist die Frage durch meinen Kopf, warum es schiefgegangen ist. Was hätte ich anders oder besser machen können? Warum hat er mich verlassen?

War es die Szene im Schulterblatt, die ich ihm gemacht habe, weil er mich den gesamten Abend über – so hatte ich es jedenfalls empfunden – mehr oder weniger ignoriert und nur mit dieser blöden Komponisten-Schnepfe geredet hat?

War es die Tatsache, dass ich nach dreimonatigem »Unterwegs sein« empört darüber war, dass er bei einem Telefonat mit seinen Eltern kein einziges Mal meinen Namen erwähnte und auch noch immer keine Anstalten machte, mich seinen alten Herrschaften vorzustellen? Im Verlauf des Streits, der daraufhin entstand, wies Basti mich dann natürlich prompt darauf hin, dass meine Eltern ja wohl auch noch nichts von seiner Existenz wüssten und dass ich ja noch nicht einmal geschieden sei.

Ich versuchte, ihm zu erklären, dass das wohl kaum miteinander zu vergleichen sei, da meine Eltern sich noch immer von dem Schock meiner Trennung erholen müssten und …

Na ja, ich gebe zu, vielleicht habe ich da ein bisschen mit zweierlei Maß gemessen. Aber Basti konnte sich meiner Zuneigung vom ersten Augenblick an immer sicher sein, während ich trotz seiner Aussage, ich sei nun seine »Freundin« ständig das Gefühl hatte, trotzdem noch irgendwo im luftleeren Raum zu hängen. Vielleicht auch, weil ich nie wusste, wann ich ihn wiedersehen würde, wenn wir uns voneinander verabschiedeten. »Ich mache so was lieber spontan«, stellte Basti immer fest, wenn ich mich darüber beschwerte, dass wir nie vereinbarten, wann wir uns das nächste Mal trafen.

Oder seine Art, in Stresssituationen einfach mal komplett abzutauchen. Oft wusste ich gar nicht, ob er gerade in Hamburg, Berlin, Köln, München oder von mir aus in Malmö war, um sich da mit irgendwelchen Bands zu treffen. Und da gab's halt immer mal wieder Krach, ich fühlte mich von seinem Leben so ausgeschlossen und hätte mir gewünscht, dass er mich mehr mit einbeziehen würde.

Seufzend lasse ich mich aufs Sofa sinken und betrachte nachdenklich die Fotos von ihm und mir, die ich auf dem Couchtisch ausgebreitet habe. Ich nehme mein Lieblingsbild, das uns vor ein paar Wochen an der Strandperle zeigt. Basti im schwarzen Shirt und schwarzen Bermudas (schwarz ist selbstverständlich seine Lieblingsfarbe), ich liege schräg an ihn gelehnt, trage quietschbunte Shorts und ein schulterfreies Top, wir grinsen beide breit in die Kamera und prosten dem Fotografen – Barbaras Mann Jens – mit zwei Dosen Alsterwasser zu.

Ein toller Tag war das, ich erinnere mich noch genau daran, wir waren mittags mit Einweggrill und Getränken an den Elbstrand aufgebrochen und hatten dort bis zum frühen Abend mit Barbara und Jens gesessen. Für Anfang September in Hamburg war es noch unglaublich warm. Ja, wirklich schön war das. Jedenfalls bis zu dem Moment, als wir Hand in Hand den Schulberg zu meinem Auto hochstapften und Basti mir sagte, dass er jetzt gleich noch einmal losmüsse.

Ich war enttäuscht, hatte ich doch mit einem kuscheligen Abend zu zweit gerechnet. Und selbstverständlich gab es wieder Streit, bei dem ich Basti vorwarf, für mich immer nur kurze Zeitfenster zu haben, woraufhin er natürlich erwiderte, dass er den ganzen Tag mit mir verbracht hatte und er sich jetzt einfach auch noch um ein paar andere Dinge kümmern müsse.

»Ich kann dir scheinbar nicht das geben, was du brauchst«, stellte er irgendwann fest. Tja, das war der letzte große Streit vor unserem fulminanten Finale, drei Wochen und ein paar kleinere Auseinandersetzungen später war dann Schluss.

Ich lege das Foto weg und greife zum Telefon. Auch, wenn es möglicherweise ein Fehler ist, ich muss Basti einfach anrufen, meine Sehnsucht nach ihm bringt mich um. Egal, dass er bisher auf keine meiner Nachrichten reagiert hat, ich halte es nicht mehr aus, darauf zu warten, dass er sich vielleicht doch noch von sich aus meldet. Bevor ich wähle, schalte ich vorsichtshalber die Rufnummernunterdrückung ein. Wer weiß, ob er sonst überhaupt rangeht?

»Hallo?« Das Herz schlägt mir bis zum Hals, als er sofort abhebt.

»Ich bin's«, sage ich, wobei mir beinahe die Stimme versagt. Schweigen. »Die Kleine«, füge ich dann hinzu, als würde ich tatsächlich denken, Basti wüsste nicht, wer am Telefon ist.

»Pia«, kommt es zurück. So hat er mich fast nie genannt, außer, wenn wir Streit hatten. In letzter Zeit also dann doch relativ häufig, wenn ich ehrlich bin.

»Hallo Basti«, erwidere ich und spüre die aufsteigende Anspannung in mir. »Wo bist du denn?«

»In London«, kommt es zurück.

»Oh. Dann, äh, …« Mist! Keine gute Grundlage für ein längeres Gespräch, wenn der eine gerade im Ausland ist und schon kleine Denkpausen astronomische Roaming-Gebühren verursachen. »Ja, also, ich ruf dann wohl besser ein anderes Mal an.«

»Ist schon okay«, sagt Basti zu meiner Überraschung sehr freundlich und ruhig. »Hab sowieso gerade ein bisschen Leerlauf. Was gibt's denn?«

»Also, ich … hast du meine Nachrichten nicht bekommen?«

»Doch.« Mehr sagt er nicht, er lässt das einfach so im Raum stehen. Verflucht, ich hasse ihn dafür, dass er immer so ein cooler Hund ist.

»Hast du? Äh, ja … ich wollte dich einfach noch mal anrufen, weil … weil … ja, wie geht's dir denn?«

»Danke, ganz gut«, antwortet er. Aha! Also nur »ganz gut«. Nicht »gut« oder sogar »sehr gut«. Ich schöpfe ein kleines bisschen Hoffnung.

»Und was machst du im Moment?«, frage ich nach.

»Das Übliche. Gerade bin ich im Studio, hab da so eine Koop mit einem englischen Label am Laufen.«

»Aha. Und, wird das was Gutes?«

»Hoffe schon, wir machen hier gerade Probeaufnahmen«, antwortet er. »Morgen früh geht's dann schon wieder nach Hamburg zurück, dann spiel ich es den anderen vor und guck mal, was die sagen.« Ich horche auf. Morgen früh wieder nach Hamburg?

»Soll ich …«, meine Stimme überschlägt sich fast, »dich vielleicht vom Flughafen abholen?« Kurze Pause.

»Nett von dir, aber das ist echt nicht nötig.« Mist! Früher mochte Basti es immer, wenn ich ihn abgeholt habe, für das

»Taxigeld« sind wir stattdessen immer was essen gegangen. Am liebsten Chicken Wings oder Pizza ohne Käse, eine ziemlich eigenartige Leidenschaft, die wir beide teilten.

Bei der Erinnerung daran schießen mir schon wieder die Tränen in die Augen. Wenn Basti nicht zu mir zurückkommt, werde ich dann jemals wieder einen Mann finden, der wie ich Chicken Wings und Pizza ohne Käse liebt? Ich versuche, mich wieder auf das Gespräch zu konzentrieren, das hier ist nicht der richtige Moment, um über eigenartige Essgewohnheiten nachzudenken.

»Ich mach das wirklich gern«, will ich ihn überreden. »Ist ja von mir nicht weit zum Flughafen, wirklich ein Klacks. Und ich fahr dich auch gern nach Hause oder zum Studio.«

»Wirklich, Pia, das ist lieb, aber ich lande schon um kurz nach sieben, das ist ja echt nicht deine Zeit.«

»Macht doch nichts«, gebe ich zurück, »dann bin ich wenigstens schon richtig fit und wach, wenn ich in die Agentur komme, das ist wirklich kein Problem. Außerdem«, schiebe ich dann kleinlaut hinterher, »könnten wir während der Fahrt dann ja vielleicht noch einmal reden?« Jetzt seufzt er.

»Worüber willst du denn noch reden, Pia? Es ist doch schon alles gesagt.«

»Äh, nein«, widerspreche ich und bemerke ein Zittern in meiner Stimme. »Also, ich meine«, rede ich dann unsicher weiter, »weißt du, ich habe in den letzten Tagen eine ganze Menge nachgedacht. Über uns und so, und was da alles falsch gelaufen ist.«

»Pia«, werde ich von Basti unterbrochen, aber ich lasse ihn einfach nicht zu Wort kommen, sondern gehe darüber hinweg.

»Mir ist klar geworden, dass ich eine Menge Fehler gemacht habe und dass … dass wir eigentlich doch ein tolles Paar sind und ich es gern noch einmal versuchen würde, weil ich dich so sehr liebe und du mir fehlst und ich gar nicht weiß …« Jetzt fange ich an zu weinen. Ich kann einfach nichts dagegen tun, so heftig werde ich plötzlich von einem Schluchzen geschüttelt. »Wenn ich dich eingeengt habe, tut es mir leid, das wollte ich nicht, ich wollte doch nur …«

»Kleines«, unterbricht er mich nun doch und klingt auf einmal ganz liebevoll, sanft und warm. »Es tut mir leid, dass du so traurig bist, aber …«

»Aber?«

»Aber ich denke nicht, dass wir ein tolles Paar sind. Jedenfalls nicht auf Dauer, dafür sind wir einfach zu verschieden.«

»Ich kann mich doch ändern!«, rufe ich verzweifelt aus. »Jetzt weiß ich ja, welche Fehler ich gemacht habe, und ich … ich würde alles tun …«

»Du sollst dich gar nicht ändern. Und du hast auch keine Fehler gemacht, im Gegenteil.«

»Im Gegenteil?« Wieder ein Seufzer.

»Ich bin derjenige, der Fehler gemacht hat. Mir hätte von Anfang an klar sein müssen, dass ich für das, was du dir wünschst, nicht geschaffen bin.«

»Nein Basti, das ist doch …« Ich kann nicht mehr weitersprechen, meine Stimme versagt, mehr als ein unkontrolliertes Heulen bringe ich nicht mehr hervor. »Bbbbasti«, schluchze ich, »mein Bbbbasti!«

»Pia, bitte wein doch nicht mehr. Ich bin ja auch traurig, aber so, wie es jetzt ist, ist es einfach am besten. Irgendwann wirst du das auch so sehen.«

»Nnnie«, stottere ich unter Tränen, »nnnie werrd ich das so sehen!«

»Pia, ich muss wieder ins Studio.«

»Liebst du mich denn nicht mehr?« Diese Frage bringe ich

unter Aufwendung all meiner Willenskraft erstaunlich klar hervor. Basti schweigt. »Basti?«, frage ich schließlich.

»Mach's gut, Pia, ich muss jetzt echt Schluss machen.« Klick. Er hat aufgelegt. Schluss gemacht. Mal wieder. Ich bleibe auf meinem Sofa zurück, heule Rotz und Wasser. Bis ich irgendwann aufstehe, in die Küche gehe und die Hängeschränke über der Arbeitsplatte absuche. Nach wenigen Minuten werde ich fündig. Na bitte, ich wusste doch, dass ich irgendwo noch eine Flasche von diesem schrecklichen Likör-Fusel habe, den ich vor gut einem Jahr im Rahmen einer Kampagne zum »Heißesten Kuss, seit es Liköre gibt« deklariert habe.

3. Kapitel

Irgendwann im Raum- und Zeitkontinuum nach Ground Zero

Als ich Stunden später am Flughafen aus einem Taxi stolpere, bleibe ich mit meiner Jacke so unglücklich an der geöffneten Tür hängen, dass ich mich kurzerhand erst einmal der Länge nach hinlege. Die Likörküsse waren tatsächlich so heiß, dass sie mich im wahrsten Sinne des Wortes jetzt umhauen. Der Taxifahrer springt aus dem Wagen und hilft mir auf, unter den Augen diverser verwunderter Business-Menschen, die gerade mit ihren Bordcases auf die große Drehtür zum Flughafengebäude zusteuern.

»Hupsa«, bringe ich lallend hervor und gebe mir Mühe, mich nicht gleich wieder auf den Hosenboden zu setzen, nachdem der freundliche Fahrer mir aufgeholfen hat.

»Alles gut bei Ihnen?«, will er wissen.

»Alls bessens«, sage ich selbstbewusst, obwohl der Asphalt unter meinen Füßen ziemlich schaukelt.

»Sicher?«

»Jap«, meine ich und will mich zum Gehen wenden. Dann drehe ich mich noch einmal zu ihm um. »Hiers doch Termnel sswei, oda?« Er nickt. »Und wissn Sie, wie viel Uhr jetz iss?« Er sieht auf seine Armbanduhr.

»Genau drei nach sieben«, antwortet er dann.

»Dange.« Ich steuere die Drehtür an, drei Business-Menschen bleiben bei meinem Anblick abrupt stehen und lassen mir netterweise den Vortritt.

Mit einem lauten Bollern krache ich gegen das Glas der Drehkonstruktion und bringe sie damit sofort zum Stehen. So ein doofer Mist, hab mich eh schon immer gefragt, wer diese Dinger erfunden hat, ist doch total unpraktisch und stört nur den Verkehr. Ein paar Mal bollere ich noch mit den Fäusten gegen die dicke Glasscheibe vor mir, dann brüllt mir jemand von draußen zu, dass ich die Tür nicht anfassen soll, weil sie sich automatisch dreht. Ich hebe in gespielter »Hände hoch!«-Manier meine Flossen und setze dazu ein schiefes Grinsen auf. Drei Sekunden später nimmt das Drehdings seinen Betrieb wieder auf und spuckt mich ruckelnd ins Flughafengebäude.

Eine Weile brauche ich, um mich zu orientieren, aber dann finde ich auf den großen Monitoren, die über Ankunft und Abflug informieren, das, wonach ich suche: Das ist sie, die Maschine aus London, die ich mit einem Anruf bei der Flughafenauskunft ermittelt habe. Und: Sie ist gerade im Landeanflug, ich bin also genau zur richtigen Zeit hier angekommen! Ich folge den Schildern, auf denen »Arrival« steht, und fahre mit der Rolltreppe hinunter in die Ankunftshalle.

Rolltreppen, auch so unpraktische Dinger! Während ich mich an dem schwarzen Handlauf aus Gummi festkralle, um ein Torkeln zu vermeiden, überlege ich, wie leicht man sich bei so einem gefährlichen Höllenritt die Knochen brechen kann! Glück für den Flughafen, dass wir hier nicht in den USA sind, der wäre sonst bestimmt schon auf Fantastillionen verklagt worden! Fantastillionen, eine meiner Wortschöpfungen, über die Basti sich immer schlapp gelacht hat und über die er eigentlich mal einen Song schreiben wollte.

Hupsa, mitten in meinem Sinnieren habe ich das Ende erreicht und stolpere vom Band, kann aber trotz leichter Koordinationsschwierigkeiten gerade noch einer vierköpfigen Familie ausweichen, die die andere Rolltreppe nach oben nehmen will und mir irritierte Blicke zuwirft.

»Versseiung«, nuschele ich, bevor ich an Mutti, Vati und zwei Kleinkindern vorbei auf die Sitzreihen zustolpere, die dort vermutlich für Menschen aufgestellt wurden, die auf Heimkehrer warten. Ächzend lasse ich mich auf einen der schwarzen Stühle sinken. Geschafft. Ich bin am Flughafen, rechtzeitig, der Flieger aus London ist noch nicht da. Aber jeden Moment wird er landen und dann … Dann wird mein süßer Basti nicht schlecht staunen, wenn er mich in der Ankunftshalle entdeckt!

Wie ein Zocker, der beim Roulette seinen allerletzten Euro gesetzt hat und nun beobachtet, wohin die Kugel fällt, fixiere ich den Monitor mit den gelandeten Flügen. Ich muss gar nicht lange warten, nur zwei Minuten später blinkt das Lämpchen hinter der Maschine aus London und teilt mir mit, dass der Flieger nun da ist. Schlagartig werde ich nervös. Die Likörküsse haben dafür gesorgt, dass ich mir auf der Fahrt zum Flughafen nicht allzu große Gedanken gemacht habe, aber nun lassen die Wirkung und die damit einhergegangene Entschlossenheit langsam aber sicher nach.

Schnell hieve ich mich aus dem Sessel und eile rüber zu der Bar, die ich schon von der Rolltreppe aus gesehen habe.

»Ein Ssekt«, belle ich der Bedienung hinterm Tresen zu, die mir mit Verwunderung im Blick einen Piccolo hinstellt, meine mit den Worten »sstimmt so« hingedonnerten zwanzig Euro aber erfreut entgegennimmt. Das Glas, das sie mir zu der kleinen Flasche reicht, ignoriere ich geflissentlich, schraube stattdessen den Piccolo auf und stürze den Inhalt in einem Zug herunter.

»Pröh.« Okay, nicht sehr damenhaft, aber das war ein bisschen viel Kohlensäure auf einmal, das kleine Bäuerchen ließ sich nicht verhindern. Aber Basti ist ja noch nicht da, für irgendwelche Flughafenheinis muss ich mich schließlich nicht benehmen. In jedem Fall hat der gute Schluck gereicht, um sämtliche Zweifel darüber, ob das hier gerade eigentlich eine schlaue Aktion ist, sofort wieder im Keim zu ersticken. Beziehungsweise zu ersäufen, hö, hö.

Zurück zu den Sitzreihen, aber ich bin viel zu aufgeregt, um dort wieder Platz zu nehmen und lungere stattdessen direkt vor der großen Schiebetür herum, aus der in regelmäßigen Intervallen ein Schwall von mehr oder weniger gebräunten Menschen schwappt. Ich gucke nach den weniger gebräunten, denn der Londoner Nebel sorgt ja eher seltener für einen Kanaren-Teint. Bei Basti sowieso nicht, der pflegte als Nachtschattengewächs immer seine vornehme Künstlerblässe.

Gerade zieht ein lärmender Kegeltrupp an mir vorüber (Mallorca, ganz eindeutig. Und eindeutig schwer alkoholisiert, morgens um sieben, sowas aber auch!), da öffnet sich die Schiebetür zum Baggage Claim ein weiteres Mal, und Basti spaziert mit einer Reisetasche in der Hand heraus. Er sieht – wenn das überhaupt möglich ist – noch besser aus als sonst. Die dunklen Haare hat er zu einem kurzen Zopf gebunden, wie immer trägt er ausschließlich Schwarz, und selbst aus ein paar Metern Entfernung leuchten seine blauen Augen wie bei Kyle MacLachlan in »Der Wüstenplanet«. NACH der Einnahme von Spice, versteht sich, nicht davor.

Für einen kurzen Moment bin ich wie gelähmt, das Herz wummert mir gegen die Brust, lauter als mein Bollern gegen die Glasscheibe der Drehtür, und drehen, ja, drehen tut sich auch gerade alles. Dann löse ich mich aus meiner Bewegungsstarre und stürze auf meinen Exfreund zu.

»Basti!« Im nächsten Moment bin ich ihm schon um den

Hals gefallen, ein lautes Rumpeln sagt mir, dass ihm vor Überraschung seine Reisetasche entglitten ist. »Basssti!«, wiederhole ich, ziehe ihn ganz fest an mich und fange an, ihn aufs Schüsselbein zu küssen, weil ich selbst auf Zehenspitzen nicht viel höher komme. Der innige Moment dauert aber leider nur ein paar Sekunden, dann schiebt Basti mich energisch fort und starrt mich verwundert an.

»Was machst du denn hier?«, fragt er und klingt dabei nicht gerade freundlich.

»Wollt dich abholn«, antworte ich und bemühe mich um eine einwandfreie Artikulation.

»Ich hab dir doch gesagt, dass du das nicht sollst.«

»Freussu dich nich?« Mit einem Mal gibt der Boden unter mir nach, ich stolpere nach vorn, Basti fängt mich im letzten Moment noch auf, hält mich am rechten Arm fest und hilft mir wieder in die Senkrechte.

»Hast du getrunken?« Seine blauen Halogenscheinwerfer betrachten mich kritisch.

»Nur ein klein Schluck«, gebe ich zu, »da war noch so'n Likööühr ...«

»Honey, who is it?« Ich drehe den Kopf nach links, dorthin, woher die Stimme kommt. Erst jetzt bemerke ich die blonde Frau, die offenbar die ganze Zeit neben Basti stand, ebenfalls ganz in Schwarz gekleidet, ebenfalls eine Reisetasche in der Hand.

»Heelo«, nuschele ich und strecke ihr meine Rechte entgegen. »I'm Pia.« Sie zögert einen Moment, ergreift dann aber unsicher meine Hand, schüttelt sie und erklärt: »I'm Blanche. Nice to meet you.«

»Nice do meed judu«, erwidere ich. Im nächsten Augenblick spüre ich, wie Basti wieder meinen Arm ergreift.

»Just a second«, sagt er zu der blonden Blanche, dann zerrt

er mich hinter sich her ein paar Meter weit weg. »Was soll denn das?«, fährt Basti mich vorwurfsvoll an, sobald wir außerhalb ihrer Hörweite sind. »Warum tauchst du hier auf? Und dann auch noch total betrunken!«

»Weil ich ebn total bedrungen bin«, erkläre ich das Offensichtliche. »Und weilich dich doch so liebe«, füge ich hinzu und mache Anstalten, ihm ein weiteres Mal um den Hals zu fallen, aber er hält mich geschickt mit einem ausgestreckten Arm auf Abstand.

»Pia.« Jetzt sieht er nicht mehr vorwurfsvoll, sondern traurig aus. »Das geht doch so nicht, du kannst doch nicht …« Er unterbricht sich, fährt sich mit einer Hand übers Haar und scheint nachzudenken. »Ich bring dich jetzt erstmal mit dem Taxi nach Hause, damit du deinen Rausch ausschläfst, okay?«

»Ogay«, stimme ich zu. Tatsächlich merke ich, wie ich gerade sehr, sehr müde werde. Und die Vorstellung, zusammen mit Basti im Taxi zu sitzen, den Kopf an seine Schulter gelehnt … ach, das wäre ja das Paradies auf Erden!

»Warte kurz«, sagt er, geht zu Blanchi-Blanche zurück und spricht mir ihr. Nach ein paar Minuten nickt sie, winkt mir noch einmal zu und marschiert dann mit ihrer Tasche auf den Ausgang des Flughafens zu. »Dann komm«, meint Basti, als er wieder bei mir ist. Er bietet mir seinen Arm an, ich hake mich unter und folge ihm mit unsicheren Schritten nach draußen, wo er das nächste Taxi heranwinkt. Er öffnet die hintere Tür, schiebt mich auf die Sitzbank und nimmt dann neben mir Platz.

»Semperstraße 98b«, teilt er dem Fahrer meine Adresse mit, schon brausen wir Richtung Heimat. Jetzt sinkt mein Kopf tatsächlich gegen Bastis Schulter, sein Aftershave steigt mir in die Nase, ich fühle mich plötzlich so geborgen und wohl. Basti schiebt mich nicht fort, er legt sogar einen Arm um mich und streichelt über meine Schulter. »Ach, Pia«, höre ich ihn flüstern. »Was mach ich denn nur mit dir?« Und dann – dann wird alles still und dunkel um mich.

Ground Zero – Reloaded

Als ich das nächste Mal die Augen öffne, fährt mir ein stechender Schmerz durch den Kopf. Schnell schließe ich die Lider wieder, bleibe ein paar Sekunden einfach nur so liegen, bevor ich sie ganz, ganz vorsichtig wieder öffne. Ich bin in meinem Bett, jemand hat mich zugedeckt und bis auf T-Shirt und Unterhose ausgezogen. Auf dem Sessel neben meinem Nachttisch liegen meine Jeans, Socken und meine Jacke, meine Sneakers stehen ordentlich nebeneinander davor auf dem Fußboden. Ein Lichtschein fällt durch die zugezogenen Vorhänge, draußen scheint es ziemlich hell zu sein.

Ein Blick auf meinen Wecker verrät mir, dass es schon nach zwei Uhr nachmittags ist, erschrocken fahre ich hoch, sinke aber sofort zurück, da der Schmerz in meinem Kopf mich wieder auf mein Kissen zwingt. Alles dreht sich um mich, gleichzeitig steigt eine unangenehme Übelkeit in mir auf. Und wenn ich es irgendwie schaffen würde, aus dem Bett hochzukommen, würde ich jetzt sehr gern ins Bad laufen und mich dort übergeben. Aber nicht einmal den kleinen Finger kann ich in meinem Zustand rühren, ich liege flach atmend auf dem Rücken und bete, dass die Übelkeitsattacke so schnell vorübergeht, wie sie gekommen ist.

Meine Gebete werden zwar erhört, ein paar Minuten später geht es mir besser – aber dafür explodieren jetzt die Bilder in meinem Kopf, die Szenen der vergangenen Stunden spielen sich vor meinem inneren Auge ab.

»Oh, mein Gott!«, bringe ich stöhnend hervor, als mir wieder einfällt, was ich getan habe. Mein Telefonat mit Basti, das allein war ja schon schlimm genug. Dann dieser fiese klebrige Likör, in Rekordgeschwindigkeit habe ich mir die komplette Flasche reingezogen.

Und nicht nur die, danach habe ich in meiner Speisekammer einen Tetrapack Rotwein gefunden, der noch von Barbaras und meiner Glühweinsause übrig geblieben war, die wir letztes Jahr kurz vor Weihnachten bei mir mit Freunden veranstaltet haben. Billigstes Gesöff, hab ich davon tatsächlich auch noch was getrunken? Auweia, ich muss ja komplett betrunken gewesen sein!

Aber schlimmer als mein Gesundheits- war offenbar mein Geisteszustand. Mit Schaudern erinnere ich mich daran, wie es weiterging: Wie ich mit der Flughafenauskunft telefoniert, dann ein Taxi gerufen habe und losgefahren bin, mein mehr als peinlicher Auftritt vor Basti, der mich wohl irgendwie nach Hause geschafft hat. Ja, ich weiß noch, wie wir nebeneinander im Auto saßen, wie ich zwischendurch immer mal wieder geweint habe und er beruhigend auf mich eingeredet hat.

Auf der Treppe zu meiner Wohnung bin ich mehrfach hingefallen. Das muss so laut gewesen sein, dass meine Nachbarin Frau Schmolke, die neugierige Kuh, gleich ihre Nase zur Tür herausgestreckt hat. Wie peinlich!!! Ob Basti mich auch ins Bett gebracht hat, daran kann ich mich nicht mehr erinnern, aber in diesem Moment gehe ich schwer davon aus. Scheiße, ich habe mich wirklich unmöglich benommen, wie konnte ich nur? Dieser verdammte Likör ist an allem schuld!

O nein, die Agentur!, schießt es mir dann durch den Kopf. Da bin ich heute einfach nicht aufgetaucht, ohne jemandem

Bescheid zu sagen. Mist, Mist, Mist, das ist bestimmt Grund genug für eine Abmahnung!

Unter dem Einsatz sämtlicher Willenskräfte setze ich mich auf, hebe vorsichtig die Beine aus dem Bett, stelle die Füße auf dem Boden ab und warte ein paar Sekunden, ob die Übelkeit wieder einsetzt. Glücklicherweise nicht, ich kann es also wagen, ganz aufzustehen. Bevor ich mich aber mit beispielloser Selbstbeherrschung in die Senkrechte begeben kann, fällt mein Blick auf etwas, das direkt neben meinem Bett auf dem Fußboden steht: Ein volles Wasserglas, an dem ein Post-it mit der Aufschrift »Trink das, Aspirin plus C« klebt. Und ein handgeschriebener Zettel. Ich beuge mich vor und hebe ihn auf.

Liebe Pia,
ich hoffe, du hast nicht allzu schlimme Kopfschmerzen, wenn du aufwachst (Was hast du bloß getrunken???), aber ich hab bei dir im Bad noch ein paar Kopfschmerztabletten gefunden (siehe Wasserglas).

Wie schon gesagt: Es tut mir wirklich furchtbar leid, dass du wegen mir so traurig bist, das will ich wirklich nicht. Aber mit der Zeit wirst auch du verstehen, dass es so am besten ist. Die Beziehung, die du dir wünschst, kann ich dir einfach nicht bieten.

Und nur für den Fall, dass du jetzt falsche Schlüsse ziehst: Die Frau vom Flughafen ist nur eine Londoner Kollegin, ich habe nichts mit Blanche. Ich will ja eben keine Beziehung, das hat also nichts mit dir zu tun.

Jetzt ruh dich erst mal aus und kurier dich, dann sieht die Welt bald schon ganz anders aus.

Kopf hoch!
Sebastian

P. S.: Ich hab in der Agentur angerufen und deiner Kollegin gesagt, dass du heute krank bist. Hab was von Magen-Darm erzählt, nur, damit du Bescheid weißt.

Eine ganze Weile starre ich schweigend auf den Brief, den Basti mir hinterlassen hat. Dann nehme ich das Wasserglas und trinke es in einem Zug leer. Im nächsten Moment breche ich in unkontrolliertes Heulen aus. Verdammt! Das ist so, so, sooo süß, selbst nach meinem indiskutablen Auftritt am Flughafen macht Basti noch so etwas Nettes für mich. Und diesen wunderbaren Mann hab ich verloren! Ich könnte heulen – wenn ich es nicht gerade sowieso schon tun würde. Während ich noch so dasitze und mich in meinem – wie ich finde, durchaus gerechtfertigten – Selbstmitleid ergehe, klingelt es an der Wohnungstür.

Basti!, schießt es mir sofort durch den Kopf. Jetzt will er wahrscheinlich sogar nachsehen, ob es mir wieder besser geht, macht sich am Ende auch noch Sorgen um die unmögliche Schnapsdrossel, die er vorhin nach Hause transportieren musste.

»Moment!«, rufe ich, springe hektisch auf und stürze zu meinem Kleiderschrank. Ein Fehler, prompt meldet sich die Übelkeit zurück, und ich halte kurz inne, um einmal ganz tief ein- und wieder auszuatmen. Langsam und vorsichtig suche ich frische Unterwäsche, ein T-Shirt und eine bequeme Hose heraus, dann gehe ich vom Schlafzimmer ins Bad, um mir wenigstens einmal die Haare zu kämmen.

Der Anblick, der sich mir im Spiegel über dem Waschbecken bietet, ist verheerend, nur leider fehlt die Zeit, um daran jetzt irgendetwas zu ändern, denn es klingelt bereits ein zweites Mal. Egal, Basti hat mich schon in wesentlich desolaterem Zustand gesehen, darauf kommt es jetzt auch nicht mehr an. Mit dröhnendem Kopf schlurfe ich in den Flur und öffne die Tür.

»Hallo B…« Mitten im Satz verstumme ich. Vor mir steht nicht Basti. Es ist Philip, der eine Tüte Zwieback und eine Packung Kamillentee schwingt.

»Na, meine Süße«, begrüßt er mich mit einem mitleidigen Lächeln. »Hab gehört, es geht dir nicht so gut? Du siehst aber auch echt schlimm aus.«

»Äh«, erwidere ich und bin noch völlig perplex, weil nicht Basti, sondern mein Demnächst-Ex-Husband vor mir steht. »Woher weißt du?«

»Barbara hat's mir erzählt, ich hab vorhin bei dir im Büro angerufen. Tja, da dachte ich, ich komm mal vorbei und bring dir was für deinen angeschlagenen Magen.«

»Danke«, meine ich ermattet und öffne die Tür noch weiter. »Dann komm mal rein.« Mit diesen Worten schlurfe ich vor ihm her in mein Wohnzimmer und lasse mich dort ächzend aufs Sofa fallen. Philip bleibt einen Moment unschlüssig vor mir stehen.

»Soll ich dir vielleicht einen Kamillentee machen?«, will er wissen. »Der hilft bei Magenproblemen.« Ich schüttele den Kopf.

»Nein, danke, meinem Magen geht's gut.« Philip sieht mich überrascht an. Ich klopfe mit einer Hand auf den Platz neben mir auf dem Sofa, damit er sich auch setzt. Nachdem er das getan hat, kläre ich ihn auf: »Nicht der Magen macht Probleme, es ist mehr der Kopf.« Und dann erzähle ich sie ihm, diese ganze unschöne und peinliche Geschichte, und dass ich mich vor Basti nun endgültig zum Affen gemacht habe.

»Finde ich nicht so schlimm«, kommentiert Philip, sobald ich mit meinem Bericht fertig bin.

»Nicht schlimm?«, will ich wissen. »Es ist eine echte Katastrophe, ich bin lattenstramm durch den Flughafen getaumelt!«

»Na und? Wenn man Liebeskummer hat, macht man eben manchmal blöde Sachen.«

»Sowas ist dir noch nie passiert«, gebe ich zu bedenken.

»Du bist seit unserer Trennung auch noch nirgends hingeflogen«, erwidert er mit einem schiefen Grinsen und bringt mich damit tatsächlich zum Lachen.

»Ach, Philip«, seufze ich, nehme seine Hand und drücke sie. »Vielen Dank, du bist einfach immer so süß zu mir.«

»Immer wieder gern.« Er macht Anstalten aufzustehen. »Ich muss jetzt auch mal wieder zurück ins Büro, wollte dir nur kurz den Zwieback und den Tee vorbeibringen.« Ich stehe ebenfalls auf, um ihn zur Tür zu bringen.

»Noch mal danke«, sage ich, als wir davorstehen.

»Keine Ursache. Ruf mich einfach an, wenn du mich brauchst.«

Nachdem ich die Tür hinter ihm geschlossen habe, will ich ins Bad, um mich unter eine heiße Dusche zu stellen, da fällt mein Blick auf den Anrufbeantworter im Flur, der mir eine neue Nachricht anzeigt. Schon wieder keimt diese dämliche Hoffnung auf, dass es Basti sein könnte, der angerufen hat, um sich nach mir zu erkundigen. Aber bereits zwei Sekunden, nachdem ich auf »Abspielen« gedrückt habe, wird diese Hoffnung im Keim erstickt.

»Hallo, ich bin's, Barbara! Sag mal, wieso ruft Basti hier an, um dich krank zu melden? Was ist da los, seid ihr doch wieder zusammen? Und wie geht's dir denn? Meld dich mal, ich brenne auf Details!«

Ich schnappe mir das Telefon und wähle Barbaras Nummer in der Agentur. Nachdem ich ihr kurz erläutert habe, was passiert ist, hat meine liebreizende Kollegin einen tollen

Kommentar für mich übrig: »Mensch, Pia, jetzt vergiss es endlich! Der Typ will nichts mehr von dir, und wenn du jetzt noch anfängst, ihn im Vollsuff zu stalken, bringt er dich mit Sicherheit irgendwann nicht mehr nett nach Hause, sondern gleich zur nächsten Polizeiwache!« Was soll ich sagen? Vielen Dank für diese überaus sensiblen Worte!

Die Tage nach meiner kleinen Flughafen-Eskapade sind der blanke Horror. Zwar habe ich Basti noch einmal eine Mail geschrieben und mich bei ihm bedankt, beziehungsweise, mich für mein schreckliches Benehmen entschuldigt – aber er hat darauf nicht mehr reagiert, und so langsam sickert bei mir die Erkenntnis durch, dass er sich von allein wohl nicht mehr bei mir melden wird und die Sache als abgehakt betrachtet.

Wie ein Zombie schleppe ich mich seitdem zur Arbeit und wieder nach Hause, nehme meine Außenwelt kaum noch wahr und vegetiere auf dem Niveau einer Zimmerpflanze vor mich hin. Piaminus Ficus, quasi.

»Ich finde, du könntest dich langsam mal wieder ein bisschen am Riemen reißen«, stellt Barbara nach einer Weile fest – wobei ich nicht sagen kann, ob es sich bei dieser »Weile« um Wochen oder Tage handelt. »Es macht nämlich überhaupt keinen Spaß, hier permanent einem Trauerkloß gegenüberzusitzen.«

»Oh«, gebe ich ironisch zurück, »tut mir leid, wenn ich dir durch meine Anwesenheit die Laune verhagele.«

»Jetzt sei mal nicht so blöd«, gibt Barbara beleidigt zurück. »Ich bin immer noch deine Freundin, da wird man sich ja wohl noch Sorgen machen dürfen.«

»Nach ›Sorgen machen‹ klang das jetzt nicht gerade.«

»Sorry, der Textprofi von uns beiden bist du, ich drücke mich da vielleicht etwas ungeschickter aus.« Schon will ich etwas Zickiges zurückgeben, aber ein Blick auf Babs sagt mir, dass sie es wirklich nett meint, für ihre Verhältnisse sieht sie sogar relativ mitfühlend aus.

»Ich weiß ja auch, dass das kein Zustand ist«, gebe ich schließlich zu. »Ich komme aus diesem Loch einfach nicht raus, es fühlt sich an, als hätte man mir tonnenschwere Bleigewichte um den Hals gehängt, so sehr zieht mich die ganze Sache runter.«

»Liebeskummer ist immer scheiße«, gibt Barbara lapidar zurück. »Aber wie wir alle wissen, geht er irgendwann vorbei.«

»Sicher, vor allem *du* weißt das«, kann ich mir nicht verkneifen.

»Ja, auch ich weiß das. Oder glaubst du, ich habe noch nie wegen eines Kerls gelitten?« Überrascht sehe ich sie an.

»Davon war ich eigentlich ausgegangen.«

»Tja, damit liegst du wohl falsch«, stellt sie in leicht schnippischem Tonfall fest. »Jedenfalls weiß ich sehr wohl, wie es dir geht. Und meiner Meinung nach sind Ablenkung und Arbeit die beste Methode, um damit umzugehen.«

»Ja, Arbeit. Da komme ich momentan auch nur im Schneckentempo voran, der Boss wird begeistert sein.«

»Soll ich dir was abnehmen? Vielleicht irgendwas Leichtes, was ich auch kann?«, bietet Babs an.

»Nein, brauchst du nicht. Ich muss mich um diesen blöden Apfelhof kümmern und prüfen, ob auf der Website alles funktioniert, wie es soll. Das müsste ich aber eigentlich sogar ohne Hirn hinkriegen.«

»Na gut.« Sie zwinkert mir aufmunternd zu. »Dann schalt mal in Leerlauf. Vielleicht geht dir damit ja auch endlich dieser blöde Kerl aus dem Kopf.«

»Hm«, sage ich zustimmend und denke gleichzeitig, dass er mir niemalsnie aus dem Kopf gehen wird, dieser blöde Kerl.

Das will ich auch gar nicht, ich will ihn nicht vergessen! Nur will ich, dass ich ihm umgekehrt auch nicht mehr aus dem Kopf gehe. Wenn ich nur wüsste, wie ich das anstellen kann!

Ich klicke mich durch die Apfelhofseiten und fahnde nach potentiellen Fehlern, zwischendurch checke ich immer mal wieder mein GMX-Postfach, ob ich nicht vielleicht doch eine Mail von Basti bekommen habe. Nicht sehr oft, nur so alle zwei, drei Sekunden mache ich das, aber mein Briefkasten bleibt leer und das erlösende »Bling« aus. Wenn ich doch nur wüsste, was ich tun kann, wenn mir irgendwas Schlaues einfallen würde, um meinen Ex zurückzugewinnen, irgendwas, egal was, zur Not würde ich es auch mal mit Schamanismus oder schwarzer Magie versuchen. Ich will ihn nur zurück, verdammt!

Mittlerweile habe ich die Apfelhofseiten verlassen und klicke mich durch die Seiten von amazon.de. Ob es vielleicht irgendein schlaues Büchlein gibt, einen sensationellen Ratgeber, der mir in meinem Fall weiterhelfen kann? Ich gebe die Suchbegriffe »Ex« und »zurück« ein – tatsächlich poppt ein Buch mit dem vielversprechenden Titel »Verlassen worden? So bekommen Sie Ihren Ex zurück« auf.

Mit einem Schlag bin ich hellwach, DAS ist genau das, wonach ich suche! Fieberhaft überfliege ich den Info-Text – und bin enttäuscht. Das Büchlein ist ein Leitfaden, wie man an seinen Expartner einen Brief schreiben soll, mit dem man ihn höchstwahrscheinlich zurückerobern wird. Hm, ich weiß ja nicht. Bisher haben meine Mails noch nicht die erwünschte Wirkung gezeigt, und ich möchte mal behaupten, dass ich mich in Sachen Schreiben ganz gut auskenne und auch ohne so einen Ratgeber die richtigen Worte finde. Nein, ich brauche was Praktischeres, was Handfesteres.

Ich wechsele zu Google und tippe wieder meine Suchbegriffe ein. Nachdem ich mich durch diverse Liebeskummer-Foren gelesen habe (jede einzelne Geschichte erinnert mich verdammt an mich selbst), werde ich wie magisch von einem Link und der dazugehörigen Kurzbeschreibung angezogen:

VOLL AUF EX-KURS
Das ultimative Seminar für alle,
die eine verflossene Liebe
zurückerobern wollen.
Mit 99prozentiger Erfolgsgarantie!

Wie hypnotisiert starre ich auf den Eintrag, mit fahrigen Fingern schiebe ich die Maus darauf und klicke den Link an. Dann lese ich:

Sie haben Ihre große Liebe verloren und wollen sie unbedingt zurück?

Ja, ja, ja! möchte ich am liebsten ausrufen, lasse es aber bleiben. Barbara muss ja nicht unbedingt mitbekommen, was ich hier gerade mache. Stattdessen konzentriere ich mich weiter auf diese magischen Worte, die die Antwort auf das zu sein scheinen, wonach ich schon so lange gesucht habe.

Geben Sie nicht auf, lassen Sie sich nicht von irgendwelchen Freunden oder Bekannten erzählen, es sei besser, Ihre Ex oder Ihren Ex zu vergessen! Für jede Liebe gibt es eine zweite Chance, egal, wie ausweglos die Lage scheint! In unserem »Ex-Back-Programm« lernen Sie die richtige Strategie, die Ihnen dabei helfen kann, die Trennung wieder rückgängig zu machen. Zögern Sie nicht, rufen Sie uns an, kommen

Sie vorbei, lassen Sie sich die Chance auf Ihre große Liebe nicht nehmen!

Ich bin fassungslos, als ich diese Zeilen lese, die scheinbar ganz exklusiv für mich geschrieben wurden. Eine 99prozentige Erfolgsgarantie, wenn das mal nichts ist! Hektisch scrolle ich weiter nach unten. Wo gibt es diesen Kurs, wo muss ich hin? Im Zweifel fliege ich bis nach Timbuktu!

Clemens Schüttler
Institut für angewandte Liebesberatung
Rosenthaler Straße 104a, 10178 Berlin

Aha. Nach Timbuktu muss ich also schon mal nicht. Obwohl ich es gemacht hätte, für Basti würde ich sogar einmal um die Welt fliegen! Während ich nach einer Telefonnummer suche, springt mir eine andere Information ins Auge:

Die Voll-auf-Ex-Kurs-Seminare finden jeweils donnerstags von 17.00 bis 21.00 Uhr statt. Kosten: 350 Euro p. P. EC- und Kreditkarten-Zahlung möglich.

»Äh, Barbara?«

»Ja?«

»Welcher Tag ist heute eigentlich?«

»Donnerstag.« Sie blickt von ihrem Bildschirm auf und sieht mich fragend an. »Wieso?« Ich werfe einen Blick auf die Uhr rechts unten auf meinem Monitor. 14.07 Uhr. Eilig schließe ich die Seite. Mit einem Satz bin ich aufgesprungen und habe meine Jacke vom Haken neben der Tür gerissen.

»Ich muss los!«, erkläre ich, während ich sie anziehe und dann nach meiner Tasche greife.

»Wie, los?« Barbara mustert mich irritiert. »Du kannst doch nicht einfach so abhauen! Und wo willst du überhaupt hin?«

»Zum Arzt«, behaupte ich schnell. »Mir ist auf einmal wirklich total übel, keine Ahnung, woher das kommt, ich hab ja nichts getrunken oder so. Sagst du dem Boss Bescheid, falls er fragt?«

»Äh«, ist das Einzige, was ich von meiner Kollegin noch höre, dann bin ich schon aus der Tür.

4. Kapitel

Berlin, Berlin!

Um zehn Minuten vor fünf stolpere ich am Rosenthaler Platz aus der U-Bahn und hechte die Stufen zum Ausgang hoch. Was für ein Glück, dass der ICE von Hamburg nach Berlin nur eineinhalb Stunden braucht, sonst hätte ich das im Leben nicht mehr geschafft!

Wie von Furien gejagt hetze ich die Rosenthaler Straße entlang und suche die richtige Hausnummer. Doch bevor ich sie entdecke, springt mir schon ein Schild mit einem knallroten Herz ins Auge. »Institut für angewandte Liebesberatung« steht in großen Lettern darauf, das muss es wohl sein.

Ich drücke die ebenfalls rote Klingel neben dem Schild, und aus der Gegensprechanlange trötet mir eine Frauenstimme »Hinterhaus, zweiter Stock!« entgegen. Keuchend laufe ich durch den Torbogen Richtung Innenhof und reiße die Tür zu einem ziemlich miefigen Altbau auf. Schick ist anders, jede einzelne Treppenstufe knarrt, als würde sie gleich unter mir zusammenbrechen. Im zweiten Stock hängt an der linken Tür das gleiche Schild wie draußen, ich klingele ein weiteres Mal, ein Summer brummt, und schon stehe ich in einem großen Flur mit Empfangstresen, hinter dem eine Dame mittleren Alters sitzt und mich anlächelt.

»Zum Seminar?«, fragt sie freundlich.

»Ja«, bringe ich japsend hervor.

»350 Euro bitte«, teilt sie mir, immer noch freundlich, mit. Oh, die sind hier ja auf Zack, nicht mal die Jacke hab ich abgelegt, da werde ich schon zur Kasse gebeten. Na gut, es ist ja auch schon fast fünf Uhr, keine Zeit mehr für Höflichkeitsfloskeln.

»Sie nehmen auch EC-Karten?«, will ich wissen. Statt einer Antwort holt sie lächelnd ein Lesegerät hervor und stellt es auf den Tresen. »Bekomme ich auch eine Rechnung?« Wer weiß, vielleicht geht das bei der Steuer ja als »berufliche Weiterbildung« durch oder so, obwohl ich da so meine Zweifel habe.

»Sicher«, erwidert die Frau, »allerdings ist unser Drucker momentan defekt, wenn Sie mir Ihre Adresse aufschreiben, schicke ich sie Ihnen zu.«

Zwei Minuten später bin ich um 350 Euro ärmer und denke an mein sowieso schon geschröpftes Konto, das sich meist am oberen Limit meines Dispokredits bewegt. Aber immerhin darf ich dafür meine Jacke an der Garderobe parken und werde von der Empfangsdame in einen großen Raum geführt, der an ein Wartezimmer erinnert: In einer großen U-Form stehen etwa fünfzehn Stühle, bis auf drei sind alle besetzt. Demnach starren mich geschätzte dreizehn Augenpaare an. Ziemlich rote Augenpaare, die Mehrzahl der anwesenden Frauen (nur einen einzigen Mann kann ich auf den ersten Blick entdecken) wirkt ziemlich verheult, hier und da prustet jemand geräuschvoll in ein Taschentuch. Eine ganz fröhliche Runde also, aber was hatte ich auch erwartet? Eine karnevalistische Prunksitzung?

»Suchen Sie sich einfach einen Platz aus, Herr Schüttler kommt gleich«, sagt die Dame vom Empfang. Unsicher nicke ich den anderen zu und steuere einen freien Stuhl direkt neben dem männlichen Seminarteilnehmer an. Der wirkt nicht ganz so betrübt wie die restliche Trauergemeinde, dazu hat er feuerrote Locken, die ihm in alle Himmelsrichtungen vom Kopf abstehen, sein Gesicht ist mit lustigen Sommersprossen übersät. Wie Pumuckl in attraktiv, vielleicht wollte der ja tatsächlich zum Fasching.

»Ich bin Lars«, begrüßt er mich, sobald ich Platz genommen habe.

»Pia«, antworte ich. Er beugt sich ziemlich nah zu mir rüber und flüstert mir ins Ohr. »Endlich mal eine, die nicht heult. Hab mich schon gefragt, in was ich hier hineingeraten bin.«

»Keine Sorge«, flüstere ich zurück, »das mit dem Heulen kommt bei mir noch.« Wir grinsen uns an, mein Sitznachbar scheint immerhin schon mal ganz nett zu sein.

»Und seit wann ist bei dir Schluss?«, will er wissen und spricht jetzt in normaler Lautstärke.

»Fast drei Wochen«, erkläre ich. »Und bei dir?«

»Fünf Monate.«

»Fünf Monate?«, staune ich. »Und du bist immer noch nicht drüber weg?« Ich habe den Satz noch nicht ganz vollendet, als mir schon klar wird, wie blöd das klingt. »Sorry«, schiebe ich schnell hinterher, »das war nicht sehr sensibel von mir.«

»Schon gut. Meine Kumpels sagen das auch schon alle, aber ich kann meine Ex halt nicht vergessen. Yvonne ist einfach toll.« Nun grinst er mich schief an. »Und als ich von dem Seminar hier gehört habe, dachte ich, ich probier's mal aus. Kann ja nicht schaden.«

»Stimmt, schlimmstenfalls ist man halt nur 'ne Menge Kohle los.«

»Denk an die unglaubliche Erfolgsgarantie!«

Ehe ich etwas erwidern kann, wird die Tür zum Raum geöffnet, und ein Mann kommt mit den Worten »Hallo und herzlich willkommen!« hereingefegt. Schlagartig ist die gesamte Aufmerksamkeit auf ihn gerichtet, als wäre er ein Moderator, der mit großem Tamtam von der Showtreppe steigt, inklusive Trommelwirbel und Fernsehballett. Selbstbewusst baut er sich neben dem Flipchart auf, das an der Kopfseite des Zimmers steht. Der erste Eindruck: dynamischer Endvierziger, grau melierte Haare, sportlich in Jeans und dunkelblauem Long-Sleeve. Die Füße stecken in angesagten Converse-Turnschuhen, die mit ohne Schnürsenkel. Stichwort: Berufsjugendlicher. Das ist er also, Clemens Schüttler, der Experte in Sachen Beziehungsrettung, der Mann, auf den hier alle ihre letzte Hoffnung setzen.

»Ich bin Clemens Schüttler«, stellt er sich prompt vor, »und ich werde euch in den nächsten vier Stunden verraten, wie ihr euren Expartner oder eure Expartnerin«, Blick Richtung Lars, »zurückgewinnen könnt.«

Applaus erklingt, plötzlich kommt Leben in die vormals trauernde Gemeinde. Nachdem der Beifall abgeebbt ist, spricht Clemens Schüttler weiter: »Wenn niemand etwas dagegen hat, möchte ich gern ganz leger beim ›du‹ bleiben, denn ich begreife uns hier als einen eingeschworenen Kreis.« Er lässt seine Worte einen Moment lang bedeutungsschwanger in der Luft hängen, der eingeschworene Kreis stimmt nickend zu. Ich selbst bin gerade etwas skeptisch, Clemens Schüttler erinnert mich doch schwer an den holländischen Motivationscoach Emile Ratelband und sein »Tschaka, du schaffst das!« Aber solange wir hier nicht mit nackten Füßen über glühende Kohlen laufen müssen, bin ich noch immer zu allem bereit.

»Gleich kommt bestimmt ein ›Tschaka‹«, flüstert Lars mir zu, als hätte er meine Gedanken erraten, woraufhin ich natürlich sofort laut losprusten muss. Alle Blicke richten sich auf mich, wie peinlich, und auch Herr Ratelband nimmt mich ins Visier.

»Erzähl uns doch gern allen, was so lustig ist«, fordert er mich lächelnd auf.

»Äh, nix«, bringe ich stotternd hervor und fühle mich, als sei ich dreizehn und in der Schule beim Spicken erwischt worden.

»Schade«, meint Clemens Schüttler, »mit Humor kommt man nämlich wesentlich leichter durchs Leben. Aber gut, dann machen wir nun weiter. Vielleicht stellt sich jeder von euch kurz vor und erzählt, weshalb er hier ist und was er sich von meinem Seminar erhofft. Fang du doch«, er nickt mir auffordernd zu, »am besten gleich mal an.« Na super, das hab ich jetzt davon!

»Also, ja«, beginne ich unsicher, »ich heiße Pia und bin vor knapp drei Wochen von meinem Freund Sebastian verlassen worden.« Ich höre auf zu sprechen, aber noch immer sieht Clemens Schüttler mich an. »Ähm, ja, und natürlich hoffe ich, wie wohl alle hier, dass ich ihn zurückgewinnen kann.« So, das reicht jetzt aber. Doch der Experte sieht das offensichtlich anders.

»Warum hat er sich von dir getrennt?«, fragt er nach.

»Tja, hm«, ich zögere, einen Seelenstrip wollte ich hier eigentlich nicht hinlegen. »Ich denke, ich habe ihn vielleicht ein bisschen eingeengt?«

»Ein bisschen?«

»Na ja«, gebe ich zu, »wir waren noch nicht so lange zusammen, und ich wollte wohl … zu viel.«

»Zu viel was?«

»Ja, ähm, zu viel Verbindlichkeit, zu viel Nähe, würde ich mal tippen.«

»Aha!«, ruft Clemens Schüttler aus, als hätte ich gerade

etwas Sensationelles gesagt. Dann nimmt er einen Filzstift, der auf dem Bord unten am Flipchart liegt, und schreibt auf das noch leere Papier die Worte »Nähe« und »Distanz«. »Dazu kommen wir später«, erläutert er dann, »aber ich schreibe es schon einmal auf, weil es ein sehr wesentlicher Aspekt von dem ist, was ich euch heute beibringen will.« Er wendet sich an Lars. »Und wie ist deine Geschichte?«

»Meine Freundin Yvonne hat sich vor fünf Monaten von mir getrennt. Wir waren vier Jahre zusammen, und ich hoffe ebenfalls, dass es noch einen Weg zurück zu ihr gibt.«

»Okay, und wie ist es bei dir?«, fragt Clemens Schüttler direkt die Nächste. Und so erzählt eine nach der anderen die immer wieder gleiche Geschichte, mal ist das Beziehungsende erst ein paar Tage her, mal ein paar Wochen oder Monate, und alle wollen natürlich nur eins: den Ex zurück, eine zweite Chance für die Beziehung.

»Mein Mann hat sich nach sieben Jahre Ehe von mir getrennt«, erzählt gerade eine übergewichtige Blondine namens Gisela und schnäuzt anschließend geräuschvoll in ein Taschentuch. »Und das auch noch am Telefon! Er rief mich von einer Geschäftsreise an, erklärte mir, er habe sich in eine andere Frau verliebt. Er würde packen und ausziehen, sobald er wieder zu Hause ist. Am Telefon! Das muss man sich mal vorstellen!« Die anderen Teilnehmer bedenken sie mit mitleidigen Blicken.

»Mein Freund hat nur eine SMS geschickt«, erklärt sich eine junge Frau mit kurzen schwarzen Haaren solidarisch. »Und wir waren immerhin auch ein Jahr zusammen, vor einer Woche schrieb er dann plötzlich: ›Sorry, Süße, es ist Schluss‹!« Bei der Erinnerung daran steigen auch ihr Tränen in die Augen, und die dicke Gisela reicht ihr als tröstende Geste ein Taschentuch.

»Das ist ja noch gar nichts!«, trompetet nun eine Frau, die etwa in meinem Alter ist. »Ich hab's auf Facebook erfahren!«

»Auf Facebook?«, frage ich erstaunt nach.

»Ja«, sie nickt und zittert dabei fast vor Empörung. »Irgendwann ist mir aufgefallen, dass mein Freund auf seinem Profil seinen Status von ›In einer Beziehung‹ in ›Single‹ umgeändert hat. Ich hab ihn angerufen und gefragt, was das soll. Da hat er nur gemeint, dass das ja wohl klar sei, und aufgelegt.« Fassungslos starren wir sie an, so was hat man ja wirklich noch nie gehört!

»Äh«, schaltet Lars sich nun ein, »und darf ich fragen, warum du so einen Idioten wiederhaben willst?«

»Weil ich«, nun bricht sie in haltloses Weinen aus, »ihn eben noch liebe, darum!« Gisela reicht ein weiteres Taschentuch, Clemens Schüttler geht auf die Teilnehmerin zu und tätschelt ihr beruhigend die Schulter.

»Schon gut«, meint er, »lass es ruhig alles raus, hier bist du in einem geschützten Raum.« Dann wendet er sich wieder an alle. »Heute geht es nicht darum, sich ein Urteil darüber zu erlauben, ob es sinnvoll ist, seinen Expartner zurückhaben zu wollen oder nicht. Ihr alle wünscht es euch, das Wieso und Warum soll dabei keine Rolle spielen.« Wichtige Pause. »Und deshalb fangen wir jetzt an. Mit meiner Ex-Back-Strategie, mit der es jeder von euch schaffen kann, den Partner wieder für sich zu gewinnen.« Wir horchen auf, endlich wird's hier interessant, und Meister Schüttler kommt zur Sache!

Wieder nimmt er den Filzstift zur Hand, baut sich vor dem Flipchart auf und beginnt zu schreiben: *Die wichtigste Grundregel des Voll-auf-Ex-Kurs-Programms:*

Er unterstreicht den Satz dreimal und wendet sich dann wieder an sein Auditorium.

»Sollen wir das mitschreiben?«, will die Frau mit dem Idioten auf Facebook wissen.

»Nein«, meint Schüttler, »es gibt am Ende des Seminars für jeden ein Handout mit den wichtigsten Punkten.«

»Für 350 Schleifen kann man das wohl auch erwarten«, flüstert Lars mir wieder zu, ich bringe ihn mit einem »Schsch!« zum Schweigen, ehe mich wieder der strenge Blick des Seminarleiters trifft. Am Ende lande ich hier sonst noch in der Ecke, wenn wir uns nicht benehmen.

»Also, die wichtigste Regel«, erklärt Clemens Schüttler, »lautet …« Er zückt erneut den Filzstift.

Tu ab sofort nichts!

»Äh, nichts?«, fragt Gisela nach, ein irritiertes Murmeln geht durch die Reihen.

»Genau«, bestätigt Clemens Schüttler, »nichts.«

»Und das soll jetzt dein toller Rat sein?«, meint Lars und verschränkt beide Arme vor der Brust. Unser Seminarleiter nickt.

»Der beste und wichtigste, den ich euch geben kann.«

»Wie jetzt?«, traue ich mich, auch mal wieder was zu sagen. »Und das soll uns helfen?« Ein weiteres Nicken.

»Aber das ist natürlich noch nicht alles«, beruhigt Clemens Schüttler uns dann. »Damit fängt mein Programm nur an, nämlich damit, dass ihr erst einmal sämtliche Aktivitäten einstellt.«

»Was für Aktivitäten denn?«, hake ich nach.

»Ganz einfach«, fährt er fort. »Wer von euch hat in letzter Zeit seinen Expartner angerufen und darum gebettelt, dass er zurückkommt? Bitte Hände hoch!« Ich sehe mich um. Etwa die Hälfte aller Teilnehmer streckt langsam eine Hand nach oben, widerstrebend folge ich ihrem Beispiel. »Gut«, Clemens Schüttler wirkt sichtlich zufrieden. »Wer von euch hat eine Mail, einen Brief oder eine SMS an den Ex geschrieben und um eine zweite Chance gebeten?« Noch mehr Hände gehen in die Luft. »Wer ist persönlich beim Ex aufgetaucht?« Bis auf Lars haben nun alle ihre Flossen in der Luft. »Und du?«, will Clemens Schüttler von meinem Sitznachbarn wissen. »Du hast deine Exfreundin nicht angerufen, keine Mail oder SMS geschrieben oder bist bei ihr persönlich aufgetaucht?«

»Na ja«, erwidert Lars zögerlich und lässt seine Hand dabei auch nach oben wandern, »ich hab vor ihrer Haustür mit Graffiti-Spray ein ›Yvonne, ich liebe dich und kann ohne dich nicht leben‹ auf die Straße gesprüht.«

»Oh, wie süß!«, rufen einige entzückt aus, und auch ich muss zugeben, dass das schon ganz schön romantisch ist.

»Wie hat sie darauf reagiert?«

»Sie hat mich angerufen und mir erklärt, dass das total peinlich ist und ich so was lassen soll.«

»Aha.« Unser Guru blickt erneut gewichtig in die Runde. »Was lehrt uns das?« Bevor einer von uns etwas dazu sagen kann, beantwortet er seine Frage einfach selbst. »Es bringt rein gar nichts, wenn wir den Expartner anbetteln, zu uns zurückzukommen. Nichts! Außer vielleicht, dass er irgendwann schwer genervt von uns ist.«

Clemens Schüttlers Worte treffen mich wie ein Faustschlag in die Magengrube, denn natürlich muss ich sofort an meinen megapeinlichen Auftritt am Flughafen denken. Und an die zig Mails, die ich Basti geschrieben habe, zusammen mit meinen Kurznachrichten und meinen Anrufen. Und was soll ich sagen? Der Guru hier hat vermutlich Recht – bringt alles nichts, außer strapazierten Nerven beim Objekt der Begierde.

»Ich will es euch erklären«, doziert Clemens Schüttler weiter. »Euer Partner hat sich von euch getrennt. Warum auch immer, und er wird sich diese Entscheidung nicht leicht gemacht haben.« Er wirft dem Facebook-Opfer einen kurzen Blick zu. »Na ja, in den meisten Fällen jedenfalls nicht. Damit hat euer Ex Distanz zwischen euch geschaffen, ihr seid nicht mehr zusammen. Wenn ihr ihn jetzt mit Anrufen, Mails oder Spontanbesuchen bombardiert, fühlt er sich von euch bedrängt, denn ihr akzeptiert seine Entscheidung nicht. Das wird ihn nerven oder irgendwann sogar wütend machen. Oder er hat ein schlechtes Gewissen, weil er euch immer wieder zurückweisen muss, was ihm leidtut. Was auch immer in ihm vorgeht, euer Verhalten sorgt dafür, dass er sich schlecht fühlt, ob er nun sauer, genervt oder einfach nur hilflos ist. Er verbindet mit euch also irgendwann ausschließlich negative Gefühle. Wie soll er da bitteschön wieder mit euch zusammen sein wollen? Nein, das funktioniert nicht. Wenn wir ihm Nähe aufzwingen wollen«, er zeigt mit seinem Filzer auf die Worte »Nähe« und »Distanz«, die er vorhin aufgeschrieben hat, »bringen wir ihn nur dazu, dass er die Flucht ergreift, dass er noch mehr Distanz zwischen sich und uns schaffen will.«

Ich merke, wie ich auf meinem Stuhl immer mehr in mich zusammensacke. Was bin ich auch für ein Schaf! Das, was Clemens Schüttler uns hier erzählt, liegt ja so was von dermaßen auf der Hand, dass es jedem, der auch nur für zwei Cent Grips in der Birne hat, klar sein müsste. Und dann auch noch ich als »Werbe-Profi«, ich müsste doch wissen, dass niemand etwas will, das ihm nachgeschmissen wird!

»Aber dann ist es jetzt doch längst zu spät«, wirft die verlassene Ehefrau ein. »In dem Fall hab ich ja schon alles kaputt gemacht! Bestimmt zehn Briefe hab ich meinem Mann geschrieben, ihn ständig angerufen, ihm im Hotel aufgelauert, in dem er momentan wohnt, habe geweint, geschrien, getobt …«

»Nein, nein«, wird sie von unserem Retter in der Not unterbrochen, »zu spät ist es gar nicht, man kann das Ruder fast immer noch rumreißen.«

»Wirklich?«, fragt sie, und eine ganze Lkw-Ladung Hoffnung schwingt in ihrer Stimme mit.

»Ja, vorausgesetzt, ihr haltet euch an meine Regeln. Und davon lautet die erste eben: Ab sofort nichts mehr tun, nicht mehr anrufen, nicht mehr schreiben, nichts, nada, niente!«

»Das wird schwierig«, erklärt eine hübsche zierliche Frau, die mir direkt gegenübersitzt. »Mein Ex ist mein Chef, und ich sehe ihn jeden Tag im Büro.«

»Zu solchen Spezialfällen kommen wir später«, wird sie von Clemens Schüttler beruhigt. »Es gibt auch da eine Lösung. Aber jetzt erst einmal weiter im Text. Ich habe euch also erklärt, dass erzwungene Nähe bei eurem Ex nur den Wunsch nach noch mehr Distanz hervorruft.« Wir nicken alle artig, ja, so weit haben wir das begriffen. »Das Gute an der Sache ist, dass es auch umgekehrt funktioniert. Dass also Distanz in den meisten Fällen den Wunsch nach Nähe hervorruft. Ihr selbst spürt gerade am eigenen Leib, dass das so ist. Euer Ex hat euch verlassen, sich also von euch distanziert – ihr sehnt euch ganz schrecklich nach ihm und wollt ihm nahe sein«, er wendet sich an Lars, »damit meine ich auch immer ›ihr‹, ich hoffe, es ist okay, wenn ich in der männlichen Form rede.«

»Kein Problem«, sagt mein Sitznachbar, »so weit kann ich schon noch abstrahieren.« Alle lachen, so langsam wird das hier vielleicht doch sogar eine ganz lustige Veranstaltung. Und erhellend. Bei mir jedenfalls sind schon nach den ersten Worten von Clemens Schüttler ganze Tonnen von Erkenntnis-Groschen gefallen.

»Jedenfalls, wo war ich? Ach ja, richtig, ihr merkt also gerade, wie sehr ihr euch nach Nähe sehnt, weil euer Partner sich euch entzieht. Tja, und dieses Prinzip müsst ihr einfach umwandeln. Nämlich, indem IHR euch nun eurem Ex entzieht und auf Tauchstation geht. Und zwar sechs Wochen lang.«

»Sechs Wochen?«, schreie ich entsetzt auf. »Wie sollen wir das denn schaffen?« Schüttler lächelt nachsichtig.

»Das werdet ihr schon hinkriegen. Mit meinem Programm werdet ihr auch viel zu beschäftigt sein, um euren Verflossenen weiter zu stalken.«

»Aber wenn meine Exfreundin sechs Wochen lang nichts von mir hört, wird sie mich doch bestimmt vergessen«, gibt Lars zu bedenken.

»Nein«, widerspricht Schüttler, »das Gegenteil wird der Fall sein. Sie wird sich fragen, was du machst und sich wieder mehr für dich interessieren.«

»Du kennst sie doch gar nicht!«

»Das stimmt. Aber ich kenne die Menschen. Und in 99 Prozent aller Fälle – daher meine Erfolgsgarantie – läuft es so ab: Zuerst ist euer Ex möglicherweise erleichtert, dass ihr ihn in Ruhe lasst. Nach einer Weile wird er sich dann fragen, was los ist und was ihr so treibt. Und wenn er euch dann nach sechs Wochen wieder zu Gesicht bekommt, wird er erstaunt sein, wie sehr ihr euch verändert habt.«

»Was für eine Veränderung denn?«, fragt die Blondine mit den Taschentüchern.

»Dazu komme ich später, wartet es ab. Jedenfalls ist es so gut wie sicher, dass ihr durch plötzliche Funkstille wieder ein gewisses Interesse an euch weckt. Und das ist der erste Schritt in die richtige Richtung.«

»Mein Mann wird sich doch wundern, wenn er auf einmal nichts mehr von mir hört!« Gisela wirkt regelrecht schockiert.

»Genau das soll er ja auch! Er soll sich fragen, was los ist, soll ins Grübeln kommen und sich über dich wieder Gedanken machen. Deshalb ist es wichtig, dass keiner von euch dem Expartner die sofortige Kontaktsperre mitteilt, sonst funktioniert sie nicht. Ruft also bloß nicht an und sagt ihm, dass ihr euch nicht mehr melden werdet, dieses Überraschungsmoment ist extrem wichtig.« Er wirft uns einen strengen Blick zu. »Außerdem solltet ihr auch niemandem in eurem Umfeld erzählen, dass ihr dieses Seminar besucht habt und nun mein Programm absolviert.«

»Weshalb nicht?«, will ich wissen.

»Damit sich zum einen keiner aus eurem Freundeskreis bei eurem Ex verplappert. Wenn er weiß, dass es eine Zurückgewinnungsstrategie ist, funktioniert die Methode nicht, denn dann fühlt er sich ja wieder bedrängt. Und zum anderen sollt ihr es nicht erzählen, damit es euch keiner ausreden kann. Glaubt mir, all diejenigen, die schon mal daran gescheitert sind, eine zerbrochene Beziehung wieder zu kitten, würden das tun, weil sie selbst die Erfahrung gemacht haben, dass so etwas nicht funktioniert.«

»Und was, wenn sich mein Ex von sich aus bei mir meldet?« Das Facebook-Opfer.

»Dann wertet ihr das als gutes Zeichen, seid aber trotzdem nur freundlich und haltet den Kontakt so kurz wie möglich. Nicht unhöflich oder abweisend sein, einfach nur nett und neutral und – um Himmels willen – keine Diskussionen über die Beziehung! Nicht in diesen wichtigen sechs Wochen, da habt ihr andere Dinge zu tun.«

»Und was wären das für Dinge?«, frage ich nach.

»Dazu komme ich jetzt.«

Voll auf Ex-Kurs, oder was?

Nach zwei weiteren Stunden Seminar raucht mir der Schädel, und ich hoffe, dass ich mir alles, was Clemens Schüttler uns erzählt, überhaupt merken kann. Glücklicherweise gibt es am Ende aber ja ein Handout, da werden die wesentlichen Punkte doch wohl draufstehen.

Die wesentlichen Punkte, genau die hat uns unser neuer Guru minutiös auseinandergesetzt. Während der sechs Wochen, die unsere Kontaktsperre dauern soll, haben wir die Aufgabe, jeden Morgen eine Sache aufzuschreiben, die in unserem Leben gut ist und uns täglich eine kleine Freude zu gönnen, vom Kochen unseres Lieblingsessens bis hin zum Besuch im Wellnesstempel. Quasi weg von der Fixierung auf den Partner, hin zu anderen Aspekten des Lebens und gleichzeitig den Turbo-Ego-Booster starten. Denn die Faustregel heißt: Je besser wir uns fühlen, desto mehr positive Ausstrahlung haben wir. Und das erhöht unsere Chancen beim Ex. So weit, so gut, das dürfte kein Problem sein.

Der nächste Punkt ist eine härtere Nuss: Jeden Tag eine Stunde Sport. JEDEN TAG EINE STUNDE SPORT!!! Auf meine entsetzte Nachfrage, wofür das denn nötig sei, hat Clemens Schüttler uns erklärt, dass Sport zum einen die Stimmung hebt und zum anderen dafür sorgt, dass wir körperlich fitter und attraktiver werden – nach sechs Wochen soll unser Ex schlicht hintenüberfallen, wenn er uns sieht. Na gut, wenn's der Sache dient ... Je aktiver wir werden, umso besser. Außerdem sollen wir die Zeit, in der wir tun und lassen können, was wir wollen, ohne einen Partner fragen zu müssen, nutzen: Reisen machen. Sprachkurse belegen. Die Nächte durchfeiern. Eine Sinfonie komponieren, karrieremäßig so richtig durchstarten. Alles, was uns guttut, unsere Unabhängigkeit und unser Selbstwertgefühl steigert, ist erlaubt – mehr noch, es ist Pflicht!

Die nächste Pflichtübung besteht darin, dass jeder von uns mindestens einmal pro Woche ein Date hat. Und zwar immer mit einem anderen (woher ich die ganzen Kerle nehmen soll, ist mir allerdings noch schleierhaft). Auch das soll unser Ego pushen und uns unseren Marktwert vor Augen halten, ebenfalls eine Wunderwaffe für eine positive Ausstrahlung. Wir sollen uns bei Kontaktbörsen im Internet anmelden oder abends mit Freunden ausgehen und bewusst mit anderen flirten.

»Das Wichtigste ist«, endet Clemens Schüttler schließlich mit seinen Erläuterungen, »dass jeder von euch die sechs Wochen nutzt, um sich selbst wieder auf Vordermann zu bringen. Momentan seid ihr noch das kleine Häufchen Elend, das am Boden zerstört ist – wenn euer Ex euch das nächste Mal sieht, sollt ihr vor guter Laune und Optimismus strahlen.«

»Und wie geht's dann weiter? Also, wenn wir die Kontaktsperre beenden dürfen?«, frage ich nach.

»Dann dürft ihr sogar von euch aus euren Ex anrufen und euch möglichst unverbindlich mit ihm auf einen Kaffee treffen. Plaudert locker mit ihm, fragt ihn, was er in letzter Zeit so gemacht hat und erzählt ein bisschen, was bei euch in der Zwischenzeit passiert ist. Aber bloß keine Beziehungsgespräche, die sind tabu!«, fügt er streng hinzu. »Ihr werdet sehen: Wenn euer Expartner euch so locker, fröhlich und selbstbewusst erlebt, wird er schon bald von selbst auf die Idee kommen, dass er wieder mit euch zusammen sein will.«

»Und was, wenn nicht?« Die Taschentuchfrau.

»Dann«, Clemens Schüttler legt die Stirn in Falten und überlegt einen Moment, »habt ihr vermutlich irgendetwas falsch gemacht. Wer sich genau an meine Regeln hält, hat damit zu 99 Prozent auch Erfolg, das garantiere ich!«

»Wenn's nicht klappt, weil man zu dem einen Prozent gehört«, will Lars jetzt wissen, »bekommen wir dann unser Geld zurück?« Clemens Schüttler lacht.

»Nein, viel besser: Diejenigen, bei denen es aus irgendwelchen Gründen nicht funktioniert, dürfen mein Seminar kostenfrei besuchen, so oft sie wollen.« Tschaka. Ich sag's ja.

Nachdem Clemens Schüttler uns um kurz vor neun alle vor die Tür gefegt hat – jedem Einzelnen von uns hat er noch einmal ermutigende Worte auf den Weg gegeben sowie seine Visitenkarte mit einer 0190er-Nummer, die wir im Notfall oder bei Nachfragen täglich zwischen 10.00 und 22.00 Uhr für günstige 2,39 Euro die Minute anrufen können –, bleiben Lars und ich noch einen Moment draußen auf der Straße stehen.

»Was meinst du?«, fragt er. »Ob das klappt? Oder sind wir auf einen blöden Schwätzer reingefallen?«

»Ich weiß nicht«, meine ich. »Aber ich hoff's natürlich schon. Also, dass es klappt, natürlich, nicht, dass Clemens Schüttler ein Schwätzer ist.«

»Hm«, kommt es nachdenklich zurück.

»Die Sachen, die er erzählt hat, finde ich jedenfalls zum großen Teil nachvollziehbar.« Ich grinse schief. »Auch, wenn mir das mit dem Sport überhaupt nicht passt.«

»Verstehe ich gut, ich hab's auch nicht so damit, aber es muss wohl sein.« Einen Moment stehen wir noch unschlüssig voreinander herum, dann will ich mich von Lars verabschieden.

»Ich muss dann mal«, setze ich an.

»Hast du Lust, noch was trinken zu gehen?«, unterbricht er mich.

»Geht leider nicht«, erkläre ich ihm, »ich wohne nicht in Berlin und muss noch zurück nach Hamburg.«

»Echt?« Er lacht, und ich verstehe nicht ganz, was es da zu lachen gibt. »Ich wohne auch in Hamburg«, klärt er mich im nächsten Moment auf.

»Wirklich?« Er nickt. »Das ist ja ein Zufall!«

»Sonst lass uns doch zusammen fahren. Ich hab mir hier um die Ecke zwar ein Hotel gemietet, aber ich würd dann schnell meine Sachen holen und schon heute Abend nach Hamburg zurückfahren.« Er zwinkert mir zu. »Dann können wir noch ein bisschen über Clemens Schüttler und die anderen Teilnehmer lästern.«

»Gute Idee!« Tatsächlich freue ich mich, nach diesem teils doch etwas seltsamen Seminar jemanden zu haben, mit dem ich darüber reden kann. Zumal der Guru uns ja verboten hat, es irgendjemandem von unseren Freunden zu erzählen.

Und so sitzen Lars und ich eine Stunde später im ICE nach Hamburg, lachen uns wieder und wieder über die Facebook-Geschichte tot, erzählen aber auch von unseren Jobs (Lars ist Bauingenieur, für mich quasi ein Mensch vom anderen Stern) und von unseren gescheiterten Beziehungen und warum wir unsere Expartner zurückhaben wollen.

Lars schildert Yvonne in den schillerndsten Farben, seiner Beschreibung nach muss sie eine Art Rauschgoldengel mit einem IQ von 200 sein. Getrennt hat sie sich von ihm für einen anderen, aber Lars ist der festen Überzeugung, dass sie ihn eigentlich immer noch liebt, aber sich das aus irgendeinem Grund nicht eingestehen will. Ich kann mir zwar nicht vorstellen, welchen Grund es geben sollte, sich nicht eingestehen zu wollen, dass man jemanden noch liebt, will Lars aber nicht entmutigen.

Ich selbst stelle Basti natürlich auch wie einen Halbgott

dar, als den perfekten Mann für mich, der einfach nur begreifen muss, dass wir zusammengehören. Stichwort Chicken Wings und Pizza ohne Käse. Lars gibt mir Recht, dass das doch quasi ein Fingerzeig des Schicksals ist. So plaudern wir angeregt über die Liebe und ihre Nebenwirkungen, während draußen in der Dunkelheit Kilometer für Kilometer an uns vorüberfliegen. Dazu trinken wir Bier, das Lars aus dem Zugrestaurant organisiert hat, beinahe ist die Fahrt wie ein netter Abend in der Kneipe.

»Ist ja fast ein Frauengespräch«, stellt Lars kurz vor Hamburg fest.

»Scheint ja auch fast ein Frauenproblem zu sein«, meine ich.

»Wie meinst du das?«

»Na ja, du warst immerhin der einzige Mann im Seminar.« Er lacht.

»Tja, die meisten Männer schämen sich vielleicht, zu solchen Mitteln zu greifen. Das ist für sie wahrscheinlich unmännlich, die spielen lieber ›einsamer Wolf‹.«

»Ja, da ist was dran«, sage ich und denke dabei automatisch an Basti, den Prototypen des einsamen Wolfs. Dann muss ich kichern, weil ich mir gleichzeitig vorstelle, wie Basti in so einem Seminar aussehen würde. Nein, völlig absurd, dieser Gedanke! Und der nächste Gedanke macht mich sofort wieder traurig: Was sollte er auch im Voll-auf-Ex-Kurs-Programm? Basti will mich ja gar nicht zurück …

»He!«, unterbricht Lars meine trüben Gedanken. »Jetzt guck mal nicht so traurig!«

»Sorry, ich musste gerade nur … na ja, ich bin eben traurig, was soll ich machen?«

»Aber mit der sensationellen Ex-Back-Strategie kann doch jetzt nichts mehr schiefgehen!«, muntert er mich auf.

»Stimmt«, erwidere ich lächelnd, »das hätte ich jetzt fast schon wieder vergessen, dass ich ja mit 99prozentiger Sicherheit wieder mit Basti zusammenkommen werde.« Lars prostet mir mit seinem Bier zu, ich ihm auch, und mit einem »Klong« lassen wir die Flaschenböden gegeneinandersausen.

»Siehste! Das ist die richtige Einstellung.«

Am Hamburger Hauptbahnhof laufen Lars und ich noch zusammen zur U-Bahn, dann trennen sich unsere Wege. Ich muss die U3 zum Borgweg nehmen, er selbst mit der U1 bis zur Hallerstraße.

»Na denn«, sage ich und will ihm meine Hand geben, »wünsche ich uns beiden mal viel Erfolg.«

»Warum denn so förmlich? Wir sind doch Leidensgenossen!« Mit diesen Worten hat er auch schon beide Arme um mich geschlungen, zieht mich an sich und drückt mir einen Kuss auf die Wange. Erstaunt bemerke ich, wie muskulös er unter seiner Jacke ist, nach jemandem, der keinen Sport macht, fühlt sich das nun wahrlich nicht an. Kurz schießt mir das Blut in die Wangen, diese plötzliche Nähe macht mich ganz verlegen. Als er mich wieder loslässt, lacht er fröhlich, was zusammen mit seiner roten Sturmfrisur und den Sommersprossen schon recht niedlich aussieht. »Du musst mir sowieso noch deine Telefonnummer geben«, stellt er dann fest.

»Gute Idee«, bestätige ich, »wir sollten uns unbedingt über unsere Fortschritte auf dem Laufenden halten.«

»Das meine ich nicht«, erklärt Lars. »Du bist mein erstes Pflichtdate, das ist doch wohl klar!«

»Meinte Clemens Schüttler nicht, es muss immer mit einer Person sein, die wir neu kennengelernt haben?«, wende ich ein, obwohl ich mich heimlich über den Vorschlag von Lars freue, weil er schon ein ziemlich Netter ist.

»Ach was, da lass uns mal nicht päpstlicher als der Papst sein. Außerdem: An mir gibt's noch jede Menge neue Seiten zu entdecken, das kann ich dir versprechen.«

»Na denn.« Ich krame einen Zettel und einen Kuli aus meiner Handtasche, schreibe Lars meine Handy- und Festnetznummer auf und lass mir dann seine geben.

»Wir sehen uns bei unserem Date!«, sagt er noch, bevor wir uns endgültig verabschieden.

Als ich müde in der U-Bahn sitze und gen Heimat tuckere, merke ich, dass ich gerade richtig gut gelaunt bin. Was für ein interessanter Nachmittag! Und die Aussicht auf ein nettes Pflichtdate habe ich auch schon. Möchte meinen: Das hat sich doch gelohnt!

5. Kapitel

Ready for restart

Als mein Wecker am nächsten Morgen nicht wie sonst um acht, sondern um sieben klingelt, habe ich das Gefühl, gerade erst ins Bett gegangen zu sein. Ziemlich unruhig war die Nacht, das Seminar ist mir noch lange durch den Kopf gegangen, dazu die Gedanken an Basti und ob er wirklich merken wird, wenn ich mich zurückziehe, und ob das alles etwas bringt und überhaupt …

Gähnend haue ich mit einer Hand auf die Stummtaste. Ich kann jetzt unmöglich aufstehen und joggen gehen, wie ich es mir vor dem Einschlafen vorgenommen hatte. Beginne ich also mit einem anderen Punkt aus der Ex-Back-Strategie: Ich tue mir selbst was Gutes und drehe mich noch einmal um.

Eine Stunde später bin ich tatsächlich wesentlich fitter, nach einer starken Tasse Kaffee fühle ich mich nahezu beschwingt. Ja, ab heute startet mein Basti-Zurückgewinnungsprogramm, ich bin fest entschlossen, das durchzuziehen. Das Joggen gehe ich dann eben nach der Arbeit an, ist ja egal, ob man morgens oder abends läuft, von einer bestimmten Tageszeit hat der Guru schließlich nichts gesagt.

»Guten Morgen!«, flöte ich Barbara entgegen, als ich um halb zehn in unser Büro rausche.

»Morgen!«, sagt sie und betrachtet mich überrascht. »Du

siehst ja echt viel besser aus als gestern, der Arzt hat wohl Wunder vollbracht!«

»Kann man wohl sagen«, gebe ich mich geheimnisvoll. Tschaka, du schaffst das, lautet ab sofort die Devise. »Ist hier gestern noch was Aufregendes passiert?«

»Nö«, meint Barbara, »hab dem Chef gesagt, dass es dir nicht gut geht, hat ihn aber nicht sonderlich interessiert. Hat nur gemeint, die Apfelhofseiten müssten heute zum Kunden.«

»Mach ich gleich fertig«, erkläre ich, setze mich auf meinen Platz und fahre den Computer hoch. Zuerst aber mache ich dann doch etwas anderes: Ich krame mein Filofax aus der Handtasche und schlage den Kalender beim heutigen Datum auf. Wenn ich schon das Joggen verschoben habe, will ich jetzt wenigstens ganz pflichtbewusst alle Aufgaben erfüllen.

Gar nicht so einfach, stelle ich zehn Minuten später fest. Was ist gut in meinem Leben? Was gefällt mir an mir selbst? Hm ... Momentan habe ich für meinen Geschmack eindeutig ein paar Kilo zu viel auf den Rippen, das ist nicht so gut. Basti hat mich verlassen, auch überhaupt nicht gut. Mein Job ... hm, so der Spitzenknaller ist der auch nicht gerade, das muss ich leider sagen. Na ja, aber immerhin ist es ein Job – bei der momentanen Medienkrise auch keine Selbstverständlichkeit mehr.

»Ich habe einen Job«, schreibe ich deshalb in die Spalte vom 15. Oktober und beschließe, dass das für heute reichen muss. Schließlich muss man klein anfangen, damit man sich immer weiter steigern kann. Bei Präsentationen fange ich ja auch mit der lahmsten Idee an, um die Kunden dann mit dem zweiten oder dritten Vorschlag zu begeistern, altes und unumstößliches Werbergesetz. Dann jetzt also die Apfelpatenschaften, es nützt ja nix.

Gerade klicke ich mich durch verschiedene Unterseiten mit Rezepten – vom Apfelkuchen bis zum Apfelwein ist alles vertreten, was man aus diesem »vielseitigen und köstlichen« Obst so machen kann –, da fliegt mit einem lauten Krachen die Tür zu Barbaras und meinem Büro auf. Vor uns steht – Roland Behrmann. Hyperventilierend. Schaum vorm Mund. Hupsa, was ist denn mit dem los?

»Können Sie mir sagen«, brüllt er und schleudert mir eine Zeitung entgegen, die mitten auf meinem Tisch landet, »was das soll?« Barbara zuckt erschrocken zusammen, ich selbst schnappe nicht weniger entsetzt nach Luft und frage mich, was mein Chef meint.

»Ich, äh, verstehe nicht ganz«, erwidere ich stotternd.

»Sehen Sie sich mal die Zeitung an, dann werden Sie es schon verstehen!«, schreit er als Nächstes. Ich werfe einen Blick auf sein Wurfgeschoss. Die aktuelle Ausgabe vom Abendblatt, noch immer verstehe ich nur Bahnhof.

»Warum …«, setze ich an, werde aber von meinem Chef unterbrochen.

»Werfen Sie mal einen Blick hinein! Und achten Sie vor allem auf die Werbebeilage!« Mit zitternden Händen falte ich die Zeitung auseinander, mit einem Schlag schwant mir Böses. Und zwar sehr, sehr Böses. Tatsächlich: Aus dem Mittelteil flattert mir der Prospekt für Müllermanns Baumärkte entgegen.

»Ist damit was falsch gelaufen?«, will ich kleinlaut wissen. Auf den ersten Blick sieht der Prospekt eigentlich ganz in Ordnung aus.

»Ob damit was falsch gelaufen ist, fragen Sie?« Jetzt brüllt er so laut, dass in unserem Büro im wahrsten Sinne des Wortes die Wände wackeln. Barbara sieht so aus, als würde sie sich jeden Moment unterm Schreibtisch verstecken wollen. Roland Behrmann reißt mir den Prospekt aus der Hand, schlägt ihn auf und fängt dann an, mir vorzulesen:

»Verlassen worden? Wut im Bauch? Kein Problem, der neue Winkelschleifer RH 324 von Reck & Hecker eignet sich ganz hervorragend dafür, den Abtrünnigen in fünf Teile zu zerlegen …«

Mir wird heiß und kalt, das darf doch wohl nicht wahr sein! Seine Worte rauschen an mir vorüber, in meinen Ohren fängt es an zu klingeln, und ich befürchte fast, jeden Moment ohnmächtig zu werden. Das ist doch nicht möglich, wie konnte das passieren? Bin ich tatsächlich eine so stümperhafte Nichtskönnerin, dass ich die falschen Daten an die Druckerei geschickt habe? Es scheint fast so zu sein, mittlerweile liest Roland Behrmann meinen Gartenschlauchtext vor, in dem ich erkläre, dass man den Exliebsten damit ganz bequem aus dem Fenster hängen kann.

»Herr Behrmann«, versuche ich, die Schimpftirade meines Chefs zu unterbrechen, »es tut mir leid, ich weiß auch nicht …«

»Es tut Ihnen leid?«, brüllt er mich sofort nieder. »Ja, das wird Ihnen auch noch leidtun, Frau Weiland, verlassen Sie sich drauf! Wissen Sie eigentlich, was das bedeutet?« Ich traue mich nicht, etwas zu erwidern, aber mein Chef krakeelt ohnehin einfach weiter. »Sie haben nicht nur zigtausend, ach, was sag ich, hunderttausend Euro Kosten für Druck und Anzeigenpreis in den Sand gesetzt, nein, Sie haben auch einen meiner wichtigsten Kunden verprellt!« Er schnappt hektisch nach Luft, und es sieht fast so aus, als würde er nun jeden Moment ohnmächtig werden. »Zum Gespött haben Sie Müllermanns gemacht, ich musste gerade eine Stunde lang mit Engelszungen auf den Geschäftsführer einreden, damit er von einer Klage gegen uns absieht!«

»Ich äh …«

»Sind Sie wahnsinnig geworden, Frau Weiland? Keinen Cent werden die uns für die Aktion bezahlen, die Agentur bleibt auf sämtlichen Kosten sitzen, dazu haben wir den gesamten Etat verloren. Sie treiben meine Firma in den Ruin!« Beim letzten Satz hat sich seine Stimme in derart hysterische Höhen geschraubt, dass mir beinahe das Trommelfell platzt.

»Herr Behrmann!« Oh, Barbara schaltet sich ein, das hätte ich nicht erwartet. Sie steht von ihrem Platz auf, geht zu ihm und legt ihm eine Hand auf den Arm. Tatsächlich scheint ihn das sofort zu beruhigen, zumindest atmet er nicht mehr ganz so schwer. »Ich kann verstehen, dass Sie außer sich sind. Aber Frau Weiland ist eben ein tragischer Fehler passiert, das war doch keine Absicht.«

»Wäre ja auch noch schöner«, bringt er gepresst hervor und wirft mir einen weiteren bösen Blick zu, »wenn ich hier Vorsatz vermuten müsste.«

»Wirklich, Herr Behrmann«, traue ich mich nun, auch wieder etwas zu sagen, »ich kann Ihnen gar nicht sagen, wie unangenehm mir das ist. Einfach unverzeihlich, so was hätte mir nicht passieren dürfen, ich …«

»Sie haben Recht«, stimmt mein Chef mir zu. »Das hätte Ihnen nicht passieren dürfen. Und deshalb stelle ich sie mit sofortiger Wirkung frei.«

»Bitte, was?«, rufen Barbara und ich zeitgleich aus, und meine Kollegin nimmt – vielleicht in einem unbewussten Akt der Solidarität – ihre Hand von Roland Behrmanns Arm.

»Ich möchte«, wird er nun konkreter, »dass Sie Ihren Schreibtisch räumen und nach Hause fahren. Sie sind fristlos gekündigt. Über Ihre Abfindung und darüber, wie lange ich Ihr Gehalt noch bezahle, werden wir später reden, fürs Erste will ich Sie hier nicht mehr sehen.«

»Herr Behrmann«, krächze ich, »das können Sie doch nicht machen, ich … ich …« Ich verstumme. Was soll ich dazu auch noch sagen. Barbara wirft mir einen Blick zu, den ich nicht so recht deuten kann, interpretiere ihn aber mal in Richtung »Halt lieber den Mund«. Also zucke ich mit den Schultern, flüstere ein »in Ordnung« und fange an, meine Sachen auf dem Schreibtisch zusammenzupacken.

»Gut«, erklärt Roland Behrmann. »Ich erwarte, dass Sie in spätestens einer halben Stunde hier weg sind.« Mit diesen Worten verlässt er unser Büro. Kaum ist er aus der Tür, löse ich mich aus meiner Schreckstarre und breche in Tränen aus.

»Süße!« Sofort ist Barbara bei mir, kniet sich neben meinen Stuhl und nimmt meine Hand. »Ich verstehe ja, dass das ein Schock für dich ist, aber jetzt wart's doch erst mal ab.«

»Was soll ich denn da abwarten?«, schnaufe ich heulend. »Er hat mich rausgeschmissen, das war ja wohl eindeutig!«

»Ist doch klar, dass der Chef gerade tobt«, versucht meine Kollegin, mich zu trösten. »Aber in ein paar Tagen, wenn ein bisschen Gras über die Sache gewachsen ist, wird er sich bestimmt beruhigen. Und dann redet ihr noch einmal miteinander.« So richtig überzeugend klingt Barbara allerdings nicht, unterschwellig kann ich deutlich die Skepsis hören, die in ihrer Stimme mitschwingt.

»Meinst du?«, frage ich trotzdem in Kleinmädchenmanier nach.

»Bestimmt«, gibt sie sich zuversichtlich. »Und ich kann ja auch noch mal mit ihm reden.«

»Würdest du das tun?«

»Na klar«, sie zwinkert mir zu. »Was soll ich sonst hier ganz allein machen, wird doch tierisch langweilig, wenn ich nichts mehr von deinen Liebesdramen mitbekomme.«

»Ha, ha!«, gebe ich ironisch zurück, muss aber trotzdem dabei beinahe schon wieder lachen.

Und dann breche ich zum ersten Mal eine der Regeln, die Clemens Schüttler uns mit auf den Weg gegeben hat: Ich erzähle Barbara von dem Seminar, bei dem ich gestern war, und wie ich mit Hilfe der Strategie, die ich dort gelernt habe, versuchen will, Basti zurückzugewinnen.

»Das ist doch totaler Quatsch«, stellt Barbara fest, nachdem ich mit meinem Bericht fertig bin.

»Ich finde schon, dass da was dran ist«, gebe ich bockig zurück. Meine Kollegin verdreht die Augen, drückt noch einmal meine Hand, geht dann wieder zu ihrem Platz zurück und setzt sich hin.

»Pia«, stellt sie seufzend fest und lehnt sich auf ihrem Stuhl zurück. »In der Liebe geht es doch nicht um Strategien. Entweder ein Mann will dich, oder er will dich nicht. Und selbst, wenn du es irgendwie schaffen solltest, Basti mit diesem Unsinn«, sie betont das Wort »Unsinn« auf ziemlich abfällige Art und Weise, »zurückzugewinnen, dann kannst du dir doch nie sicher sein, ob es ihm wirklich um dich geht oder ob er sofort wieder weg ist, sobald du zurück in alte Verhaltensmuster fällst.«

»Du verstehst das eben nicht«, maule ich. »Ich will's doch einfach nur mal versuchen, das schadet doch nichts!«

»Dann mach das«, sie klingt fast resigniert, »du lässt dich ja eh nicht davon abhalten. Ich hoffe nur, dass du dabei nicht auf die Nase fällst.«

»Na ja«, ich lache bitter auf, »schlimmer kann meine Situation gerade sowieso nicht mehr werden.«

»Auch wieder wahr.« Wir lachen uns an.

»Aber du musst mir versprechen, dass du niemandem etwas davon erzählst. Wirklich niemandem!«

Meine Kollegin zieht mit einer Hand einen imaginären Reißverschluss über ihren Mund. »My lips are sealed«, verspricht sie mir.

»Gut.« Ich seufze. »Dann werd ich mal meinen Krempel packen und mich auf den Heimweg machen.«

»Nimm's nicht so schwer«, rät Barbara mir noch einmal, »das wird schon alles wieder.«

»Logo«, antworte ich, »und außerdem muss man es ja auch positiv sehen: Jetzt habe ich jede Menge Zeit für das Programm, kann permanent Sport machen, mir was Gutes tun und mich mit Typen verabreden.«

»Siehste, ist doch super!«

Ich sammle alles zusammen, was ich mit nach Hause nehmen will – viel ist es ohnehin nicht, der Großteil ist ja Eigentum von »Behrmann Communications« – und packe es in den Deckel eines Kopierpapier-Kartons. Dann nehme ich das Foto von Basti, das rechts an meinem Computer klebt und stecke es vorn in mein Filofax. Mein Filofax, ha, ha! Ich schlage es auf und betrachte den Eintrag, den ich erst vor wenigen Minuten gemacht habe: »15. Oktober: Ich habe einen Job.« Nun denn, mit einem dicken Filzer streiche ich den Satz durch. Denke einen Moment nach. Und schreibe dann darunter: »Ich habe ein Auto.«

Doch noch nicht ganz ready for restart

Eine halbe Stunde später sitze ich in meinem Golf und fahre Richtung Semperstraße. Barbara hatte vorgeschlagen, dass ich dem Chef noch kurz Tschüss sage und ihm alles Gute wünsche, quasi als versöhnliche Geste, aber das habe ich einfach nicht fertiggebracht. Vielleicht hat sie ja Recht und in ein paar Tagen hat er sich wieder beruhigt, momentan erscheint es mir wesentlich schlauer, komplett auf Tauchstation zu gehen. Wie bei Basti, einfach mal total und für alle von der Bildfläche verschwinden. Pia Weiland macht sich unsichtbar.

Dabei würde ich Basti angesichts der neuesten Entwicklungen natürlich am liebsten sofort anrufen und ihm davon erzählen. Hier geht's schließlich wirklich nicht um einen abgebrochenen Fingernagel, nein, ich hätte eine handfeste Katastrophe zu berichten, das wäre schon ein sehr plausibler und nachvollziehbarer Grund, um mich bei dem Menschen zu melden, der mir am wichtigsten ist. Vielleicht könnte ich den Beginn der sechs Wochen ja ein wenig weiter nach hinten verschieben?

Ich denke daran, wie lieb Basti mich nach der Flughafen-Nummer nach Hause gebracht und mir sogar noch ein Glas mit einer aufgelösten Aspirin hingestellt hat. Bestimmt würde er mich in meiner jetzigen Lage trösten und hätte ein offenes Ohr für mich. O ja, das wäre so schön, mich einfach an Bastis Schulter ausweinen und mir von ihm über den Kopf streicheln lassen …

Schon wandert meine rechte Hand zu meiner Tasche auf dem Beifahrersitz und fängt an, darin nach dem Handy zu kramen. Doch dann fallen mir Clemens Schüttlers strenge Worte ein, und ich halte in der Bewegung inne. Die schlimmsten Fehler, die wir auf gar keinen Fall machen dürfen, wenn wir unseren Expartner zurückhaben wollen, plötzlich gehen sie mir alle wieder durch den Kopf.

Unserem Ex Vorwürfe machen oder mit ihm streiten. Mitleid erregen (und, wenn ich ehrlich bin, momentan würde ein Anruf bei Basti in genau diese Kategorie fallen). Ihm Geschenke machen oder einen großen Gefallen tun, um ihn zurückzulocken. (Cle-

mens Schüttler nannte das »würdelos« und noch dazu nicht zielführend; das Gefühl, uns etwas »schuldig« zu sein, sei keine solide Basis für eine Beziehung.) Ihm die Pistole auf die Brust setzen und ein Ultimatum stellen. Versuchen, ihn eifersüchtig zu machen (die Pflichtdates seien für unser Ego, keinesfalls sollen wir unserem Ex davon erzählen, weil er sich in seiner Entscheidung, sich zu trennen, dann nur bestärkt sieht). Und, ganz wichtig: Dem Expartner auf gar keinen Fall anbieten, man könne ja »Freunde bleiben«, in der Hoffnung, ihn dann wieder öfter zu sehen und so rumzukriegen. »Freundschaft«, hat Clemens Schüttler gemeint, »ist nicht das, was ihr wollt!«

Tja, so sehen sie aus, die Regeln. Was demnach bedeutet, dass ich Basti nicht einmal dann anrufen dürfte, wenn ich mit beiden Beinen und Armen in Gips stecken würde und meine Bude abgefackelt hätte. Seufzend ziehe ich meine Hand wieder aus der Tasche. Nein, wenn ich schon meinen Job gegen die Wand gefahren habe, will ich wenigstens diesen einen Strohhalm, meine Beziehung vielleicht retten zu können, nicht auch noch selbst abknicken.

Ich schalte das Radio ein, um mich auf andere Gedanken zu bringen, bevor ich in einer Kurzschlussreaktion doch zum Handy greife. Aber irgendwie scheint heute alles schiefzugehen, prompt kommt mir Marit Larsens »If a song could get me you« entgegengedudelt, noch dazu die passendste Stelle:

I would prove my love for you
I could swallow half the moon
Just tell me where, tell me when
I will have you back again

Entnervt wechsle ich den Sender. Ja, ja, tell me where, tell me when – das wüsste ich selbst nur zu gern! Als Nächstes trompeten mir die Stimmen des Spaß-Moderatoren-Pärchens Tommy & Cindy von Radio Elbe entgegen.

»Also, Tommy«, stellt die Frau gerade fest, »ich finde schon, dass das beinahe große Literatur ist!«

»Kann man wohl sagen, Cindy! Und wer hätte gedacht, dass ausgerechnet die Müllermanns Baumärkte so innovative Wege einschlagen? Die trauen sich was!« Ich horche auf. Müllermanns Baumärkte? Bitte, bitte, bitte, lass die zwei da im Radio nicht gerade über das reden, was ich befürchte!

»Für die Zuhörer, die erst gerade eingeschaltet haben«, spricht die Frau weiter und zerstört im nächsten Moment all meine Hoffnung darauf, dass es hier nur zufällig um Müllermanns geht: »Ganz Hamburg spricht heute über die Werbebeilage der Baumarktkette Müllermanns im Abendblatt.«

»Denn bei den Produktbeschreibungen hat sich ein echter Dichter verwirklicht«, erzählt der lustige Tommy weiter. »Winkelschleifer werden zum Zerlegen des Expartners angepriesen.«

»Oder mit der Heißklebepistole kann man seine, ähm, Genitalien bearbeiten«, fällt Cindy ihm lachend ins Wort.

»Außerdem gibt es noch interessante Empfehlungen für den Einsatz von Druckluftreinigern, Akkuschraubern oder Lötkolben. Und zusätzlich …« Klick. Ich schalte das Radio aus und bereite dem Grauen ein Ende. Das überlebe ich nicht! Ist denn sonst heute gar nichts in Hamburg passiert, über das man im Radio berichten könnte?

Ich kann nur hoffen, dass Roland Behrmann davon nichts mitbekommen hat, sonst dürfte es mehr als unwahrscheinlich sein, dass er sich jemals wieder beruhigt. Wütend drücke ich das Gaspedal durch, ich will einfach nur nach Hause und hoffe, dass dieser furchtbare Tag so schnell wie möglich vorbeigeht!

Allerdings wird es zu Hause nicht besser. Im Gegenteil. Kaum öffne ich den Briefkasten, flattert mir Post vom Amtsgericht entgegen. Was wollen die denn von mir? Ich schnappe mir den Umschlag, schleppe mich hoch in den zweiten Stock, schließe die Tür zu meiner Wohnung auf und lasse mich in der Küche ächzend auf einen Stuhl sinken. Behördenpost, das hieß noch nie was Gutes.

Und ich soll Recht behalten: Im Umschlag befindet sich – die Vorladung zu Philips und meiner Scheidung. In gut zwei Monaten sollen wir da antreten, um unserer Ehe ein offizielles Ende zu bereiten. Am 16. Dezember, passend zur besinnlichen Weihnachtszeit. Na super, da kommen mir doch glatt wieder die Tränen.

Sicher, ich wollte die Trennung ja selbst, und vor ein paar Wochen haben Philip und ich dann endlich die Scheidung eingereicht. Aber ausgerechnet an einem Tag wie heute über den Termin informiert zu werden, wann alles vorbei ist – und es waren ja nicht nur schlechte Zeiten, sondern schon auch gute – haut mich dann doch ein wenig um. Und ausgerechnet jetzt ist nicht mal Basti da!

Wenn ich ehrlich bin, hatte die Tatsache, dass ich mit Philip beim Anwalt war und das Ganze angeleiert habe, auch mit ihm zu tun. Natürlich nicht, weil Basti es verlangt hätte, wozu auch, wir waren ja nur unterwegs! Aber wenn es ihn nicht gegeben hätte, hätte es mich nicht gestört, einfach weiter verheiratet zu bleiben. Ich war noch nie ein großer Freund endgültiger Entscheidungen – umso erstaunlicher, dass ich Philip überhaupt geehelicht habe.

Ich lasse den Brief sinken und denke nach. Was tun? Mich besaufen? Normalerweise wäre das wohl die adäquate Reaktion. Doch nachdem ich beschlossen habe, mein Verhalten zu ändern, stehe ich stattdessen auf und suche in den Tiefen meines Kleiderschranks ein Paar Turnschuhe, die da noch irgendwo rumliegen müssen. Wer weiß, vielleicht hilft Sport ja tatsächlich dabei, sich besser zu fühlen.

Laufen – aber wohin?

Er hilft nicht. Nach fünf Minuten Joggen im Stadtpark falle ich keuchend auf eine Bank und stelle fest, dass es durchaus einen Grund gibt, weshalb ich es in meinem bisherigen Leben immer mit der Devise »Sport ist Mord« gehalten habe. Denn in der Tat stehe ich kurz vor einem Herzinfarkt.

Von Wohlbefinden kann nicht im Geringsten die Rede sein, ich habe tierisches Seitenstechen, schwitze wie beim dritten Saunagang und möchte mir nicht mal ansatzweise vorstellen, wie ich gerade aussehe. Und das soll ich jeden Tag eine Stunde machen? Ausgeschlossen, ich pfeife ja schon nach wenigen Minuten aus dem allerletzten Loch. Mühsam rappele ich mich wieder hoch und spaziere auf dem Fußweg weiter. Ein bisschen Gehen muss für den Anfang auch reichen, ich bin schließlich keine Marathonläuferin!

Während ständig Leute an mir vorbeipesen, die offenbar wesentlich fitter sind als ich (einmal sogar eine uralte Omi, die mich vermutlich noch mit ihrem Hackenporsche überholen würde, wenn ich gerade den Eindruck hätte, ich würde einen Sprint hinlegen), überlege ich, ob Laufen eventuell nicht der richtige Sport für mich ist. Vielleicht lieber Schwimmen? Nur möchte ich mich in meinem derzeitigen körperlichen Zustand nur ungern im Badeanzug unter Leute wagen. Nordic Walking? Nee, dieses Rumgehampel mit Stöcken sieht immer albern aus. Fahrradfahren? Hab gar kein Rad. Hallen-Halma? Hö, hö, ja, das wär's!

Mein Handy klingelt, eilig nestele ich es aus der Nierentasche, die ich mir um den Bauch geschnallt habe. »Mein kleiner Kommunikationsjunkie« hat Basti mich oft genannt, weil ich immer, überall und auf allen Kanälen erreichbar bin. Und jetzt, wo ich darauf warte, dass Basti merkt, dass ich mich nicht mehr melde und das Gesetz von der Distanz, die Nähe schafft, zu wirken beginnt, habe ich das Telefon natürlich erst recht überall dabei. Ein schneller Blick aufs Display. Nein, kein Basti. Es ist die Nummer von Lars, die ich gestern abgespeichert habe.

»Hi Lars«, melde ich mich.

»Na, Frau Kollegin«, kommt es fröhlich vom anderen Ende der Leitung. »Wollte mal fragen, wie der erste Tag bei dir so läuft.«

»Prima«, antworte ich. »Bin nach fünf Minuten Joggen fast zusammengebrochen, schleppe mich jetzt durch den Stadtpark zurück zu meinem Auto und dann nach Hause. Ach ja«, füge ich hinzu, »und dann bin ich heute auch noch fristlos gefeuert worden. Und bei mir im Briefkasten habe ich vorhin die Vorladung zu meiner Scheidung gefunden, also alles bestens!«

»Äh«, erwidert Lars irritiert. »Das waren jetzt ein bisschen viele Informationen auf einmal. Wieso bist du entlassen worden? Und was für eine Scheidung?«

»Das sind zwei lange Geschichten. Beziehungsweise, eigentlich sind sie ganz kurz: Rausgeschmissen haben sie mich, weil ich Mist gebaut habe. Und die Sache mit meiner Ehe ist ein kleines Detail, das ich manchmal zu erzählen vergesse.«

»Verstehe«, meint Lars, und ich kann ihm anhören, dass er gerade vermutlich breit grinst. »Klingt aber eigentlich doch nach längeren Geschichten. Lust, sie mir zu erzählen? Sonntagabend vielleicht, da könnten wir uns zu einem Pflichtdate treffen.«

»Gern«, antworte ich. »Ich kann aber auch an jedem anderen Tag, hab ja jetzt jede Menge Zeit.«

»Wir können uns auch Samstagabend treffen. Dachte nur, ich schlage den Sonntag vor, das klingt dann nicht allzu sehr nach einem Date-Date, verstehste?« Ich muss lachen.

»Stimmt. Aber da ich ab sofort jeden Tag ausschlafen kann, ist es zumindest für mich relativ egal.«

»Dann lass uns doch gleich morgen Abend treffen. So um acht im *die herren simpel* in der Schanze? Kennst du das?«

»Ja«, antworte ich. »Klingt gut!«

»Da freu ich mich! Bis dann.«

Ich will schon auflegen, als mir noch etwas einfällt. »Ach, Lars«, rufe ich.

»Ja?«

»Und wie ist dein Tag bisher gelaufen?«

»Lass mal überlegen … Also, meinen Job hab ich noch. Scheidung steht auch nicht an.« Ich muss kichern. »Aber beim Laufen war ich in etwa so erfolgreich wie du, bin nach einer Runde durch den Inno-Park beinahe mit Blaulicht abtransportiert worden, und das sind nur vierhundert Meter!«

»Sieht so aus, als wären wir wirklich keine Sportskanonen«, stelle ich fest.

»Nein, das kann man nicht behaupten. Aber wir könnten ja«, schlägt er vor, »in Zukunft mal zusammen laufen? Und uns dann gegenseitig stützen, wenn einer von uns beiden umfällt.«

»Willst du mein Pflichtdate oder mein Laufpartner sein?«, ziehe ich ihn kokett auf.

»Och, bei so einer hübschen und charmanten Gesellschaft ist mir das eigentlich egal, von mir aus können wir auch Hallen-Halma miteinander spielen.« Ich pruste los. Unglaublich, dieser Mann denkt ständig das Gleiche wie ich!

»Vielen Dank für das Kompliment«, sage ich, nachdem ich mich von meinem Lachanfall erholt habe. »Aber du kannst mir glauben: So, wie ich gerade aussehe, legst du keinen Wert auf meine Gesellschaft. In zerbeulter Jogging-Hose, Schlabbershirt und mit rotem Kopf bin ich wahrlich kein schöner Anblick.«

»Dann hast du ja noch bis morgen Abend Zeit, daran was zu ändern!«

»Das mach ich«, verspreche ich. Wir verabschieden uns und legen auf.

Schon komisch. Habe ich gerade mit Lars geflirtet? Ich würde fast vermuten: Ja. Und es hat sich richtig gut angefühlt, meine Laune hat sich schlagartig gebessert. Natürlich will ich nichts von ihm, ich will ja nur meinen Basti zurück. Und Lars seine Yvonne. Aber irgendwie … na ja, Clemens Schüttler scheint schon Recht zu haben: So ein kleiner Ego-Booster tut unheimlich gut. Lächelnd und nahezu beschwingt wandere ich zurück zu meinem Auto. Wenn ich mal von der klitzekleinen Tatsache absehe, dass ich heute entlassen worden bin und den Termin für die Scheidung mitgeteilt bekommen habe – so schlecht sieht der Tag bisher doch gar nicht aus!

Doch dann zeigt der Tag plötzlich wieder sein finsteres Gesicht. Als ich zwanzig Minuten später direkt vor meiner Haustür eine Parklücke entdecke, sehe ich bereits Philip, der auf den Stufen zu meinem Eingang sitzt. Und obwohl ich noch ein paar Meter von ihm entfernt bin, kann ich an seiner Haltung erkennen, was los ist. Zusammengekauert und mit hängenden Schultern hockt er da und hält ein Stück Papier in Händen. Die Vorladung zum Gericht, er wird sie heute auch bekommen haben.

Ich steige aus dem Auto und gehe auf ihn zu. Als ich schon

fast bei ihm bin, blickt er auf. Es zerreißt mir im wahrsten Sinne des Wortes das Herz, auf der Stelle. Philip hat geweint. Wortlos bleibe ich direkt vor ihm stehen, er erhebt sich und fällt mir eine Sekunde später um den Hals.

»Tut mir leid«, schluchzt er mir ins Ohr. »Ich will dir nicht auf die Nerven gehen, aber ich … ich … ich wollte dich einfach sehen, weil es doch uns beide betrifft und … und … und …«

»Schsch«, sage ich und streichele ihm dabei über den Rücken. »Ist schon gut, ich hab auch erst mal geheult, als ich die Vorladung vorhin im Briefkasten gefunden habe.« Philip schiebt mich ein Stück von sich weg und mustert mich verwundert.

»Echt?« Ich nicke. »Aber ich dachte, das ist es, was du möchtest.«

»Das tue ich ja auch. Trotzdem ist es schon seltsam, wenn es dann auf einmal ernst wird.« Jetzt ist es an Philip zu nicken.

»Stimmt. Hätte nicht gedacht, dass mich das so umhaut.«

»Lass uns mal reingehen. Ich glaube, wir brauchen beide ein Glas Wein.«

»Könnte jedenfalls nicht schaden.« Ich schließe die Tür auf, wir gehen ins Haus.

»Sag mal«, will Philip wissen, während wir die Treppe zu meiner – vormals unserer – Wohnung hochsteigen. »Wie siehst du eigentlich aus? Du warst doch nicht etwa joggen, oder?«

»Das«, antworte ich, »ist eine lange Geschichte.«

6. Kapitel

Ex-Kursion

»Der kann dich doch nicht einfach so rausschmeißen!« Philip ist empört, nachdem ich ihm erzählt habe, dass Roland Behrmann mich fristlos entlassen hat.

»Natürlich kann er das«, stelle ich lapidar fest. »Ich hab ja auch einen ziemlichen Bock geschossen.«

»Okay«, gibt Philip zu, »natürlich ist die Sache mit dem Prospekt doof gelaufen.« Er schmunzelt. »Aber eigentlich ist die Geschichte doch auch ganz lustig.«

»Das sieht der Kunde leider vollkommen anders. Sie haben uns sofort den Etat gekündigt.«

»Ich hab's dir ja schon tausendmal gesagt: Du solltest echt mal einen Roman schreiben! Da kannst du deine Fantasie voll ausleben und kriegst trotzdem keinen Ärger.«

»Tja«, antworte ich, »wenn Roland Behrmann die Kündigung nicht zurücknimmt, hätte ich sogar die Zeit dazu, mich an einem Buch zu versuchen.«

»Na also«, meint Philip, »das wäre doch eine perfekte Gelegenheit.«

»Bleibt aber nach wie vor das Problem, dass ich nicht wüsste, worüber.«

»Vielleicht über eine Werbetexterin, die einen Prospekt vergeigt hat?«

Ich lache. »Das wäre dann eher eine Kurzgeschichte.«

»Na ja, ein bisschen was müsstest du dann halt noch drumherum stricken. Mein Angebot steht jedenfalls, dass ich dir gern helfe, wenn du eine Idee hast.«

»Ach, Philip«, ich seufze, »das ist wirklich lieb von dir, aber es ist mehr als unrealistisch, dass ich so ein Projekt mal angehe.« Meine Miene verfinstert sich. »Fürs Erste muss ich jetzt sowieso mal zum Arbeitsamt, um mich zu erkundigen, wie's jetzt weitergehen kann. Tja, und dann müsste ich mir wohl einen anderen Job suchen.« Ich hänge kurz meinen Gedanken nach. Vielleicht ist der Rauswurf ja auch ein Zeichen, eigentlich wollte ich eh schon längst bei einer größeren Agentur arbeiten. Springer & Jacoby, Scholz & Friends, so was in der Richtung halt. Nur sind meine Referenzen bisher ziemlich bescheiden, und mit meinem letzten großen Coup für die Müllermanns Baumärkte muss ich mich wahrscheinlich erst recht nicht bewerben …

»Und seit wann hast du deine sportliche Ader entdeckt?«, reißt Philip mich aus meinen Gedanken. »Solange ich dich kenne, hast du jede körperliche Aktivität immer gescheut wie der Teufel das Weihwasser.«

»Hm, ich will ein bisschen abnehmen«, schwindele ich. Wobei, komplett geschwindelt ist das nicht, ein paar Kilo weniger würden mich schon freuen. Nur das Voll-auf-Ex-Kurs-Seminar und die Tatsache, dass ich dort die Anregung dazu bekommen habe, das wäre nun wirklich nicht das richtige Gesprächsthema für Philip und mich.

»Du musst doch nicht abnehmen!«, erwidert er.

»Muss ich wohl. Oder sagen wir, ich möchte einfach gern.«

»Und?«, will Philip dann wissen. »Wie klappt's?«

»Hab's heute zum ersten Mal probiert, fürchte aber, dass wird nix. Ich bin einfach zu schlapp, glaube nicht, dass ich mich dazu noch mal motivieren kann.«

»Ist ja auch nicht einfach, den inneren Schweinehund zu überwinden«, erklärt Philip, »ich hab dazu auch eine ganze Weile gebraucht.«

»Dafür bist du aber immer brav losgetrabt.« Ich erinnere mich an die Zeit, als wir noch zusammenlebten. Jeden Tag, den der Herrgott kommen ließ, und noch dazu bei jedem Wetter ist mein Demnächst-Exmann morgens aus den Federn gesprungen und erst einmal ein paar Kilometer gelaufen. Mitgekommen bin ich aber nie, im Gegenteil, stattdessen habe ich mich bei Philip darüber beschwert, dass er mich beim Aufstehen weckt und ich dann nicht mehr einschlafen kann. Ganz schön nörgelig war ich da, erinnere ich mich.

»Wenn du magst, können wir gern mal zusammen joggen.« Zum zweiten Mal innerhalb kürzester Zeit bietet sich mir jemand als Laufpartner an. »Zu zweit ist es wirklich viel leichter und macht auch mehr Spaß.«

»Ach nee«, lehne ich ab, »lass mal. Wenn ich das überhaupt hinkriege, dann am ehesten abends, morgens komme ich einfach nicht aus den Federn.«

»Wir können auch abends joggen«, schlägt Philip vor. Da ist er wieder, dieser treue Hundeblick aus großen braunen Augen.

»Dein Morgenlauf ist dir doch heilig!«, stelle ich fest.

»Nöö«, antwortet er, »die Tageszeit ist mir eigentlich egal.«

»Philip«, sage ich und schlage dabei einen fast mütterlichen Ton an. »Du musst nicht immer alles für mich tun. Und du brauchst dich auch nicht zu verbiegen, um mir zu gefallen. Du gefällst mir nämlich bereits schon. Nur ist da eben keine Liebe mehr, so gern ich das auch ändern würde.«

»Darum geht's doch gar nicht«, widerspricht er, und ein gekränkter Ausdruck tritt auf sein Gesicht. »Ich dachte, wir sind Freunde, und Freunde helfen sich eben gegenseitig. Mal ganz abgesehen davon, dass ich auch mehr Spaß daran hätte, wenn ich nicht allein laufen müsste.«

»Ehrlich?«

»Ehrlich!« Ich betrachte ihn nachdenklich. Und auch, wenn ich weiß, dass er nicht die Wahrheit sagt, auch wenn mir klar ist, dass er noch immer und jederzeit alles für mich tun würde, weil er mich nach wie vor liebt (seine Reaktion auf die Scheidungsvorladung sprach immerhin mehrere Bände) – obwohl mir das alles bewusst ist, höre ich mich plötzlich »Okay, dann machen wir das« sagen. Weil die Versuchung einfach zu groß ist, sich einzureden, Philip sei wirklich nur ein guter Freund, der mich in meinem derzeit etwas desolaten Zustand ein wenig unterstützen möchte. Er lächelt mich an, nimmt meine Hand und drückt sie. Ich lächele zurück. Gleichzeitig meldet sich eine kleine Stimme in meinem Hinterkopf: »Pia Weiland, du bist wi-der-lich! Und das weißt du auch ganz genau!«

Eine Stunde später muss Philip zu der Lesung eines Autors, den er betreut, und bietet mir an mitzukommen. Aber nach dem heutigen Tag bleibe ich lieber auf dem Sofa, also verabreden wir uns für morgen um fünf zum ersten gemeinsamen Joggen. Dann trabt Philip ab Richtung Kulturprogramm.

»Und?«, will ich wissen, als ich kurz darauf Barbara anrufe, um mal zu hören, ob im Büro noch was passiert ist. »Wie war der restliche Tag?«

Meine Kollegin seufzt. »Ich wollte dich auch gerade anrufen«, erklärt sie und zögert dann einen Moment.

»Nun sag schon«, fordere ich sie auf, »ich bin ja schon gefeuert, was soll mich da noch aus den Schuhen hauen?«

»Fürchte, es wird doch noch eine ganze Weile dauern, bis

Gras über die ganze Sache gewachsen ist«, meint sie, »wenn überhaupt.«

»Hast du noch mal mit dem Chef gesprochen?«

»Das auch, ja. Und er ist wirklich außer sich. Vor allem, nachdem Radio Elbe …« Sie unterbricht sich.

»Ist schon gut«, sage ich matt, »ich hab den Beitrag auch gehört.«

»Tja, da ist Behrmann natürlich ausgeflippt und hat immer wieder gebrüllt, du hättest den Ruf der Agentur ruiniert.« Sie räuspert sich. »Sorry, aber im Moment sieht's echt nicht so gut aus, am besten, du siehst dich gleich nach was Neuem um.«

»Da wird mir wohl nichts anderes übrig bleiben«, gebe ich ihr Recht.

»Und was hast du noch so gemacht?«, will sie dann wissen. Kurz berichte ich von meinem gescheiterten Laufversuch und dass Philip bei mir war, nachdem wir heute beide die Vorladung zum Gericht bekommen haben. »Dann wird's ja bald ernst«, meint Barbara.

»Ja, in ein paar Wochen sind wir geschiedene Leute.«

»Der arme Philip«, stellt Barbara fest.

»He!«, erinnere ich sie. »Für mich ist das auch nicht gerade schön! Und neulich hast du noch vorgeschlagen, ich solle ihn mir doch als Zwischenlösung nehmen.«

»Das war ja nicht wirklich ernst gemeint«, gibt sie zurück. »Und klar ist es für dich auch nicht schön, aber für deinen Ex … Na ja, vielleicht ist es für ihn gut, wenn es endgültig vorbei ist, und hilft ihm, alles zu verarbeiten.«

»Ja, das hoffe ich auch.« Im selben Moment frage ich mich, ob es nicht doch besser wäre, die Sache mit dem gemeinsamen Joggen wieder abzusagen. Und wenn ich es nicht schaffe, mich allein zu motivieren, hätte ich ja sogar noch

Lars als Alternative. Ich berichte Barbara von meinen Bedenken.

»Hm«, meint sie, »einerseits verstehe ich, was du meinst. Andererseits ist Philip ja auch schon erwachsen und muss wissen, was er tut.«

»Trotzdem fühle ich mich ihm gegenüber verantwortlich und will ihn nicht ausnutzen.«

»Vielleicht geht's ihm aber auch wirklich nur darum, dass ihr wenigstens als Freunde was miteinander macht.«

»Tja, vielleicht«, sinniere ich. »Weiß auch nicht, ich glaube, gestern und heute ist einfach zu viel passiert. Mir brummt der Schädel, und ich kann kaum einen klaren Gedanken fassen.«

»Dann leg dich doch einfach hin und schlaf mal so richtig aus. Morgen sieht die Welt bestimmt schon wieder ganz anders aus.«

Laufen – mein letzter Versuch!

In der Tat sieht die Welt am nächsten Morgen ganz anders aus. Und zwar deutlich trüber. Als ich die Vorhänge im Schlafzimmer aufziehe, tobt vor meinem Fenster eine Art Weltuntergangsszenario, es blitzt und donnert, der Regen prasselt wie ein Trommelwirbel gegen die Scheiben. Hätte ich mir heute Nacht nicht sowieso schon überlegt, das Lauftraining mit Philip abzusagen –, spätestens jetzt liefert mir Mutter Natur einen mehr als überzeugenden Grund dafür.

Ich schnappe mir das Telefon, setze mich im Wohnzimmer aufs Sofa und rufe Philip auf dem Handy an, erreiche aber nur die Mailbox. Seine neue Festnetznummer kenn ich nicht auswendig und habe sie auch nicht eingespeichert, also hole ich mein Filofax, um sie nachzuschlagen. Als ich ihn aufklappe, kommt mir das Foto von Basti entgegengesegelt. Nachdenklich betrachte ich meinen Ex, sein zynisches Lächeln, die turboblauen Augen, die Haare, wie so oft lässig im Nacken zum Zopf gebunden.

Ich lasse das Foto sinken, mein Blick wandert zum Wohnzimmerfenster und zu dem Jahrhundertsturm da draußen. Und dabei frage ich mich, wie sehr ich es will. Wie sehr ich mir wünsche, dass Basti zu mir zurückkommt. Doch wohl hoffentlich genug, um dafür ein paar nasse Füße in Kauf zu nehmen, schießt es mir durch den Kopf. Und Philip hat es ja wirklich angeboten und betont, dass er es als reinen Freundschaftsdienst meint. Ich stehe auf und schlurfe rüber ins Badezimmer. Wenigstens versuchen, denke ich, während ich unter der heißen Dusche stehe. Du musst es wenigstens versuchen.

Pünktlich um fünf steht Philip bei mir auf der Matte, in professionellem Laufdress und mit Regenjacke. Ich selbst habe in meinem Bestand nur ein durchsichtiges Oma-Cape gefunden, aber das muss es zur Not jetzt eben tun. Wenigstens hat die Wetterlage sich ein wenig beruhigt, die Sintflut ist einem normalen Nieselregen gewichen, so dass Philip und ich tatsächlich joggen statt schwimmen können.

»Bist du bereit?«, will er wissen und läuft sich dabei schon mal auf der Stelle warm.

»Nein«, gebe ich zu, »aber darum geht's schließlich nicht.«

»Das ist die richtige Einstellung!« Wir marschieren los, ich steuere mein Auto an. »Wo willst du denn hin?«, fragt Philip.

»Na, ich dachte, wir fahren erst einmal zum Stadtpark.«

»Nix da, fahren! Das Auto bleibt stehen, wir laufen da hin!«

»Aber …«, will ich widersprechen, doch Philip trabt einfach los, und mir bleibt nichts anderes übrig, als ihm zu folgen.

»Immer dran denken«, ruft er mir über die Schulter zu, »der

Weg ist das Ziel!« Grummelnd stolpere ich hinter ihm her und bringe hechelnd ein »Sklaventreiber!« heraus, was von Philip mit einem »Hau mich doch, wenn du mich kriegst!« kommentiert wird. Das allerdings ist illusorisch, schon nach den ersten hundert Metern geht mir bereits wieder die Puste aus, so dass ich gerade so eben noch hinter ihm herkomme.

Zwanzig Minuten halte ich durch, dann bin ich körperlich absolut am Ende.

»Gnade!«, keuche ich und bleibe stehen. »Ich kann echt nicht mehr.« Philip hält ebenfalls an und kommt grinsend auf mich zu.

»War aber für den Anfang doch gar nicht so schlecht«, meint er. Er sieht so aus, als wäre er nicht einmal ins Schwitzen gekommen, die Tropfen in seinem Gesicht scheinen einzig und allein vom Regen herzurühren.

»Geht so«, pruste ich, beuge mich vor, stütze mich mit beiden Händen auf den Knien ab und versuche, einigermaßen Luft zu kriegen.

»Das wird schon«, stellt Philip zuversichtlich fest, »in ein oder zwei Wochen bist du schon wesentlich fitter.« Er lacht mich aufmunternd an. »Und wer weiß: Vielleicht schaffen wir es irgendwann sogar, bis zum Stadtpark zu kommen.«

»Ha, ha«, noch immer geht mein Atem schwer, »ich bin halt eine lahme Kröte, schon klar.«

»Aber immerhin meine Lieblingskröte.« Langsam spazieren wir durch den Regen zu meiner Wohnung zurück. Und allmählich kann ich auch wieder normal atmen und stelle fest, dass ich mich sogar überhaupt nicht so übel fühle. Zwar zittern mir die Beine, und ich bin sicher, dass ich morgen den Muskelkater meines Lebens haben werde – aber, hey: Immerhin bin ich ganze zwanzig Minuten gelaufen, darauf kann ich doch wirklich schon mal stolz sein.

Nachdem wir zu Hause abwechselnd geduscht und beide warme Klamotten angezogen haben, sitzen wir in der Küche und trinken den heißen Tee, den ich für uns gekocht habe.

»Tut gut, oder?«, will Philip wissen. »Wenn man sich mal körperlich total verausgabt.« Ich nicke.

»Vor allem, wenn man es hinter sich hat, das tut dann besonders gut.« Wir müssen beide kichern. »Nein, stimmt schon, hätte nicht gedacht, dass das so einen Kick gibt.«

»Du hast mir ja nie geglaubt. Hättest einfach schon mal früher mitkommen sollen, als wir noch …« Er verstummt und fixiert angestrengt den Inhalt seiner Teetasse. Mit einem Schlag ist die lockere Stimmung zwischen uns verflogen.

»Du hast Recht«, sage ich leise, »das hätte ich wohl tun sollen. Überhaupt wäre es gut gewesen, wenn wir mehr gemeinsame Dinge gemacht hätten.«

»Hm«, Philip nickt und sieht mich dann wieder an. »Aber wie heißt es so schön: Hätte, hätte, Fahrradkette.« Er versucht ein schiefes Grinsen aufzusetzen. »Jetzt ist es eben, wie es ist. Du bist in deinen Basti verliebt, und wir lassen uns scheiden.«

Ich weiß nicht, was ich darauf erwidern soll, außer, dass es mir so unendlich leidtut. Dass ich auch nicht weiß, wie es passieren konnte, dass Philip und ich uns so verloren haben. Dass wir es vielleicht noch hätten retten können, wenn wir früher miteinander gesprochen hätten. Wenn wir uns eingestanden hätten, dass in unserer Ehe gerade etwas mächtig schiefläuft, statt mit anzusehen, wie ich mich mehr und mehr in mich zurückzog und Philip vor lauter Hilflosigkeit anfing, gar nicht mehr zu reden, bis irgendwann zumindest auf meiner Seite sämtliche Gefühle auf der Strecke blieben. Das alles würde ich am liebsten sagen, aber stattdessen schweige ich und fülle uns eine weitere Tasse Tee ein.

»Ich komm dann morgen früher vorbei, weil ich nachmittags noch einen Termin habe. Ist so gegen zwölf okay?«, fragt Philip, als er sich von mir verabschiedet.

»Ist gut«, erwidere ich. Und dann sage ich noch: »Danke.«

»Wofür?« Jetzt lacht er wieder fröhlich. »Fürs Sklaventreiben?«

»Dafür auch.«

Wo geht's denn hier zum Pflichtdate?

Lars sitzt direkt hinterm Eingang am Tresen, als ich um acht Uhr das *die herren simpel* betrete.

»Ah!«, ruft er übertrieben aus. »Mein Pflichtdate, da ist es ja endlich!« Ein paar andere Gäste drehen sich verwundert zu uns um, was mir ein kleines bisschen unangenehm ist.

»Nicht so laut«, zische ich ihm zu, während ich auf den Barhocker rutsche, der rechts von ihm über Eck steht.

»'Tschuldigung, wollte dich nicht in Verlegenheit bringen.«

»Schon gut«, meine ich.

»Jedenfalls freue ich mich, dich zu sehen.«

»Ich mich auch.«

»Was willst du denn trinken?«, fragt Lars und reicht mir die Karte.

Während ich sie überfliege, mustere ich mein Pflichtdate aus den Augenwinkeln so unauffällig wie möglich. Im Gegensatz zu unserer ersten Begegnung im Seminar stehen seine Haare heute nicht wild vom Kopf ab, sondern er hat sie offenbar mit Gel gebändigt, was allerdings nicht schlecht aussieht. Er hat einen dunkelblauen Wollpullover mit V-Ausschnitt an, der auf eine behaarte Brust schließen lässt, denn ein bisschen was davon blitzt hervor. Dazu trägt er Jeans und Turnschuhe.

Alles in allem kein übles Pflichtdate, das muss ich schon sagen. Ich selbst habe mich, nachdem ich feststellen musste, dass ich nach einmal Laufen noch nicht wieder in meine Lieblingsjeans passe, für ein knielanges Etuikleid entschieden, das in der Kombination mit meinen schwarzen Stiefeln zum einen recht szenig aussieht, zum anderen die vier oder fünf Kilo kaschiert, die ich zu viel mit mir herumschleppe.

»Ich nehme einen Weißwein«, sage ich und lege die Karte auf den Tresen.

»Dann erzähl doch mal die langen Geschichten«, fordert Lars mich auf, nachdem er für mich bestellt hat. »Bin schon ganz gespannt!«

»Welche möchtest du denn zuerst hören? Die mit meiner Ehe oder die mit meinem Job?« Er überlegt einen Moment.

»Ehe«, sagt er dann.

»Okay.« Ich erzähle ihm von Philip und mir und dass ich irgendwann einfach total unglücklich war und mein Mann ausgezogen ist. Und dass wir bald geschieden werden, uns aber immer noch gut verstehen.

»Immerhin kein Rosenkrieg«, meint Lars, als ich fertig bin.

»Ja«, sage ich, »Philip ist echt ein sehr Netter.«

»Das Problem haben viele Männer.« Ich sehe ihn überrascht an. Nach Barbara schon wieder jemand, der das für ein Problem hält.

»Du bist doch auch nett«, stelle ich fest. Mit einer schnellen Bewegung beugt Lars sich ganz nah zu mir herüber, vor Schreck weiche ich ein kleines Stückchen zurück.

»Ich tu nur so«, raunt er mir zu und grinst dabei breit. »In Wahrheit bin ich ein Arschloch.«

»Aha«, ich grinse zurück, »verstehe. Vielen Dank, dass du mich schon mal vorwarnst.«

»Keine Ursache, ich will eben nicht, dass sich hinterher jemand beschwert.«

»Hinterher?«, frage ich kokett nach. Pia Weiland, du flirtest ja schon wieder mit ihm! Aber irgendwie macht es gerade auch riesigen Spaß, das muss ich schon zugeben.

»Und was war das für eine Sache mit deinem Job?«, wechselt Lars das Thema. »Was ist denn da passiert?«

»Ich hab Mist gebaut und einen Prospekt mit falschem Text in Druck gehen lassen. In einer Auflage von 250.000 Stück, gestern steckte das Ding dann als Beilage im Abendblatt.«

»Für so was wird man gleich gefeuert? Das muss ja ein ziemlich falscher Text gewesen sein.«

Ich lache. »Du machst dir kaum eine Vorstellung davon!« Kurz erläutere ich ihm ein paar Beispiele, Lars glotzt mich regelrecht fassungslos an.

»Oha«, meint er. »Das ist wirklich ein ziemliches Ding. Aber etwas Ähnliches ist mir auch schon mal passiert.«

»Wie das?«, wundere ich mich. »Ich denke, du bist Bauingenieur?«

»Bin ich ja auch.«

»Da wird doch aber nicht geschrieben?«

»Nein, natürlich nicht. Ist auch nicht so wichtig, vergiss es einfach, die Geschichte ist eh langweilig«, wiegelt er ab.

»Nun komm schon!«, sage ich und schiebe dabei schmollend meine Unterlippe vor. »Ich erzähl dir hier alles Mögliche von meiner gescheiterten Ehe bis hin zu der Tatsache, dass ich jobtechnisch eine komplette Idiotin aus mir gemacht habe – und du hüllst dich in vornehmes Schweigen. Nee, nee, mein Lieber, so haben wir nicht gewettet.« Gespielt drohe ich ihm mit dem Zeigefinger. »Los, raus mit der Sprache!«

»Ja, also das war so«, fängt Lars an, »ich hab mal um ein Haar die falsche statische Berechnung rausgegeben.«

»Um ein Haar?«

»Hab's im letzten Moment glücklicherweise noch gemerkt.«

»Das kann man doch gar nicht vergleichen!«, rufe ich aus. Lars zuckt mit den Schultern.

»Hab ja gesagt, dass es eine langweilige Geschichte ist, jetzt beschwer dich nicht.«

»Stimmt, ist langweilig«, ziehe ich ihn auf. »Du bist also ein langweiliges Arschloch, eine tolle Kombination.«

»Na, hör mal!« Lars boxt mich scherzhaft in die Seite, ich will zurückboxen, aber er fängt blitzschnell meine Hand ab und hält sie fest.

»Loslassen«, fordere ich kichernd.

»Erst, wenn du nicht mehr so frech zu mir bist!«

»Bin gar nicht frech«, pruste ich, »nur ehrlich.« Ich versuche, meine Hand wegzuziehen, aber Lars ist ganz eindeutig stärker als ich. Während ich noch lachend mit ihm ringe, geht plötzlich alles ganz schnell. Aus den Augenwinkeln nehme ich eine Bewegung am Eingang wahr – im nächsten Moment lasse ich mich entsetzt vom Barhocker plumpsen und kauere halb versteckt in der Ecke und zu Lars' Füßen, der vor lauter Überraschung meine Hand losgelassen hat.

»Was machst du denn da unten?«, fragt er und beugt sich zu mir.

»Pssst!«, antworte ich und wedele hektisch mit einer Hand, damit er sich wieder gerade hinsetzt. Doch bevor ich ihm erklären kann, was gerade los ist, erklingt auch schon eine sehr vertraute Stimme über mir.

»Hallo Pia! Willst du dich vor mir verstecken?« Basti. Ausgerechnet Basti! Er steht direkt hinter Lars, guckt über seine Schulter zu mir herunter, sein Gesicht ein einziges Fragezeichen. Mist! Mist! Mist!

7. Kapitel

Ex-Kursion, No. 2

»Ja, ähm, hallo Basti!« Mühsam und mit vermutlich knallrotem Schädel kämpfe ich mich aus meiner unterlegenen Position zurück nach oben und klopfe mir ein bisschen Staub vom Kleid. »Mir war da, äh, eben was runtergefallen, ja, äh, ein, ein, ein … Bierdeckel, ja, ein Bierdeckel, den wollte ich nur aufheben, und da …« Ich kichere unsicher und räuspere mich. »Das ist ja ein Zufall, dich hier zu sehen«, füge ich schließlich noch leicht bescheuert hinzu.

Bescheuert deshalb, weil ich doch ganz genau weiß, dass Basti abends am liebsten in der Schanze ausgeht. Und vor allem sehr gern ins *die herren simpel*, weil es im hinteren Teil der Bar eine Raucherzone gibt. Wieso hab ich daran nicht gleich gedacht, als Lars sich hier mit mir treffen wollte? Muss mein Unterbewusstsein mich wohl boykottiert haben oder so, anders kann ich mir das nicht erklären.

»Zufall, hm«, erwidert Basti auch prompt in einem Tonfall, der erkennen lässt, dass er das genaue Gegenteil denkt. Im selben Moment fällt mir schlagartig eine der unumstößlichen Regeln ein, die Clemens Schüttler uns mit auf den Weg gegeben hat: Den Ex nie und auf gar keinen Fall absichtlich eifersüchtig machen, das geht immer nach hinten los! Scheiße! Ob Basti noch gesehen hat, dass Lars und ich quasi miteinander Händchen gehalten haben? Das darf doch wirklich nicht wahr sein!

»Das ist«, beeile ich mich zu erklären, »Lars.« Basti mustert mein Pflichtdate. Das wiederum lächelt ihn freundlich an und streckt ihm seine Hand entgegen, die er auch ergreift und schüttelt. »Ein, äh, ja, Kollege von mir«, haspele ich hektisch weiter, »nur ein Kollege, ja, das ist er.«

»Du bist also auch bei Behrmann Communications?« Lars nickt brav, Gott sei's gepriesen! »Ebenfalls Texter?«, fragt Basti blöderweise weiter. Aber wieder nickt meine Seminarbekanntschaft, als sei es das Normalste auf der Welt. »Na denn«, meint Basti, »wünsche ich euch noch einen schönen Abend. Mir ist's heute irgendwie zu stickig hier drinnen.« Er nickt mir und Lars noch einmal zu, eine Minute später hat er die Bar verlassen.

»Das war er also«, stellt Lars fest.

»Ja, das war er«, bestätige ich und starre auf die Tür, durch die Basti soeben entschwunden ist. Einen kurzen Moment bleibe ich wie zur Salzsäule erstarrt stehen – dann renne ich los und lasse mich auch durch Lars nicht aufhalten, der mir ein »Bleib hier, du machst es doch nur noch schlimmer!« hinterherruft.

Draußen auf der Straße hechte ich meinem Ex hinterher, der erst ein paar Meter weit gekommen ist.

»Basti!«, brülle ich, er hält an und dreht sich zu mir um. Zwei Sekunden später stehe ich schwer atmend vor ihm. »Es ist nicht so, wie es vielleicht gerade ausgesehen hat«, setze ich zu einer Erklärung an. »Lars und ich sind wirklich nur …«

»Kleine«, unterbricht er mich, und mein Herz macht vor Freude einen Hüpfer, weil er mich mit meinem Kosenamen anspricht. Im nächsten Moment erlebt es allerdings eine ziemlich schmerzhafte Bruchlandung, als Basti weiterspricht: »Du musst dich überhaupt nicht rechtfertigen, und es ist völlig okay, wenn du mit anderen Männern ausgehst.«

»Aber ich bin gar nicht aus …«

»Versteh mich nicht falsch«, werde ich von Basti unterbrochen. »Es war schon seltsam, dich eben mit einem anderen Typen zu sehen. Aber es ist in Ordnung, ich habe gar kein Recht, mich darüber aufzuregen, und außerdem freue ich mich, wenn es dir wieder besser geht. Als ich dich das letzte Mal gesehen habe …« Nun ist es an mir, ihn zu unterbrechen.

»Du findest es seltsam, mich mit einem anderen Mann zu sehen?«, frage ich hoffnungsvoll nach.

»Natürlich«, erwidert mein Ex, als wäre meine Nachfrage vollkommen unverständlich. Dann seufzt er. »Wie soll ich es dir erklären? Ich hab dich ja noch lieb.«

»Noch lieb?« Er nickt, und mein Hirn sendet sofort ein Signal an mein Herz, dass es wieder einen Hüpfer machen darf.

»Aber das spielt keine Rolle.«

»Wieso nicht?«, frage ich irritiert nach. »Das spielt doch die allergrößte Rolle!«

»Ja, sicher«, gibt Basti zu. »Allerdings hat es daran auch nicht gelegen, das habe ich ja schon so oft versucht, dir klarzumachen. Ich hab dich lieb, ja, aber ich will keine Beziehung mit dir. Weil ich im Grunde genommen überhaupt gar keine Beziehung möchte. Jedenfalls keine, wie du sie dir wünschst.«

»Basti, ich …«, setze ich an, verstumme dann aber. Was soll ich dazu auch sagen?

»Am besten, du gehst zurück zu deinem Kollegen«, dieses Wort betont er besonders, »der wartet bestimmt schon auf dich.«

»Ja«, murmele ich mit gesenktem Blick, »das wird wohl das Beste sein.« Ich blicke wieder auf, direkt in Bastis Halogenscheinwerfer und spüre, wie mir die Tränen in die Augen steigen. Versaut hab ich es, ganz eindeutig und komplett versaut! »Also, mach's gut«, bringe ich kraftlos hervor, drehe mich um und schlurfe zurück Richtung Bar.

»Kleine?«, höre ich Basti plötzlich rufen und wende mich ihm wieder zu. »Auch, wenn es nur ein Kollege ist«, meint er, »ich hoffe, er ist gut für dich.«

»Wie meinst du das?«, will ich wissen.

»So, wie ich es sage.« Einen Moment lang bleiben wir noch unschlüssig voreinander stehen, dann hebt Basti eine Hand, winkt mir zu und läuft das Schulterblatt hinunter Richtung Neuer Pferdemarkt. Ich sehe ihm einen Augenblick nach, denn gehe ich zu Lars in die Bar zurück.

»Das ist wohl ein bisschen doof gelaufen«, stellt Lars fest, als ich wieder neben ihm sitze.

»Ziemlich doof sogar«, erwidere ich und erzähle ihm kurz, was Basti draußen zu mir gesagt hat.

»Mach dir mal keinen Kopf«, versucht er, mich zu trösten. »Das heißt ja alles noch nichts.«

»Ich weiß nicht so recht«, brumme ich finster, »die Kollegen-Nummer hat er mir auf gar keinen Fall geglaubt. So gut kenne ich ihn.« Erschöpft lasse ich meinen Kopf auf den Tresen sinken. »Wie konnte ich auch nur so blöd sein?«, jammere ich. »Ich weiß doch, dass er gern hierhergeht, wieso habe ich daran nicht gedacht? Jetzt ist erst recht alles im Eimer, ich hab einen der größten Fehler begangen, die man laut Clemens Schüttler begehen kann!«

»Na ja, vielleicht ist das gar nicht so tra…«, setzt Lars an.

»Ich hab's!«, würge ich ihn ab. »Clemens Schüttler, das ist es!« Hektisch krame ich in meiner Handtasche rum und suche mein Handy raus. Ein Blick aufs Display zeigt mir, dass es halb zehn ist – also noch nicht zu spät! »Ich ruf die Notfall-Hotline an und frage, was in diesem Fall am besten zu tun ist!«

»Ist das übers Handy nicht ein bisschen sehr teuer?«, fragt Lars.

»Das ist doch jetzt wohl vollkommen egal«, erkläre ich, stürme wieder nach draußen und drücke dabei die Kurzwahltaste, unter der ich die Nummer der 0190er-Hotline abgespeichert habe. Nach dem dritten Klingeln wird mein Anruf entgegengenommen.

»Schüttler?«, höre ich die Stimme des Gurus.

»Gott sei Dank, du bist da!«, rufe ich aus. In den nächsten fünfzehn Minuten wandere ich unruhig die Straße auf und ab, während ich Clemens Schüttler erläutere, was sich zugetragen hat. Er hört konzentriert zu, gibt hin und wieder einen Kommentar wie »Aha«, »Soso« und »Verstehe«.

»Nun, Pia«, meint er gedehnt, als ich ans Ende meines Berichts gelangt bin, »so dramatisch ist das tatsächlich nicht. Immerhin hat er zugegeben, dass er dich lieb hat – also eigentlich ein Schritt in genau die richtige Richtung, das kannst du ruhig positiv sehen.«

»Kann ich das?«

»Ich sagte dir schon im Seminar: Es gibt immer Hoffnung. In deinem Fall würde ich sogar sagen, sehr große Hoffnung, denn immerhin hat dein Ex noch Gefühle für dich, und das ist sehr, sehr wichtig.«

»Und was mache ich jetzt?«

»Nichts«, erklärt mir der Guru. »Du hältst dich weiterhin an die Kontaktsperre, und das mit allergrößter Konsequenz. Ab sofort sollte dein Ex bis zum Ende der sechswöchigen Frist nicht mehr das Geringste von dir hören oder sehen. Du musst für ihn spurlos verschwinden, nur so wird er anfangen, über dich nachzudenken. Meide in Zukunft alle Orte, an denen er dir begegnen könnte.«

»Macht es denn nichts, dass er mich mit einem anderen Mann gesehen hat?«

»In deinem Fall ist das nicht so schlimm, denke ich. Vielleicht sogar eher im Gegenteil. Wenn er nichts mehr von dir hört, wird er sich fragen, was du gerade machst. Dadurch wirst du für ihn wieder interessanter, geheimnisvoller. Wenn ich dich richtig verstanden habe, hat er mit dir Schluss gemacht, weil du zu viel Nähe wolltest – zeig ihm also, dass du selbständig bist und ihn nicht brauchst, dass du eine unabhängige Frau bist, die sich nicht an ihn klammert.«

»Gut«, ich nicke vor mich hin. »Das klingt logisch.« Ich seufze. »Ach, vielen Dank, Clemens, ich wusste gerade echt nicht mehr, was ich jetzt tun soll.«

Ein gönnerhaftes Lachen erklingt. »Pia, dafür bin ich schließlich da! Zögere nicht, mich wieder anzurufen, wenn es Probleme gibt.«

»Das mache ich! Und ab sofort wird es für meinen Ex so sein, als wäre ich gar nicht mehr auf der Welt.«

»Sehr gut, Pia! Ich wünsche dir viel Erfolg!«

»Danke! Und auf Wiederhören.« Ich lege auf, das Display zeigt 26 Minuten Gespräch an. Keine Ahnung, wie viel das Gespräch gekostet hat, aber es war jeden Cent wert. Hoffe ich.

Lars schreibt etwas in ein kleines Notizbuch, als ich wieder in die Bar komme.

»Na?«, fragt er und klappt das Büchlein zu. »Hat er dir helfen können?«

»Denke schon.« Ich setze mich wieder neben ihn und nehme einen Schluck von meinem Wein. »Ich soll mich einfach weiter an die Regeln halten und ansonsten für Basti komplett von der Bildfläche verschwinden.«

»Das hätte ich dir auch ohne 0190er-Nummer sagen können«, erwidert Lars ein wenig großspurig.

»Schon gut«, ich mache eine wegwerfende Handbewegung. »Zumindest hat das Telefonat mich etwas beruhigt.« Ich deute auf das Notizbuch, das vor ihm liegt. »Und was hast du da gerade aufgeschrieben?«, will ich wissen.

»Ich dachte, ich nutze die Zeit deiner Abwesenheit und fülle meine ›Was in meinem Leben gut ist‹-Liste ein bisschen auf.«

»Richtig, da müsste ich heute auch noch was aufschreiben.« Ich verziehe meine Mundwinkel nach unten. »Momentan fällt mir da nur leider nichts ein.«

»Wie wär's denn mit ›Ich habe einen wundervollen Abend mit meinem neuen Kollegen‹?«, schlägt Lars vor und zwinkert mir dabei zu.

»Ha, ha«, erwidere ich und füge dann hinzu: »Sorry, du hattest dir unser Pflichtdate bestimmt anders vorgestellt, als dass ich ständig wie ein hektisches Huhn rausrenne.«

»Kein Problem.« Er grinst. »Dafür war's immerhin sehr interessant. Kann beim nächsten Mal nur besser werden.«

»Ich muss dich daran erinnern, dass wir immer neue Leute kennenlernen sollen«, ermahne ich ihn.

»Das mach ich doch! Bisher habe ich schon jede Menge neue Seiten an dir entdeckt. Mal traurig, mal hysterisch, mal zuversichtlich, mal …«

»Lass gut sein«, unterbreche ich ihn lachend. »Du hast mich überzeugt. Der nächste Samstag gehört dir.«

»Bestens. Dann lass uns noch was trinken«, meint Lars und winkt den Barkeeper heran.

That certain smile …

Zwei Stunden später bringt Lars mich – ganz Gentleman – zur U-Bahn Sternschanze und schiebt sein Fahrrad, mit dem er gekommen ist, neben sich her. Ich bin nach drei Gläsern

Wein ein wenig benebelt, aber auch recht beschwingt. Mittlerweile empfinde ich es gar nicht mehr als eine so riesige Katastrophe, dass Basti Lars und mich gesehen hat. Clemens Schüttler hat Recht, soll mein Ex doch ruhig darüber grübeln, was ich ohne ihn so mache. Für unser nächstes Treffen habe ich mich mit Lars in Winterhude verabredet, ein Viertel, in dem Basti nie unterwegs ist. Jedenfalls nicht, seit wir nicht mehr zusammen sind.

»Das war ein schönes erstes Pflichtdate«, stellt Lars fest, als wir den Eingang zur U-Bahn erreicht haben.

»Finde ich auch. Und vielen Dank noch für die Einladung.«

»War mir eine Ehre.« Er lächelt. »Außerdem auch eine Selbstverständlichkeit, kann doch eine arbeitslose Frau nicht ihren Wein selbst bezahlen lassen!« Ich verdrehe die Augen.

»Erinnere mich bloß nicht daran«, stöhne ich. »Montagfrüh werd ich gleich mal zum Arbeitsamt gehen und sehen, was die da für mich tun können.«

»An deiner Stelle würde ich aber trotzdem auch einen Anwalt für Arbeitsrecht anrufen. Ich könnte dir da einen guten empfehlen.«

»Ich melde mich, sobald ich beim Amt war. Dann sehen wir weiter.«

»Okay.«

»Tja, ich werd dann mal nach Hause fahren.«

»Und ich schwing mich auf mein Rad.« Einen kurzen Moment wirkt Lars unschlüssig, dann beugt er sich zu mir herunter und gibt mir auf jede Wange ein Küsschen. »War wirklich schön«, sagt er leise, ich spüre seinen warmen Atem auf meinem Gesicht, und sein Aftershave steigt mir in die Nase, was alles andere als unangenehm ist.

»Ja, das war's.« Meine Stimme krächzt ein bisschen, als hätte ich plötzlich einen Frosch im Hals.

»Und noch was«, sagt Lars und betrachtet dabei fast nachdenklich mein Gesicht. »Wenn dir heute nichts mehr einfällt, was du auf die Liste der Dinge setzen kannst, die in deinem Leben gut sind: Ich persönlich finde, dass du das süßeste Lächeln hast, das ich je gesehen habe.«

»Oh.« Schon wieder schießt mir vor Verlegenheit das Blut in den Kopf, und ich weiß gar nicht, was ich darauf antworten soll. »Dankeschön«, bringe ich schließlich stotternd hervor.

»Keine Ursache. Ich habe nur die Wahrheit gesagt.«

Während ich mit der U-Bahn Richtung Heimat fahre, geht es in meinem Kopf drunter und drüber. Was für ein Abend! Ach, was sag ich, bereits seit gestern scheinen sich die Ereignisse nur so zu überschlagen. Nicht, dass sie alle positiv wären, Stichwort Job. Aber mein Date mit Lars hat mich doch einigermaßen aus dem Konzept gebracht. Zum einen natürlich durch Bastis Auftauchen, zum anderen ... Na, zum anderen halt.

Eine halbe Stunde später bin ich zu Hause, ziehe meine Sachen aus und einen kuscheligen Schlafanzug an, schminke mich ab, putze mir die Zähne und falle todmüde ins Bett.

Bevor ich die Leselampe ausknipse, schnappe ich mir noch mein Filofax, das auf meinem Nachttisch liegt, schlage es beim heutigen Datum auf und schreibe dann gut gelaunt hinein: »Ich habe das süßeste Lächeln der Welt. Findet Lars.« Dann mache ich das Licht aus, und wenige Sekunden später bin ich auch schon eingeschlafen.

8. Kapitel

Heiter weiter?

Muskelkater ist gar kein Ausdruck. Und zwar überhaupt gar keiner! Am nächsten Morgen scheitere ich schon an dem simplen Versuch, mich im Bett auch nur aufzusetzen. Wie nach meiner Likörsause mit anschließendem Flughafenausfall zwingt mich ein stechender Schmerz – diesmal allerdings nicht im Kopf, dafür aber in sämtlichen Gliedern, vom kleinen Finger bis in den dicken Zeh – dazu, mich erst einmal wieder ganz langsam und vorsichtig zurück auf die Matratze sinken zu lassen. Nein, das ist kein Muskelkater. Das ist ein ausgewachsener Löwe nebst zwanzigköpfigem Rudel!

Und das soll nun also die wohltuende Wirkung von Sport sein? Dass ich mich wie eine uralte Oma fühle? Nicht auszudenken, wie es mir ginge, wäre ich die volle Stunde und nicht nur zwanzig Minuten gejoggt! Unter gar keinen Umständen und auf keinen Fall kann ich mir vorstellen, heute Mittag mit Philip noch einmal loszulaufen. Jedenfalls nicht ohne Gehwägelchen und mit Sicherheit auch nicht schneller als einen halben Stundenkilometer.

Irgendwie gelingt es mir mit zusammengebissenen Zähnen und in gebückter Haltung ins Badezimmer zu humpeln, wo ich erst einmal heißes Wasser in die Wanne laufen lasse. Ein Bad wird die schlimmsten Auswirkungen meiner ersten Fitness-Session hoffentlich ein bisschen lindern. Falls nicht, bin ich ein Fall für den Streckverband. Ich schalte meinen iPod ein, der in der Abspielstation auf dem Regal über der Heizung steckt, suche die Wiedergabeliste mit dem Titel »Kuschelmusik« heraus und drücke auf »Play«.

Stöhnend sinke ich eine Minute später ins heiße, dampfende Nass und genieße das angenehme Gefühl, das sich augenblicklich in mir ausbreitet. Herrlich! So möchte ich hier mindestens die nächsten vier bis fünf Stunden liegen bleiben, bis sich mein Muskelkater in Wohlgefallen aufgelöst hat, auch, wenn sich meine Haut dabei vermutlich gleich mit auflösen wird.

Leider habe ich nur noch knapp zwei Stunden Zeit, bis Philip bei mir auf der Matte stehen wird, aber die will ich wenigstens voll und ganz ausnutzen und meinen geschundenen Körper wieder einigermaßen auf Vordermann bringen. Ahhhh! Damit hätte ich das »mir was Gutes tun« für heute schon mal abgehandelt. Wer weiß, vielleicht ist es mir später ja sogar doch möglich, ohne Krücken ein paar Schritte Richtung Stadtpark zu joggen. Der Löwe maunzt und schnurrt mittlerweile jedenfalls nur noch wie ein zufriedenes Kätzchen.

Ich hangele nach meinem Filofax und einem Stift, beides habe ich vorhin auf einem Hocker neben der Wanne bereitgelegt. Vorsichtig, damit der Kalender nicht ins Wasser fällt, schlage ich ihn auf. Fest entschlossen, mich ab sofort akribisch an Clemens Schüttlers Regeln zu halten, will ich gleich ein paar mehr Punkte aufschreiben, warum in meinem Leben alles supi ist und ich genau genommen eine Spitzenfrau bin.

Als mein Blick auf den Eintrag von gestern Abend fällt, muss ich schmunzeln. *Ich habe das süßeste Lächeln der Welt.* Der gefällt mir so gut, dass ich diesen Punkt für heute gleich noch einmal notiere. So ein nettes Kompliment kann man sich eigentlich jeden Tag in Erinnerung rufen, schaden wird das wohl kaum. Ich schreibe weiter. »Basti hat gesagt, dass er mich noch lieb hat«, trage ich ein. Streiche es aber im nächsten Moment gleich wieder durch. Nein, nein, nein, ich mach schon wieder alles falsch! Weg von der Fixierung auf den Partner, hin zu anderen Dingen, die in meinem Leben auch noch wichtig sind!

Einen Moment lang denke ich nach. Und schreibe den Satz dann doch wieder hin. Frei nach Lars' Motto, nicht päpstlicher als der Papst zu sein, beschließe ich für mich ganz persönlich, dass ich den Punkt doch notieren darf, wenn er mich so sehr freut. Und das tut er eben, momentan ist dieser Aspekt in Bezug auf Basti ja auch das Einzige, über das ich mich freuen kann.

Ich lege meinen Kalender zurück auf den Hocker, schließe die Augen und rutsche ein Stückchen tiefer ins Wasser. *Ach, Basti*, denke ich, *ich hoffe wirklich, dass das Voll-auf-Ex-Kurs-Programm uns wieder zusammenbringen wird!*

Das warme Wasser macht mich träge, die Kuschelmusik lullt mich ein, ich dämmere weg und genieße es, einfach ein bisschen vor mich hinzuträumen und mir vorzustellen, wie Basti und ich Hand in Hand am Elbstrand entlangspazieren. So wie im Sommer, als wir noch miteinander glücklich waren. Oder fast glücklich immerhin … Im Hintergrund höre ich leise mein Telefon läuten, aber in diesem Moment bringt mich nichts und niemand aus meiner Wohlfühl-Wanne. Soll draußen ruhig die Welt untergehen, Pia Weiland gönnt sich gerade mal was Gutes!

Vielen Dank, für die Blumen!

»Drrring! Drrrring!« Erschrocken fahre ich hoch und spritze dabei etwa zwanzig Liter Wasser auf den Badezimmerboden. Verwirrt blicke ich mich um, ich muss wohl richtig eingeschlafen sein, mittlerweile ist es in der Wanne nicht mehr angenehm warm, sondern eher fröstelig. »Drrring!« Wieder erklingt meine aggressive Türklingel, die sogar Tote zum Leben erwecken könnte. Wollte meinen Vermieter schon längst mal darum bitten, diese Alarmsirene gegen ein zurückhaltend-vornehmes »DingDong« auszutauschen. Aber wie das so ist mit all den Dingen, um die ich mich längst mal kümmern wollte …

Es klingelt ein weiteres Mal, eilig steige ich aus der Wanne, schnappe mir – in Ermangelung eines Bademantels, noch so etwas, was ich mir längst mal besorgen wollte – ein großes Handtuch und wickle es mir um den Körper. Das wird Philip sein, ich war anscheinend tatsächlich komplett weggepennt, die integrierte Uhr der iPod-Abspielstation zeigt bereits kurz vor zwölf.

»Ich komme!«, rufe ich und hechte in den Flur, wobei ich beinahe auf meinen tropfnassen Füßen ausrutsche. Nur im letzten Moment kann ich mich im Türrahmen abfangen.

»Philip?«, frage ich in den Hörer der Gegensprechanlage. Keine Antwort, stattdessen klopft es an der Tür, er steht also schon im Flur. »Tut mir leid«, erkläre ich, während ich sie aufreiße, »ich bin eingeschla…« Ich verstumme. Und blicke in einen überdimensionalen Rosenstrauß, den er mir direkt ins Gesicht hält. »Philip«, meine ich seufzend, während ich die Blumen beiseiteschiebe, »du sollst doch nicht …«

»Überraschung!« Vor mir steht kein Philip. Auch kein Basti. Und kein Lars. Nein, der Blumenbote ist niemand Geringerer als – Roland Behrmann! Strahlend hält er mir den Strauß entgegen und sieht dabei aus, als sei er die Lotto-Fee, die mir gerade zehn Millionen Euro in einem Koffer vorbeibringen will.

Im nächsten Moment tritt ein etwas verlegener Ausdruck auf sein Gesicht. »Oh«, meint er und mustert mich von oben bis unten, wie ich da tropfend in ein Handtuch gewickelt vor ihm stehe, »ich störe wohl gerade, wie?«

»Äh«, bringe ich verwirrt und in Anbetracht unserer letzten Begegnung angemessen unfreundlich hervor, »was machen Sie denn hier?«

»Ich hab vorhin ein paarmal angerufen«, erklärt mein Chef – Verzeihung, Ex-Chef – entschuldigend, »Sie sind aber nicht rangegangen. Da wollte ich Ihnen die hier«, er deutet auf den Strauß Rosen, »einfach vorbeibringen und Ihnen vor die Tür legen. Eine Nachbarin hat mich hereingelassen, und als ich dann hier oben Musik aus Ihrer Wohnung hörte, dachte ich, ich klingle mal, um Ihnen die Blumen persönlich zu überreichen.« Mit diesen Worten drückt er mir auch schon den Strauß in die Hand, den ich immer noch vollkommen perplex entgegennehme. »Ach, und die hier, die ist natürlich auch für Sie!« Er hebt seine andere Hand, in der er eine Flasche Champagner hält.

»Ich verstehe jetzt gerade nicht ganz …«, setze ich an.

»Natürlich verstehen Sie das nicht!«, erwidert Roland Behrmann lachend. »Vielleicht lassen Sie mich kurz herein? Dann erkläre ich es Ihnen.«

Viel zu überrumpelt für jegliche Art der Gegenwehr oder des Protests lasse ich die Tür nach innen aufschwingen und bitte Roland Behrmann einzutreten. Ich führe ihn ins Wohnzimmer, fordere ihn auf, Platz zu nehmen, während ich selbst kurz in die Küche flitze, eine Vase für die Blumen suche, um dann damit zu meinem Chef zurückzukehren.

»Haben Sie auch Sektgläser?«, will Behrmann wissen, der bereits dabei ist, die Flasche zu entkorken. Ich stelle die Vase mit den Rosen auf dem Couchtisch ab.

»Vielleicht erklären Sie mir erst einmal, worum es überhaupt geht«, fordere ich ihn auf. Mittlerweile habe ich wieder einigermaßen die Fassung zurückerlangt, obwohl ich die Situation immer noch mehr als seltsam finde: Ich im Badehandtuch, Roland Behrmann auf meinem Sofa, der eine Flasche Champagner öffnet.

»Gleich«, meint er und setzt eine geheimnisvolle Miene auf. »Aber holen Sie doch bitte erst einmal zwei Gläser, wir haben nämlich allen Grund, um miteinander anzustoßen.«

»Herr Behrmann, es ist Sonntagmittag, ich komme gerade aus der Wanne und bin noch nicht einmal angezogen, da weiß ich jetzt wirklich nicht ...«

»Ach was«, unterbricht er mich, »das stört mich alles gar nicht, holen Sie schon die Gläser.« Dann fügt er in gespielt strengem Tonfall hinzu: »Das ist eine Dienstanweisung!« Ich verzichte auf den Hinweis, dass er mir seit meinem Rauswurf keine Anweisungen mehr zu erteilen hat, sondern hole wie befohlen zwei Sektflöten aus meinem Vitrinenschrank hinter dem Sofa. Zwar ist es mir immer noch ein Rätsel, was dieser Auftritt hier soll – aber neugierig bin ich natürlich schon. Ich stelle ihm die Gläser hin und nehme in Ermangelung einer anderen Sitzgelegenheit auf dem Sofa neben ihm Platz.

»Also!«, Roland Behrmann erhebt sein Glas, nachdem er uns beiden Champagner eingeschenkt hat. »Auf Sie, Frau Weiland!«

»Auf mich?« Er nickt, stößt gegen mein Glas und leert seines dann in einem Zug. Ich tue es ihm gleich. Hjam! Ein wirklich ausgezeichneter Schluck Prickelwasser, den er da mitgebracht hat, das muss ich schon sagen.

»Nun«, fängt mein Chef dann endlich an, Licht ins Dunkel zu bringen, »der Grund für meinen Überraschungsbesuch ist folgender.« Er macht eine dramatische Pause. Dann trompetet er in voller Lautstärke los: »Unsere Werbebeilage für die Müllermanns Baumärkte ist ein voller Erfolg und hat eingeschlagen wie eine Bombe!«

»Unsere?«, wiederhole ich irritiert. »Voller Erfolg? Bombe?«

»Ja!«, bestätigt Roland Behrmann. »Es ist eine echte Sensation! Heute früh hat mich der Geschäftsführer angerufen, weil er nicht bis Montag warten wollte. Stellen Sie sich vor, Frau Weiland: Am Freitag haben die Müllermanns Baumärkte ein Umsatzplus von über fünfzig Prozent verzeichnet!«

»Fünfzig Prozent?« Ich klinge wie ein Papagei. Und gleichzeitig spüre ich ein aufgeregtes Kribbeln in mir aufsteigen. Der Prospekt war ein Erfolg? Habe ich meine Karriere vielleicht doch nicht in Schutt und Asche gelegt?

»Es ist wirklich unglaublich!«, plappert Roland Behrmann aufgeregt weiter. »Und damit nicht genug, gestern waren es sogar hundert Prozent. Hundert Prozent, Frau Weiland, das ist mehr als nur ein Spitzenergebnis, das ist … das ist … das wird in die Geschichte der Werbung eingehen. *Wir* werden in die Geschichte der Werbung eingehen!« Er klatscht mir vor Freude mit einer Hand auf den Oberschenkel, mein Badetuch rutscht ein Stück zur Seite und gibt den Blick auf meine nackten Beine frei, schnell ziehe ich das Frottee wieder fest um mich. »Oh!« Roland Behrmann lacht verlegen, beugt sich vor und schenkt uns dann schnell wieder Champagner nach. Auch dieses Glas leeren wir in einem Zug.

»Das klingt doch gut«, meine ich etwas verwirrt, weil ich

zum einem schon etwas benebelt bin, zum anderen in meinem Kopf gerade alles drunter und drüber geht.

»Gut? Der Kunde ist völlig aus dem Häuschen! Zumal wir«, er rückt ein Stückchen näher an mich heran, und erst jetzt fällt mir auf, dass Behrmann offenbar schon ohne mich ein bisschen gefeiert hat. Mein Chef hat schwere Schlagseite und eine ziemliche Fahne, das kann unmöglich von zwei Gläsern Champagner kommen. »Zumal wir«, wiederholt er, »gleichzeitig auch noch eine neue Zielgruppe erschlossen haben. Achtzig Prozent der Neukunden sind nämlich Frauen, bei denen kam unsere Idee mit dem Liebeskummer-Thema unglaublich gut an!«

»*Unsere Idee.*« Ihm entgeht mein ironischer Unterton, stattdessen nickt mein Chef fröhlich.

»Jap«, bestätigt er. »Die Prospekte sind bereits alle vergriffen, die Nachfrage ist riesig, wir werden nachdrucken müssen!«

»Und was bedeutet das jetzt?«, will ich wissen.

»Das ist doch wohl klar! Wir sind die neuen Stars am Werbehimmel, gleich morgen Vormittag will der Geschäftsführer in die Agentur kommen und sich persönlich bei uns bedanken.«

»Aber ich arbeite doch gar nicht mehr bei Ihnen, Sie haben mich ja rausgeschmissen«, kann ich mir den kleinen Hinweis darauf, dass er mich entlassen hat, nicht verkneifen.

»Ach, was, Frau Weiland!« Er lacht gönnerhaft auf. »Diese dumme Kurzschlussreaktion am Freitag, die werden Sie mir doch wohl nicht ernsthaft übel nehmen, was?« Er kneift mir wie einem Kleinkind in die Wange, ich schiebe seine Hand unwillig zurück. Champagner-Sause hin, Champagner-Sause her, ich lasse mich hier nicht weiter betatschen. »Ja, äh«, nun scheint auch ihm bewusst zu werden, dass er sich mir gegenüber ein wenig unpassend verhält, »was sagen Sie? Sie sind doch wieder im Team, oder?«

»Hm.« Ich zögere. Einen kurzen Moment will ich meinen inneren Reichsparteitag noch auskosten. Meine Idee hat immerhin eingeschlagen wie eine Bombe, jawohl! Gut, die Idee war nicht ganz absichtlich, aber wen kümmert das schon? Es ist das Resultat, das zählt, viele große Erfindungen hat die Menschheit schließlich auch nur dem Zufall zu verdanken, wie zum Beispiel … zum Beispiel … das Post-it! Oder, oder … das Penizillin, jaha! Und ich muss zugeben, dass mir ein kleines Teufelchen in diesem Moment zuflüstert, dass mein Triumph noch wesentlich größer wäre, wenn ich meinen schnöseligen Chef-Ex-Chef-Chef jetzt einfach mit den Worten »Tut mir leid, kein Interesse« vor die Tür setzen würde. Ha! Das wäre was!

»Frau Weiland«, reißt er mich aus meinen Gedanken und mustert mich etwas unsicher. »Wollen Sie etwa, dass ich bettle?« Blitzschnell rutscht er vom Sofa runter und geht vor mir auf die Knie. »Bitte, Pia«, schlägt er nun einen theatralischen Tonfall an, »bitte sagen Sie ja, weisen Sie mich nicht ab, so grausam können Sie nicht sein!« Ich seufze. Und denke an mein überzogenes Bankkonto und daran, dass es vermutlich auch als neuer Star am Werbehimmel nicht so leicht sein wird, innerhalb einer Woche bei einer der großen Spitzenagenturen unterzukommen. Muss sich ja erstmal rumsprechen, dass Pia Weiland eine Textgöttin ist.

»Okay«, antworte ich gedehnt, »ich bin einverstanden.«

»Danke, danke, danke!« Mit einem Satz springt er auf, und ehe ich weiß, wie mir geschieht, hat er mich auch schon vom Sofa hoch und in seine Arme gerissen. Mein Handtuch löst sich und geht zu Boden, ich selbst komme auch gefährlich ins Wanken.

»Öhem.« Ein Räuspern erklingt, mein Kopf fährt herum. In der Wohnzimmertür steht Philip, trägt Joggingklamotten und starrt uns fassungslos an. »Was ist denn hier los?«

»Philip!« Eilig mache ich mich von Roland Behrmann los, der dadurch sämtlichen Halt verliert und geräuschvoll mit einem »Rumms« neben dem Sofa zu Boden geht. Dann raffe ich mein Handtuch auf und wickle es mir mit fahrigen Fingern wieder um den Körper. Gott, wie peinlich!

»Die Tür war offen«, erklärt mein Mann und lässt seinen Blick zwischen mir und meinem Chef hin und her wandern.

»Ja, ähm«, setze ich an und frage mich gleichzeitig, wie das hier für Philip aussehen muss: Ich im Handtuch – vor Sekunden noch komplett nackt in den Armen von Roland Behrmann – und mit nassen Haaren, auf dem Couchtisch ein riesiger Strauß Rosen, eine Champagnerflasche und zwei Gläser, mein Chef, der sich gerade mühsam am Sofa hochzieht, aus dem Badezimmer dudelt noch immer Kuschelmusik. »Das … das … mein Prospekt ist ein voller Erfolg geworden«, bringe ich als Nächstes hervor. »Deshalb ist Roland Behrmann vorbeigekommen, um mir zu gratulieren und meine Entlassung zurückzunehmen.«

»Stimmt«, bestätigt mein Chef, der mittlerweile wieder auf beiden Füßen steht. Er geht auf Philip zu, um ihm die Hand zu schütteln, aber der ignoriert diese geflissentlich und wirft ihm stattdessen feindselige Blicke zu. Sichtlich verlegen zieht Behrmann seine Hand zurück und lässt sie in seiner Hosentasche verschwinden. »Ihre Frau, äh, Exfrau …«

»Noch sind wir verheiratet«, wird er von Philip mürrisch informiert.

»Ja, also, Ihre Frau hat ... ja, äh, es geht um einen Prospekt, den sie für Müllermanns Baumärkte getextet hat und mit dem der Kunde überaus zufrieden ist.«

»Ach? Überaus zufrieden, sagen Sie?« Behrmann nickt. »Wenn ich mich recht entsinne, haben Sie meiner Frau am Freitag noch vorgeworfen, sie würde den Ruf der Agentur ruinieren, und haben sie achtkant rausgeschmissen.« Jetzt kichert mein Boss nervös.

»Das ... das war wohl ein Missverständnis, was mir auch sehr leidtut, deshalb bin ich jetzt ja auch ...«

»Ist schon gut, Philip«, gehe ich dazwischen, bevor Roland Behrmann sich noch mehr windet. »Wir haben das bereits unter uns geklärt, es ist alles wieder gut.«

»Genau«, pflichtet Behrmann mir bei und wirkt sichtlich erleichtert.

»Außerdem«, mit diesen Worten werfe ich meinem Wieder-Chef einen auffordernden Blick zu, »wollte er sowieso gerade gehen.« Er versteht den Wink und macht sich prompt auf in Richtung Flur. Als er an Philip vorbeigeht, nickt er ihm noch einmal zu, aber mein Mann verzieht weiterhin keine Miene.

Eigentlich schon sehr süß, wie er hier gerade meine Ehre verteidigen will. Fast wirkt er so, als wolle er meinen Chef zum Duell herausfordern. Philip Weiland und Roland Behrmann – Abrechnung im Morgengrauen. Und ich stehe als elegante Lady in einer traumhaften Robe daneben und zittere um den Mann, den ich liebe. Wobei Basti dann da noch irgendwie mitspielen müsste ... Doch auch, wenn mir diese Vorstellung gefällt, ist es jetzt wohl besser, meinen Boss so schnell wie möglich aus meiner Wohnung hinauszukomplimentieren, bevor es hier wirklich noch zum Showdown kommt.

»Also«, verabschiede ich mich von ihm an der Wohnungstür, »wir sehen uns dann morgen wie gewohnt in der Agentur.«

»Das freut mich, Frau Weiland, wirklich! Und was Ihren Mann betrifft: Ich wollte wirklich nicht … ich wusste ja nicht, dass Sie wieder …«

»Machen Sie sich mal keine Gedanken, alles gut.« Ich schließe die Tür hinter ihm, gehe dann zurück ins Wohnzimmer, wo Philip bereits auf dem Sofa sitzt und Blumen sowie Champagnerflasche nachdenklich betrachtet.

»War das jetzt sehr doof von mir?«, will er kleinlaut wissen, als ich mich zu ihm setze.

»Nein, alles in Ordnung.« Ich muss lachen. »War ja auch wirklich eine etwas seltsame Situation.« Philip wirft mir wieder einen seiner unbeschreiblichen und unnachahmlichen treuen Blicke zu.

»Ich wollte mich echt nicht so bescheuert benehmen, aber als ich euch da eben so gesehen habe, da dachte ich schon … ich dachte …«

»Doch wohl nicht im Ernst, dass ich was mit Roland Behrmann anfange?«, beende ich seinen Satz.

»Irgendwie schon, ja«, gibt Philip zu und wirkt zerknirscht. »Ich meine, du warst immerhin nackt! Genau genommen geht mich das natürlich nichts mehr an, aber …«

»Was aber?«

»Na, also, dass wir nicht mehr zusammen sind, ist das eine. Nur die Vorstellung, du könntest was mit deinem schnöseligen Chef haben … Versteh mich nicht falsch«, schiebt er dann hinterher, »ich freu mich ja, wenn es dir gut geht. Und deinen Sebastian fand ich die beiden Male, die ich ihn kurz gesehen habe, schon ganz in Ordnung. Aber Roland Behrmann …«

»Sei ganz beruhigt«, erkläre ich lachend und lege eine Hand auf seinen Arm. »Eher friert die Hölle zu, als dass ich was mit einem Medienfuzzi anfange, der ausschließlich Oberteile von Ralph Lauren trägt!«

»Dann bin ich ja beruhigt.« Philip seufzt erleichtert auf. »Und jetzt?«, will er dann wissen. »Wollen wir mal unser Sportprogamm hinter uns bringen?«

»Hm, ich weiß nicht. Hab, ehrlich gesagt, einen ziemlichen Muskelkater von gestern.«

»Da hilft es am besten, wenn man gleich wieder loslegt.«

»Und einen kleinen Schwips hab ich auch.«

»Wer kann saufen, der kann auch laufen«, werde ich von ihm belehrt. »Das reimt sich sogar.« Er gibt mir einen Stups in die Seite, wir grinsen uns an.

»Und was sich reimt, ist gut«, rufen wir zeitgleich unseren früheren Running-Gag aus. Prompt muss ich an Pumuckl denken, von dem das Zitat ursprünglich stammt. Und damit dann natürlich auch an Lars. Nein, Roland Behrmann könnte mir nie im Leben gefährlich werden, zu Basti ist er überhaupt gar kein Vergleich. Nur, wenn ich mich an den gestrigen Abend mit Lars und die Verabschiedung an der U-Bahn-Station zurückerinnere, dann muss ich schon zugeben, dass das …

Oh, oh, Pia Weiland, du bist schlimm! Nein, nein, nein, das lässt du mal schön bleiben! Sitzt hier neben deinem Bald-Exmann, auf dem Tisch noch Champagner und Rosen von deinem Boss, im Herzen Sebastian Färber, und irgendwo, in einem dunklen und versteckten Winkel will sich da gerade auch noch dieser lustige Rotschopf einnisten. Schluss damit! Das wird sonst langsam alles ein bisschen eng und unübersichtlich.

»Na denn.« Ich stehe auf. »Ich zieh mir eben meine Laufsachen an, dann können wir losschleichen.«

Return of the Text-Göttin

Es liegt zwar kein roter Teppich aus, eine Blaskapelle ist auch nirgends zu entdecken und auch von Blitzlichtgewitter kann keine Rede sein – aber immerhin werde ich von den Kollegen, die mir am nächsten Morgen im Aufzug und auf dem Flur begegnen, mit anerkennendem Lob bedacht.

»Super, Pia!«, heißt es. Und: »Ein echter Knaller!« Oder: »Da hast du wirklich einen Coup gelandet!«

Sehr schön. So kann von mir aus ab sofort jeder Tag beginnen. Für die meisten der fünfzehn Leute, die für Roland Behrmann arbeiten, war ich nämlich bisher auf der untersten Stufe der Agentur-Hierarchie angesiedelt. Hat mir zwar niemand jemals so deutlich gesagt – aber gespürt habe ich es immer. Jetzt meine ich, in dem ein oder anderen Gesicht nicht nur Anerkennung, sondern sogar ziemlich deutlich Neid ablesen zu können. Ha, ihr habt eben alle noch nicht gewusst, was in Pia Weiland steckt!

Gut, das wusste ich bisher auch nicht, aber während ich hoch erhobenen Hauptes zu meinem Büro stolziere, bin ich mir fast sicher: Es kann nur noch eine Frage der Zeit sein, bis die Herren Jung & von Matt mich höchstpersönlich anrufen, um mich in eine leitende Funktion zu berufen, während ich aber noch die Angebote von Ogilvy und BBDO abwägen muss. Mein neuer Guru Clemens Schüttler kann zufrieden mit mir sein, ich suhle mich in einer regelrechten Ego-Dusche!

»Morgen, Süße!« Barbara strahlt, als ich mit meinem Kopierpapierdeckel, mit dem ich meinen Kram nur wenige Tage zuvor rausgetragen habe, ins Büro komme und alles wieder auf meinem Schreibtisch ausbreite.

»Guten Morgen!«

»Schön, dass du wieder da bist!« Ich lasse mich auf meinen Stuhl plumpsen.

»Jo«, meine ich, »bin eigentlich auch ganz froh, heute in der Agentur und nicht beim Arbeitsamt zu sein.«

»Hab dir doch gesagt, der Chef beruhigt sich schon wieder.«

»Das war wohl eher eine glückliche Fügung als deine Vorhersagekunst.«

»Ist ja auch egal. Freu mich jedenfalls echt, dass die Sache noch eine gute Wendung genommen hat.« Sie beugt sich über ihren Schreibtisch zu mir rüber. »Behrmann hatte am Freitag schon Überlegungen dazu angestellt, Wuschi-Uschi deinen Platz zu geben, weil die momentan zu dritt in einem Büro hocken.«

»Auweia, das wäre ja was geworden!« Wuschi-Uschi trägt ihren Spitznamen nicht von ungefähr. Ursula ist wie ich Texterin und hat eine dermaßen hektische Art an sich, dass sie uns alle immer ganz »wuschig« macht. Ständig telefoniert sie, permanent lamentiert sie laut über die Katastrophen in ihrem Leben und lässt alle daran teilhaben – wundert mich, dass sie dabei überhaupt einen geraden Satz zustande bringt. Und ihre armen Bürogenossen haben es mit Sicherheit auch nicht leicht, sich auf die Arbeit zu konzentrieren.

Ich will meinen Computer hochfahren und halte in der Bewegung inne. An meinem Arbeitsplatz steht nämlich nicht mehr die alte Kiste, in deren Innenleben es meiner Vermutung nach noch mechanisch zugeht – sondern ein nigelnagelneuer Mac Pro mit 27-Zoll-Monitor.

»Wo kommt der denn her?«, will ich wissen.

»Hat Thomas hier vor zwanzig Minuten aufgebaut.« Aha, Thomas, unser Agentur-Techniker und Mädchen für alles.

»Höchste Anweisung vom Chef«, fügt sie noch vielsagend hinzu.

»Wow!« Ich schalte das Luxusteil ein. Nicht, dass ich als Texterin so ein dickes Ding haben müsste, aber es freut mich gerade ziemlich, dass ich offensichtlich einen neuen Status bei »Behrmann Communications« erreicht habe.

»Der Chef war in den letzten zehn Minuten auch schon dreimal hier, um nachzusehen, ob du endlich da bist.« Sie lacht. »Hat ziemlich nervös gewirkt, war sich wohl doch nicht ganz sicher, ob du nach seinem hysterischen Anfall am Freitag auch wirklich kommst.«

»Ich hab kurz drüber nachgedacht, ihn gegen die Wand fahren zu lassen«, gebe ich zu. »Aber du weißt ja: das liebe Geld.« Barbara seufzt.

»Wem sagst du das? Jens und ich sind momentan total pleite, von der Hochzeit und den Flitterwochen haben sich unsere Barbestände noch immer nicht erholt, und wir haben jeden Monat Angst, dass die Bank unsere Konten einfriert.«

»Ah!« Roland Behrmann erscheint in der Tür. »Da sind Sie ja endlich!« Seine überschwängliche Begrüßung kommt der einer Blaskapelle und einem Rudel Pressefotografen immerhin schon ziemlich nahe.

»Guten Morgen«, begrüße ich ihn. »Melde mich gehorsamst zurück zum Dienst!« Ich salutiere.

»Und?«, will er wissen. »Haben Sie Ihren neuen Computer schon entdeckt?«

»Der ist ja nur schwer zu übersehen. Tolles Teil!«

»Bestens. Dann hoffe ich, dass Sie dort in Zukunft noch mehr so geniale Einfälle wie für Müllermanns haben werden. Übrigens: Der Geschäftsführer und seine Assistentin haben sich für elf Uhr angekündigt, um Sie persönlich kennenzulernen.« Er mustert mich mit einem schnellen und unverhohlen kritischen Blick. Offenbar halte ich in meinem knielangen Jeansrock mit dunkler Bluse und Stiefeln seinem Urteil stand, denn er nickt zufrieden. Wer weiß, vielleicht hätte er mich sonst noch auf die Schnelle neu eingekleidet?

»Ich werde mein Bestes geben, Herr Behrmann. Bis die Müllmänner«, der Chef wirft mir einen strengen Blick zu, »äh, die Müllermänner«, korrigiere ich mich, jetzt bloß nicht zu übermütig werden, »kommen, habe ich ja noch gut eine Stunde Zeit, da will ich meine kreativen Kräfte gleich mal auf die Apfelpatenschaften richten.«

»Apfelpatenschaften!«, ruft er aus. »Frau Weiland, mit diesem Etat müssen Sie sich doch nicht mehr beschäftigen!«

»Muss ich nicht?« Er schüttelt den Kopf.

»Aber nein, das wäre doch Perlen vor die Säue, wie ich immer so schön sage. Die Apfelhöfe werden ab sofort von Frau Wischnewski betreut.« Aha. Wuschi-Uschi. Die Arme! Kein neues Büro, dafür aber ein paar Obstbäume an der Hacke. »Sie kümmern sich zusammen mit Frau Kerstens in Zukunft um die wichtigeren Etats.« Er zwinkert mir zu. »Bei Müllermanns haben Sie ja bereits bewiesen, dass Sie dafür ein Händchen haben. Also, ich komme um elf mit den Herrschaften zu Ihnen.« Sagt's – und verschwindet wieder.

»Der soll mal aufpassen«, stellt Barbara fest, »dass er nicht auf seiner eigenen Schleimspur ausrutscht. *Sie haben ja bereits bewiesen, dass Sie dafür ein Händchen haben*«, äfft sie Roland Behrmann nach. Ich lehne mich zufrieden auf meinem – ebenfalls neuen, wie ich nun erfreut feststelle – Bürostuhl zurück.

»Ich find meine veränderten Arbeitsbedingungen eigentlich gerade ganz wunderbar.«

»Ach, komm, du weißt doch selbst, dass das pures Glück war. Und jetzt tut der Chef so, als hättest du das Ei des Kolumbus entdeckt.«

»Bist ja nur neidisch, dass du nicht mehr sein alleiniger Liebling bist.« Einen Moment lang betrachtet sie mich nachdenklich, dann nickt sie und zwinkert mir zu.

»Damit liegst du allerdings goldrichtig.«

9. Kapitel

From Zero to Hero?

Ein paar Minuten vor elf klingelt mein Handy, das Display zeigt einen Anruf von Lars an.

»Moin!«, melde ich mich fröhlich.

»Na, wie geht's? Wie war dein restliches Wochenende als Neu-Arbeitslose? Warst du schon beim Amt?«

»Prima war's noch. Und nein, beim Amt war ich nicht.« Ich erzähle ihm, welch sensationellen Dinge sich in der Zwischenzeit ereignet haben.

»Das klingt doch super«, meint Lars, als ich mit meinem Bericht fertig bin. »Das sollten wir unbedingt feiern! Was machst du denn heute Abend?«

»Ich denke, wir haben nur einmal pro Woche ein Date«, gebe ich mich kokett, was mir prompt einen verwunderten Blick von Barbara beschert.

»In diesem Fall sollten wir meiner Meinung nach eine Ausnahme machen. Gibt ja schließlich nicht jeden Tag so einen perfekten Grund, um miteinander anzustoßen.«

»Hm, ich weiß nicht. Das hatte ich gestern schon und ich kann ja jetzt nicht jeden Tag …«

»Außerdem«, unterbricht er mich, »habe ich auch Grund zur Freude.«

»Was ist passiert?«

»Yvonne hat sich gemeldet.«

»Ach, echt?«

»Ja. Sie hat zwar nur eine Mail geschrieben, ob ich vielleicht noch irgendwo ihren Lieblings-Kaschmirpullover habe, aber ich denke, das war nur ein Vorwand.« Er lacht auf. »Lieblings-Kaschmirpullover, was für ein Quatsch! Ich kenne doch die Frauen!« Und ich kenne sowohl die Frauen als auch die Preise für Kaschmir – da finde ich eine Mail, in der Yvonne nach dem guten Stück fragt, nun nicht unbedingt sooo abwegig und zweifelsfrei nur als Vorwand benutzt. Ich verzichte allerdings auf diesen Kommentar, denn ich kann gut verstehen, dass Lars sich freut. Würde Basti sich rühren und mich daran erinnern, dass ich ihm noch fünfhundert Euro schulde (was ich glücklicherweise nicht tue), wäre ich auch aus dem Häuschen und würde mir einreden, dass er das bestimmt als Ausrede benutzt.

»Also, was ist?«, hakt Lars noch einmal nach. »Sehen wir uns heute Abend?« Ich denke einen Moment nach. Warum eigentlich nicht?

»Okay«, willige ich ein.

»Und wann?«

Um sieben holt Philip mich wieder zum Laufen ab. Gestern haben wir trotz Muskelkater und Schwips schon fast eine halbe Stunde geschafft, ehe mein Körper in Streik getreten ist. Heute werden es dann vielleicht ganze dreißig Minuten, danach duschen, umziehen, schminken.

»Wie wär's mit neun Uhr?«

»Klingt gut. Wo wollen wir denn hingehen?«

»Jedenfalls nicht in die Schanze, unter gar keinen Umständen möchte ich noch einmal Basti begegnen.«

»Dann komm doch zu mir«, schlägt Lars vor. »Hier lungert dein Ex mit Sicherheit nicht rum.« Ich zögere. »Wenn du willst, schau ich aber vorsichtshalber noch mal in allen

Schränken nach«, fügt Lars hinzu, als ich nicht sofort zustimme.

Bei ihm zu Hause? Das klingt schon ein wenig … heikel. Andererseits hat er gerade begeistert von Yvonnes Nachricht erzählt, unterm Strich sind wir halt doch nur zwei Leidensgenossen, die sich miteinander die sechswöchige Durststrecke vertreiben.

»Klar, warum nicht«, sage ich daher. Was soll auch groß passieren, er wird mich schon nicht beißen. Lars gibt mir seine Adresse, ich soll bei »Becker« klingeln. »Dann bis später!«

»Wer war das denn?« Natürlich, sofort werde ich von meiner Kollegin ins Kreuzverhör genommen.

»Nur ein Teilnehmer aus meinem Voll-auf-Ex-Kurs-Seminar.«

»Aha. Und mit dem triffst du dich jetzt öfter?«

»Gehört zum Rückgewinnungs-Programm. Wir sollen jede Woche ein Date haben, um unser Ego zu pushen. Hab ich dir doch erzählt.«

»Was ist das für ein Typ?« Ich zucke mit den Schultern.

»Bauingenieur, rote Haare, Sommersprossen.«

»Aha.« Bevor Barbara mich noch weiter löchern kann, klopft es an unsere Bürotür.

»Herein!«, rufe ich, erleichtert, ihrer Befragung dadurch entkommen zu können. Roland Behrmann erscheint, im Schlepp einen älteren Herren im Nadelstreifenanzug und eine attraktive Frau um die dreißig im grauen Windsor-Kostümchen.

»Und hier sitzt sie also«, verkündet mein Chef großspurig, »Pia Weiland, unsere Geheimwaffe in Sachen Textarbeit.« Ehe ich mich erheben kann, um dem Anzugträger und seiner Assistentin die Hand zu schütteln, stürzt dieser auch schon strahlend auf Barbara zu.

»Frau Weiland!«, er streckt meiner Kollegin seine Hand entgegen, die sie perplex ergreift, während sie von ihrem Stuhl aufsteht. »Ich bin Hardy Petersen, Geschäftsführer der Müllermanns Baumärkte. Und das hier«, er dreht sich zu der Frau um, »ist meine rechte Hand, Martina Winkel.«

»Entschuldigen Sie«, schaltet sich nun Roland Behrmann ins Begrüßungszeremoniell ein. »Ein kleines Missverständnis. Das hier ist Barbara Kerstens, eine unserer exzellenten Grafikerinnen. Dort drüben«, er schiebt Hardy Petersen ein Stück in meine Richtung, »sitzt Pia Weiland.« Der Geschäftsführer und seine Assistentin glotzen mich an. Ansatzweise entsetzt, möchte ich fast sagen. Ich räuspere mich, stehe auf, streiche meinen Rock glatt und gehe einen Schritt auf die beiden zu.

»Pia Weiland«, stelle ich mich vor und gebe ihnen nacheinander die Hand. Noch immer sagt keiner von beiden ein Wort. Und so langsam frage ich mich, ob mit meinem Gesicht irgendwas nicht stimmt, ob ich vielleicht Spinat zwischen den Zähnen habe (woher allerdings?) oder mir etwas aus der Nase hängt, was da nicht hingehört. Vorsichtshalber wische ich mir eilig mit dem Handrücken übers Gesicht.

»Äh«, findet Hardy Petersen schließlich seine Sprache wieder, »Sie sind also Pia Weiland?« Ich nicke. Dabei entgeht mir nicht der skeptische Blick, den Petersen seiner Assistentin zuwirft. Was haben die beiden denn nur? »Freut mich, Sie kennenzulernen.«

»Mich ebenfalls«, versichert Martina Winkel.

»Ja, Frau Weiland!« Mister Müllermann lacht unsicher auf. »Das ist ja wirklich ein tolles Ding, das Sie da hingelegt haben.«

»Danke.« Noch immer stehen wir voreinander wie die Hauptdarsteller aus einem Loriot-Sketch. *Ein Klavier, ein Klavier! Vielen Dank an die Tante aus Massachusetts …*

»Doch, doch, wir sind sehr zufrieden mit Ihrer Arbeit! Im ersten Moment«, er sieht zu Behrmann, »waren wir natürlich etwas … überrascht über Ihre Texte. Aber der Erfolg spricht ja für sich.« El Cheffe nickt wohlwollend und strahlt dabei übers ganze Gesicht. »Deshalb haben wir uns überlegt«, fährt Petersen fort, »dass wir Ihre Grundidee gern ausbauen und der Agentur den Auftrag für eine groß angelegte Kampagne erteilen wollen.« Mittlerweile reichen Roland Behrmanns Mundwinkel von einem Ohr zum anderen. So gut gelaunt habe ich ihn zum letzten Mal vor fünf Jahren erlebt, als er die Platzreife fürs Golfen erlangt hat.

»Eine ganze Kampagne?«, frage ich nach. »Das wäre natürlich toll!«

»Ja«, bestätigt Hardy Petersen, »wir hatten da an Printanzeigen und Plakate gedacht. Und nachdem der Prospekt so ein riesiger Erfolg war, wollen wir zusätzlich auch Fernsehspots schalten. Bundesweit, wir haben ja Filialen in ganz Deutschland.«

»Super!« Schon wieder spüre ich dieses freudige Kribbeln in mir. Eine bundesweite Kampagne, das wird mein Durchbruch! Das Naheste, das ich bisher mal an einen TV-Spot herangekommen bin, war eine Dia-Show für einen örtlichen Autohändler, die dann drei Wochen lang in ein paar Hamburger Kinos gezeigt wurde.

»Tja«, schaltet sich nun seine Assistentin ein, »und dafür hatten wir die Idee«, sie seufzt, lässt ihren Blick zwischen Barbara und mir hin und her wandern, »dass wir Sie dafür gern als Testimonial hätten.«

»Als Testimonial? Mich?«

»Ja«, erklärt Martina Winkel, »wir haben uns das so vorgestellt, dass Sie das neue Gesicht der Müllermanns Baumärkte werden. Dabei werden Sie mit verschiedenen Produkten aus unserem Angebot gefilmt oder fotografiert – und Sie erklären genauso witzig, wie Sie es in dem Prospekt getan haben, was man damit alles anstellen kann, wenn man Liebeskummer hat. Wie Ihnen Herr Behrmann ja vermutlich schon gesagt hat, sind die Prospekte besonders beim weiblichen Publikum sehr gut angekommen. Und ich als Frau kann mich da nur anschließen, ich habe mich köstlich amüsiert!« Sie kichert. »Dabei fand ich Ihre Idee mit dem Winkelschleifer besonders lustig.«

Sicher, haha, Frau Winkel und der Winkelschleifer, schon klar! Sie bedenkt mich mit einem Blick, als hätte sie mir soeben den Schlüssel für meinen neuen Porsche in die Hand gedrückt.

»Ich soll«, frage ich vorsichtig nach, »als Testimonial erzählen, dass man mit dem Winkelschleifer von Reck & Hecker seinen Verflossenen bequem in fünf Teile zerlegen kann?« Zustimmendes Kopfnicken. »Das kommt unter gar keinen Umständen in Frage!«

Doch eher from Hero to Zero …

»Was meinen Sie damit, das kommt überhaupt nicht in Frage?«, will mein Chef entgeistert wissen, als hätte er es an den Ohren.

»Genau das, was ich gesagt habe«, erkläre ich. »Es kommt nicht in Frage, dass ich für so was mein Gesicht herhalte.«

»Frau Weiland«, Roland Behrmann lacht nervös auf, während Hardy Petersen und Martina Winkel ihn abwartend mustern, »ich verstehe ja, dass Sie im ersten Moment überwältig sind.«

»Ich bin nicht überwältigt, ich bin fassungslos.« Und nicht

nur, dass die Idee an sich bei mir Fassungslosigkeit auslöst. Zeitgleich fällt bei mir noch ein ganz anderer Groschen: nämlich die Erkenntnis, weshalb die beiden Baumarkt-Fuzzis mich vorhin so entsetzt angestarrt haben. Sicher, ich sehe nicht ganz so toll aus wie Barbara, die hätte ihnen für ihren Testimonial-Quatsch vermutlich besser in den Kram gepasst. Aber der Glöckner von Nôtre Dame bin ich nun auch nicht gerade. Was für eine Frechheit!

Und selbst, wenn ich über diese handfeste Unverschämtheit – ich möchte fast sagen, diese handfeste Beleidigung – hinwegsehen würde, bliebe da immer noch ein Problem, das es mir unmöglich macht, über den Vorschlag der Müllmänner auch nur ansatzweise nachzudenken: Eine bundesweite Werbekampagne dürfte nämlich so ziemlich das genaue Gegenteil von »komplett auf Tauchstation gehen« sein. Wenn Basti mich sieht, wie ich Baumarktprodukte anpreise und dabei auf meinen Expartner schimpfe, dürften meine Chancen, ihn irgendwann doch wieder zurückzubekommen, gegen null gehen.

»Vielleicht sollten wir das alles später in Ruhe besprechen«, bringt mein Chef hervor, und ihm ist anzuhören, dass er gerade allergrößte Mühe hat, ruhig zu bleiben. »Wir haben Frau Weiland wohl ein bisschen mit unserer Idee überfallen«, wendet er sich dann entschuldigend an Petersen und Winkel.

»Nein«, widerspreche ich. »Das heißt, doch, Sie haben mich überfallen. Aber darum geht es gar nicht. Es ist einfach so, dass ich das grundsätzlich nicht machen werde. Darüber muss ich nicht erst groß nachdenken.«

»Frau Weiland«, setzt Roland Behrmann wieder an.

»Nehmen Sie doch Frau Kerstens«, unterbreche ich ihn und deute lächelnd auf Barbara. »Die ist doch eh viel fotogener als ich.« Ha! Was für ein Schachzug, damit komme ich garantiert ganz schnell aus dieser Nummer wieder raus. War ja mehr als offensichtlich, dass Hardy Petersen und Martina Winkel von meinem Anblick nicht ganz so … angetan waren wie von den blonden Locken meiner Kollegin. Also stelle ich mein gekränktes Ego – Großmut, dein Name ist Pia Weiland – mal hinten an und lasse Barbara den Vortritt.

»Vielleicht gar keine schlechte Idee«, kommt es prompt von Petersen. Dabei nimmt er Babs ins Visier und stellt sich wahrscheinlich schon vor, wie sie anmutig von großformatigen Plakaten herunterlächelt. Ich sag's ja immer wieder, es gibt keinen Mann, der Barbaras Liebreiz widerstehen könnte. Und offenbar auch keine Frau, denn auch Martina Winkel nickt ganz begeistert.

»Das könnte ich mir auch gut vorstellen«, gibt sie ihrem Chef Recht.

»Tut mir leid«, meint Barbara und setzt eine bedauernde Miene auf. »Das halte ich für keine gute Idee. Die Kampagne wäre dann nicht mehr authentisch, ich bin schließlich«, ein maliziöses Lächeln in meine Richtung, »glücklich verheiratet. Und Authentizität, das ist bei einem Testimonial das Allerwichtigste, sonst glauben die Leute da draußen es nicht. Wissen Sie, Herr Petersen«, sie klappert mit ihren langen Wimpern, »man darf den Endverbraucher auf gar keinen Fall für dumm verkaufen. Das merkt der nämlich und nimmt es übel.«

»Authentizität?«, blöke ich sie an. »Was redest du denn da für einen Unsinn! Seit wann geht es um Authentizität? Wer denkt denn schon im Ernst, dass Verona Pooth Klamotten von kik trägt oder Michael Schumacher und Kimi Räikkönen Spaß daran haben, in einem Kleinwagen von Fiat rumzugurken?«

»Aber genau das ist doch der Punkt«, wendet meine Kollegin ein. »Eben *weil* das niemand glaubt, sollten wir es besser machen. Selbst, wenn Verona tatsächlich ein paar Socken von kik in ihrem Kleiderschrank hat, kauft man ihr das nicht ab. Und gerade deshalb ist es für den Erfolg Ihrer Kampagne, Herr Petersen, Frau Winkel, so immens wichtig, da auf jeden Fall authentisch zu sein.«

»Hm«, Petersen nickt, »das klingt einleuchtend.«

»Sag ich doch!« Barbara lehnt sich zufrieden in ihrem Stuhl zurück. »Vor allem, weil ich mir vorstellen könnte, dass diese Form der Kampagne in erster Linie Single-Frauen ansprechen wird, die keinen Partner haben, der ihnen mal kurz ein Regal andübelt. Da müssen sie sich schon selbst auf den Weg in den Baumarkt machen – und zwar in eine Filiale von Müllermanns! Was meinen Sie, was passieren würde, wenn herauskommt, dass das Testimonial in Wahrheit verheiratet ist? Da wäre die Enttäuschung mit Sicherheit riesig!«

»Ich bin auch verheiratet«, mache ich einen verzweifelten Versuch, Barbaras flammende Authentizitäts-Rede zu entkräften.

»Aber du wirst im Dezember geschieden, wenn ich richtig informiert bin.« Okay, ich halte die Klappe, bevor das hier alles noch schlimmer wird.

»Also«, Hardy Petersen wirkt noch unentschlossen und wiegt nachdenklich seinen Kopf hin und her, »was meinen Sie denn dazu?« Er blickt zu seiner Assistentin und meinem Chef.

»Die Argumentation erscheint mir durchaus logisch und nachvollziehbar. Von daher wäre ich auch für Frau Weiland.« Ein fast bedauernder Ausdruck tritt auf Frau Winkels Gesicht, und ich möchte wetten, dass sie sich gerade wünscht, Barbaras Ehe würde in nächster Zeit in die Brüche gehen.

»Dem schließe ich mich an«, meint Roland Behrmann.

»Ich will aber nicht!« Wie ein bockiges Kind verschränke ich beide Arme vor der Brust. Mir egal, was die wollen oder ob Roland Behrmann mich gleich wieder an die frische Luft setzt. Soll er doch, bin schließlich keine Leibeigene und lasse mich zu nichts zwingen.

»Frau Weiland«, poltert Roland Behrmann sofort wieder wütend los, und sein Kopf läuft hochrot an, »ich …«

»Lassen Sie nur«, geht Martina Winkel dazwischen und bedenkt mich mit einem milden Lächeln, »Frau Weiland sollte sich tatsächlich ein bisschen Zeit nehmen, um über unsere Idee nachzudenken. Und natürlich auch über unser Angebot.«

»Angebot?«, will ich wissen.

»Selbstverständlich«, teilt Hardy Petersen mir mit. »Sie sollen das natürlich nicht umsonst machen, wir würden Ihnen als Model für die Kampagne ein Honorar von zwanzigtausend Euro zahlen.«

»Was?« Barbara entfährt ein kieksender Laut, und sie schlägt sich erschrocken mit einer Hand vor den Mund. In ihren Augen: Dollarzeichen! »Entschuldigung, das äh, ist ja wirklich sehr großzügig von Ihnen.«

»Ja, wir lassen uns nicht lumpen bei Müllermanns Baumärkte«, erklärt der Geschäftsführer gönnerhaft. Ich selbst bin ebenfalls wie vom Donner gerührt, zwanzigtausend Euro, das wäre durchaus ein guter Grund, um auf meine Prinzipien zu pfeifen. Aber will ich dafür meine große Liebe verkaufen? Was sind schon zwanzigtausend Euro, wenn es um den Mann meines Lebens geht? Na ja, immer noch eine Stange Geld, das muss ich zugeben.

»Äh, also«, stottert meine Kollegin, »wenn Frau Weiland es trotzdem auf gar keinen Fall machen will, dann könnte ich ja vielleicht doch noch einmal darüber nachdenken, ob ich nicht … da gäbe es unter Umständen ja Mittel und Wege …«

»Ich würde sagen«, fällt Petersen ihr ins Wort, »wir melden uns morgen, und Sie teilen uns Ihre Entscheidung mit. Okay, Frau Weiland?« Ohne meine Antwort abzuwarten – vermutlich geht er davon aus, dass ich bei so viel Kohle sowieso nicht Nein sagen werde – verabschiedet er sich von uns. Martina Winkel tut es ihm gleich, dann werden die beiden von Roland Behrmann aus unserem Büro geführt.

»Zwanzigtausend Euro!«, ruft Barbara, sobald sie aus der Tür sind. »Uff!«

»Ich bin trotzdem nicht käuflich.«

»Aber bescheuert. Für so viel Geld würde ich meine Oma verhökern.«

»Meine Oma schon«, wende ich ein. »Aber nicht meinen Basti.«

»Was hat denn der damit zu tun?« Ich erkläre Barbara, was es damit auf sich hat, und dass Clemens Schüttler meinte, ich müsse nun unbedingt und konsequent auf Tauchstation gehen.

»Das ist doch Unsinn«, kommentiert Babs. »Ich sehe das komplett anders: Du wirst ein echter Star, und ihm wird erst recht bewusst, was er an dir verloren hat!«

»Ein Star? Für Müllermanns Baumärkte? Ich weiß ja nicht …«

»Na, du musst es selbst wissen. Ich würd's jedenfalls sofort machen und könnte mir in den Hintern beißen, dass ich vorhin was von Authentizität gequatscht habe.« Ich grinse sie an.

»Selbst Schuld. Das hat man eben davon, wenn man versucht, seine Kollegin reinzureiten.«

Zehn Minuten später steht Roland Behrmann wieder bei uns im Büro.

»So, Frau Weiland«, kommt er ohne Umschweife zur Sache.

»Ich gehe mal davon aus, dass Sie Ihre kindische Weigerung noch einmal überdacht haben.«

»Nein, habe ich nicht.« Ich bin die Jeanne d'Arc der Beziehungsrettung, aufrecht in den Tod! »Die Sache bleibt für mich nach wie vor indiskutabel. Von mir aus können Sie mich jetzt auch wieder rausschmeißen.« Mein Boss zögert einen Moment. Dann tritt ein Lächeln auf sein Gesicht.

»Das werde ich nicht, denn ich habe eine viel bessere Idee.« Mit diesen Worten verschwindet er wieder aus unserem Büro. Barbara und ich gucken uns an.

»Was der wohl vorhat?«, fragt meine Kollegin.

»Keine Ahnung.« Ich zucke mit den Schultern. »Schätze, wir werden es erleben.«

Und das tun wir dann auch, also, es erleben. Keine halbe Stunde später öffnet sich erneut die Tür. Thomas kommt herein und schiebt vor sich einen Rollwagen mit meinem alten Computer her.

»Soll den da«, er zeigt auf meinen neuen Mac Pro, »wieder abbauen.« Wir sehen ihm dabei zu, wie er meine neuen Gerätschaften vom Netz nimmt und mir die alte Kiste und den flackernden Monitor wieder hinstellt und anschließt.

»Könnte schlimmer kommen«, gebe ich mich kämpferisch, nachdem Thomas mit der schönen neuen Technik-Welt abgezuckelt ist.

Es kommt schlimmer. Als Nächstes erscheint Thomas mit einem Bürotisch, den er an der Kopfseite von Barbaras und meinen Arbeitsplätzen aufstellt. Auch hier baut er einen altersschwachen Computer auf, zum Schluss schiebt er einen Bürostuhl davor.

»Äh, darf ich fragen, was das werden soll?«, will Barbara wissen. Thomas zuckt mit den Schultern.

»Keine Ahnung. Anweisung vom Chef, ich führe sie nur

aus.« Kaum ist er weg, werfen Babs und ich uns ratlose Blicke zu.

»Langsam wird's ein bisschen mysteriös«, meine ich. Wieder öffnet sich die Tür, wir fahren beide herum, um zu sehen, wer uns nun in unserer trauten Zweisamkeit stört. Nein, es wird nicht mysteriös. Es wird gruselig: Wuschi-Uschi!

»Hi Pia, hi Babs!« Sie stolpert an den soeben errichteten Arbeitsplatz und lässt den riesigen Packen Unterlagen, den sie unterm Arm klemmen hat, auf den Tisch fallen. Sie setzt sich hin – und dann legt sie auch schon los, ohne Punkt und Komma: »Behrmann hat mich zu euch umgesetzt. Verstehe zwar auch nicht, was daran besser sein soll, hier sind wir ja schließlich auch zu dritt, aber er wollte es unbedingt. Na ja, ist mir auch egal, wo ich arbeite, vielleicht tut mir ein bisschen Abwechslung gut, Sandra telefoniert auch immer so viel, da bin ich ganz froh, da wegzukommen. Wir müssen dann mal sehen, wie wir das machen, wenn eine von euch auch ständig an der Strippe hängt, kann ich mich echt nicht aufs Texten konzentrieren. Fällt mir im Moment eh schwer, ich hab schon seit Wochen totale Schlafstörungen, ich kann euch sagen, der echte Horror ist das, jede Nacht wache ich vier- oder fünfmal auf und bin morgens komplett gerädert. Kann auch sein, dass es an meiner Matratze liegt, ich muss das mal untersuchen lassen, die Rückenschmerzen, die ich hab, sind jedenfalls nicht mehr normal, kann mich oft kaum gerade halten. Ist ja aber auch kein Wunder bei dem Job hier, den ganzen Tag nur rumsitzen, das ist auf Dauer ja auch nicht gesund. Glaube auch nicht, dass unsere Arbeitsplätze wirklich ergonomisch sind, aber der Chef weigert sich ja, das mal zu ändern. Tja, Pech, dass wir hier zu klein für einen Betriebsrat sind, der hätte schon längst was unternommen, das kann ja langfristige Schäden hervorrufen, so was, aber mit uns kann man's ja machen. Ach, und ich weiß ja nicht, wie ihr das mit der Mittagspause macht, mir wäre schon wichtig, wenn wir uns darauf einigen könnten, dass im Büro niemand was Warmes isst, mir wird sonst immer so schnell übel von den Gerüchen, da sollten wir aufeinander Rücksicht nehmen …«

»Äh, sorry«, unterbricht Barbara Ursulas Redeschwall. »Ich müsste mal kurz was Dringendes mit Pia besprechen.« Sie steht auf und sieht mich beschwörend an. »Draußen.«

»Das haben wir alles dir zu verdanken«, schimpft sie, als wir vor der Tür im Flur stehen.

»Tut mir leid, aber dafür kann ich ja nun echt nichts.«

»Ach nein? Ist ja wohl mehr als eindeutig, dass Roland Behrmann dich damit abstrafen will. Und mich gleich mit!«

»Tja«, gebe ich schnippisch zurück, »hättest du mal deine Klappe gehalten, als ich dich als Gesicht für die Müllermanns-Kampagne vorgeschlagen habe. Dann hätten wir weiterhin unsere Ruhe, du wärst um zwanzigtausend Piepen reicher und könntest die Konten von dir und Jens ausgleichen.« Ich ernte einen zerknirschten Laut der Zustimmung.

»Meinst du, wir können Hardy Petersen und Martina Winkel davon überzeugen, es doch mit mir zu machen?«

»Geht's dir dabei um die Zwanzigtausend oder darum, Wuschi-Uschi wieder loszuwerden?«

»Um beides. Das heißt, wenn Ursula sich wieder verzieht, wäre mir das sogar zwanzigtausend Euro wert.«

»Schätze nur, daraus wird nichts. Meiner Meinung nach hast du die Müllmänner mit deinem Authentizitäts-Gefasel mehr als überzeugt.«

»Fürchte, da hast du Recht.« Barbara versucht sich an einem treuen Hundeblick, der ihr allerdings lange nicht so gut gelingt wie Philip. »Kannst du es nicht doch machen? Bötteee! Ist doch nur eine blöde Kampagne, nach ein paar Monaten wird die schon wieder vergessen sein.« Ich schüttele den Kopf.

»Ich hab aber keine paar Monate Zeit. Und wenn ich mit achtzig alt und einsam auf einer Parkbank sitze, um ein paar Tauben mit hartem Brot zu füttern, will ich mir nicht vorwerfen müssen, ich hätte mein Glück für ein bisschen Kohle und wegen einer nervigen Kollegin verkauft.« Ich versuche, so aufmunternd wie möglich zu klingen. »Komm schon, die Sache mit Ursula stehen wir schon irgendwie durch. Wenn der Chef sich erst einmal beruhigt hat, gehst du zu ihm und erklärst ihm die Lage. Bist doch sein Liebling, dir wird er doch keinen Wunsch abschlagen.«

»Fragt sich nur, wie lange es dauert, bis er sich beruhigt.«

»Höchstens ein paar Wochen, da bin ich sicher.«

»Wochen?« Meine Kollegin verdreht entsetzt die Augen. »Jede Sekunde in einem Raum mit Wuschi-Uschi ist eine Qual, wie soll ich das denn durchstehen?«

»Indem du daran denkst, dass es für eine gute Sache ist.«

»Welche gute Sache denn?«

»Na, für mein Liebesleben. Wenn das mal keine gute Sache ist!«

Wir gehen wieder hinein, Ursula hat sich mittlerweile mein Telefon geschnappt – sie selbst hat ja noch keins – und lamentiert mit irgendjemandem darüber, dass sie umgesetzt wurde und dass es immer schlimmer wird in der Agentur und sie kurz vorm Burnout steht und überhaupt. Das kann ja wirklich heiter werden! Von wegen: »Ich hoffe nicht, dass eine von euch ständig an der Strippe hängt«!

Ich begebe mich zurück an meinen Platz, mein Blick fällt auf die vier großen Mappen, die quer über meiner Tastatur liegen.

»Ursula?«, unterbreche ich das Gejammer meiner Kollegin.

»Moment mal«, spricht sie in den Hörer und sieht mich an. »Was ist denn?«

»Hast du mir die Sachen auf meinen Tisch gelegt?« Sie nickt. »Und was ist das?«

»Der Apfelhof-Kunde«, erklärt sie. »Behrmann meint, du würdest das ab sofort wieder betreuen.«

»Und die anderen Mappen?«

»Das eine ist so ein neues Durchfallmittel, das im Frühjahr auf den Markt kommen soll. Dann habe ich dir noch Unterlagen über eine Schraubenfabrik und ein Sanitätshaus hingelegt. Soll ich alles dir übergeben, hat der Chef gemeint.«

»Aha.« Wuschi-Uschi vertieft sich wieder in ihr Telefonat, ich starre erschüttert auf die Mappen vor mir. Äpfel, Durchfall, Schrauben und Gesundheitsbandagen. Das ist nicht gemein, das ist perfide! Und noch perfider ist die Art und Weise, wie Barbara mich nun angrinst, bevor sie sich vollkommen selbstzufrieden ihrem Bildschirm zuwendet.

Ich fasse also zusammen: Wuschi-Uschi und nur noch Horror-Etats auf der einen Seite – zwanzigtausend Euro, ein neuer Computer, interessante Projekte sowie Barbaras und mein Seelenfrieden auf der anderen. Mit einer energischen Handbewegung drücke ich die Gabel an der Station meines Telefons hinunter und bringe Ursulas Gespräch damit zu einem gewaltsamen Ende.

»He!«, beschwert sie sich und sieht mich fassungslos an. »Was soll denn das, du kannst doch nicht einfach für mich auflegen!«

»Das ist mein Apparat«, teile ich ihr ungerührt mit und winke mit einer Hand den Hörer rüber zu mir, »und ich muss jetzt gerade mal ein ziemlich wichtiges Telefonat führen.« Verunsichert reicht Uschi mir das Telefon. »Danke.« Ich tippe die Durchwahl des Chefs ein, eine Sekunde später habe ich ihn an der Strippe.

»Ja, Frau Weiland?«

»Okay. Ich mach's.«

»Sehr einsichtig von Ihnen.«

»Aber dann …«

»Sie und Frau Kerstens werden sofort wieder allein sitzen. Da lag wohl ein kleines Missverständnis vor.«

»Sicher«, belle ich in den Hörer, »ein Missverständnis! Was sonst?« Roland Behrmann lacht amüsiert auf.

»Sehen Sie, Frau Weiland, jeder kämpft halt mit seinen Waffen. Und nun bin ich sehr erfreut, dass Sie endlich zur Vernunft gekommen sind. Morgen Vormittag besprechen wir dann die Details der Kampagne. Hardy Petersen und Martina Winkel haben da schon ein paar sehr schöne und konkrete Ideen und wollen so schnell wie möglich damit loslegen.«

»Ich kann's kaum erwarten!« Dann donnere ich den Hörer zurück auf die Gabel und schiebe als nächste Amtshandlung die Mappen zurück auf Uschis Tisch.

»Und was wird das nun?«, fragt sie.

»Hast du doch eben gehört. Da lag nur ein Missverständnis vor, die Etats bleiben bei dir.«

»Behrmann hat aber doch gesagt …«

»Vergiss, was er gesagt hat! Und wenn ich dir einen Rat geben darf: Du kannst schon mal anfangen, deine Sachen wieder zusammenzupacken.«

»Das versteh ich nicht.« Uschi wirkt so perplex, dass sie mir schon fast leidtut. Aber nur fast. Und so leid, dass ich dafür ihr Gesabbel ertrage und mich mit Durchfallmitteln rumschlage – nein, das nun auch wieder nicht. Barbara hat sich mittlerweile fast in ihrem Bildschirm verkrochen, so sehr muss sie ein hysterisches Prusten unterdrücken. Sie kämpft sichtlich mit ihren zuckenden Mundwinkeln.

Kurze Zeit später erscheint tatsächlich Thomas und baut Ursulas Arbeitsplatz wieder ab.

»Mannomann«, meint er, während er kopfschüttelnd Uschis Monitor auf sein Transportwägelchen stellt und die Anschlusskabel zusammenrollt. »Möchte mal wissen, was hier heute los ist! Ne Arbeitsbeschaffungsmaßnahme, oder was? Als hätte ich nicht genug zu tun! Erst soll ich was hinstellen, dann wieder abholen, dann alles wieder anders. Behrmann weiß wohl auch nicht, was er will.« Er sieht mich an. »Pia, ich bring dir nachher noch den neuen Computer zurück.«

»Danke, Thomas.« Er bugsiert noch den Rechner neben den Monitor, Ursula trottet hinter ihm her, als er den ganzen Krempel zurück in ihr altes Dreierbüro bringt.

»Na, denn«, verabschiedet sie sich, »war zwar etwas kurz, aber trotzdem nett. Vielleicht wird's ja ein anderes Mal was mit uns.«

»Ja, vielleicht«, sage ich so nett wie möglich zu ihr, weil sie dabei ziemlich traurig wirkt.

»Tschühüüss!«, ruft Barbara und winkt. Kaum ist die Tür zu, bricht sie in schallendes Gelächter aus. »Das ist ja gerade noch mal gut gegangen!«, bringt sie japsend hervor. »Ehrlich, ich dachte schon, das überleb ich nicht. Danke, danke, danke, dass du es dir noch einmal überlegt hast!«

»Bitteschön«, erwidere ich düster. Meine große Liebe, nun habe ich sie also doch verraten und verkauft. Nur, weil ich einer Kollegin gegenüber intolerant bin. Und weil ich keine Lust auf blöde Etats habe. Und einen neuen Computer bekomme. Dann muss ich gegen meinen Willen lächeln. Na gut, zwanzigtausend Euro sind natürlich auch nicht zu verachten, das muss ich schon sagen. Die sollte ich auf die hohe Kante legen. Dann kann ich mir, wenn ich mit achtzig einsam und allein auf der Parkbank sitze, vielleicht ein bisschen Gesellschaft anmieten.

10. Kapitel

Unverhoffte Erkenntnis

»Das ist doch eine tolle Sache!« Philip und ich sitzen nebeneinander auf einer Bank im Stadtpark. Schon wieder habe ich ziemlich schnell schlappgemacht, aber wie mein Mann mir erklärte, darf ich schließlich auch keine »Wunder« erwarten. »Ich finde das echt grandios, meine Frau wird berühmt!«

»Weiß nicht«, ich übergehe den Meine-Frau-wird-berühmt-Einwurf. »Bei dem Gedanken, als Model für eine Kampagne herhalten zu müssen, ist mir nicht ganz wohl. Hättest mal sehen sollen, wie die mich angeglotzt haben! Ich hab eben keine 90–60–90-Maße, auf Fotos wird das bestimmt grässlich aussehen.«

»Quatsch, du wirst da eine super Figur machen! Außerdem tun wir doch gerade was für deine schlanke Linie«, erinnert er mich. »Wobei das meiner Meinung ja absolut nicht nötig ist«, schiebt er schnell hinterher.

»Selbst wenn die Schinderei hier was bringt, werde ich damit wohl kaum so schnell Erfolge erzielen, dass es für die Kampagne noch eine Rolle spielt.«

»Wann soll's denn losgehen?« Ich zucke mit den Schultern.

»Keine Ahnung, aber ich habe den Eindruck, die Müllermänner haben es ziemlich eilig.« Ich lasse meinen Kopf gegen seine Schulter sinken. »Ach, Philip, ich mag einfach nicht!« Er streichelt mir übers Haar, und ich genieße es, mich mal kurz so richtig hängen lassen zu können. Egal, wie mein Mann und ich als Paar so waren – es gab und gibt niemanden, bei dem ich mich je so geborgen gefühlt habe wie bei ihm. Da kam sogar Basti nicht ran.

Basti. Tja. Der Hauptpunkt, weshalb ich gegen die Kampagne bin, und was ich Philip natürlich nicht erzählen kann. Nach der Arbeit habe ich noch einmal schnell die Notfall-Hotline von Clemens Schüttler angerufen und ihm von der aktuellen Lage erzählt. Der war leider komplett ratlos, so einen Sonderfall hatte er bisher noch nicht. Seiner Meinung nach könnte es durchaus sein, dass mein Ex beeindruckt von meinem medialen Auftritt ist. Für wahrscheinlicher hielt er es aber, dass Basti sich von mir veräppelt fühlt und dann erst recht nichts mehr mit mir zu tun haben will. »Warten Sie's ab«, war schließlich sein Rat, »Sie werden ja sehen, wie und ob er reagiert.« Danke fürs Gespräch! Und das für nur günstige 2,39 Euro pro Minute …

»Komm«, Philip schiebt mich zur Seite und steht auf. »Lass uns mal wieder nach Hause laufen, mir wird langsam ein bisschen kalt.«

Bei meiner Wohnung angelangt will ich mich von meinem Mann verabschieden, um mich für mein Treffen mit Lars fertig zu machen.

»Danke fürs Training«, sage ich. »Morgen um dieselbe Zeit?«

»Klar, gern. Allerdings … äh …« Er unterbricht sich. »Ach, nee, ist schon gut.« Er wendet sich zum Gehen.

»Was ist denn?«, halte ich ihn zurück.

»Na ja, ich hatte gedacht … also, nachdem du jetzt ja doch nicht gefeuert worden bist, hab ich mir überlegt, dass wir das doch ein bisschen feiern könnten. Vorsichtshalber habe ich zwei Flaschen von deinem Lieblingswein eingekauft, dazu noch Ofen-Chicken-Wings und Pizzaboden zum Selberbacken. Natürlich ohne Käse.« Er lächelt mich unsicher an. »Hab ich alles im Auto, müsste ich nur schnell rausholen.«

»Das ist echt süß von dir«, ich merke, wie sich mir der Magen zusammenzieht. Jetzt werde ich ihm sagen müssen, dass ich heute Abend keine Zeit habe – und ihn damit mal wieder verletzen. Kurz überlege ich, ob ich einfach was von »total müde« oder ein »bisschen flau im Magen« erzähle. Dann entscheide ich mich dagegen. Ich mag Philip nicht anlügen. »Heute Abend kann ich nicht, ich bin schon verabredet.«

»Ach so.« Er klingt – enttäuscht. »Etwa mit Basti? Hat er sich endlich doch gemeldet?« Ich schüttele den Kopf. »Doch wohl nicht mit Behrmann!?« Nun muss ich lachen.

»Um Himmels willen, nein! Ich sagte dir doch, eher friert die Hölle zu!«

»Barbara?«

»Nein.« Ich seufze. »Ich treffe mich mit einem Typen namens Lars. Aber es ist vollkommen harmlos, er hat eine Exfreundin, an der er noch total hängt.«

»Weshalb triffst du dich dann mit ihm?« Philips Gesichtszüge sind mittlerweile deutlich angespannt, und fast wünschte ich schon, ich hätte es ihm nicht gesagt. Auf der anderen Seite muss er einfach langsam begreifen, dass jeder von uns nun sein eigenes Leben führen kann, soll und muss.

»Weil ich ihn mag und gern Zeit mit ihm verbringe.«

»Hm.« Philip richtet den Blick auf seine Schuhe. »Und wo hast du ihn kennengelernt?« Er flüstert es so leise, dass ich ihn kaum verstehen kann.

»Bei einer Zugfahrt«, antworte ich so ehrlich wie möglich. Wieder gibt Philip nur ein »Hm« von sich. Wie er da so vor mir steht, mit hängenden Schultern und seine Füße betrachtend, möchte ich ihn am liebsten sofort in den Arm nehmen, Lars anrufen, das Treffen absagen und stattdessen den Abend mit meinem Mann verbringen. Ich hab ihn ja noch lieb, verdammt, natürlich habe ich das, und ich will auf gar keinen Fall, dass er wegen mir leidet!

Während ich diese Gedanken habe, fällt mir mit einem Mal etwas wie Schuppen von den Augen: Fast genauso hat Basti das zu mir gesagt! Dass er mich noch lieb hat und nicht will, dass ich wegen ihm traurig bin. Auweia! Ging es Basti, wenn ich vor ihm stand und quasi um seine Liebe gebettelt habe, etwa die ganze Zeit genauso wie mir jetzt? Ich muss lachen, so absurd kommt es mir plötzlich vor, dass mir diese Parallele erst jetzt bewusst wird. Ich bin wie Philip! Das heißt, ich war es, jetzt habe ich ja meine Voll-auf-Ex-Kurs-Strategie und halte mich bei Basti absichtlich zurück.

»Was ist so lustig?«, fragt Philip und sieht mich nun wieder an.

»Ach, nichts«, ich mache eine wegwerfende Handbewegung, gehe einen Schritt auf ihn zu und drücke ihm ein Küsschen auf die Wange. »Ich hab dich lieb«, füge ich dann hinzu, »und hoffe, dass wir immer Freunde bleiben können. Und den Wein, die Chicken-Wings und die Pizza gönnen wir uns einfach ein anderes Mal, okay?« Philip nickt lächelnd.

»Okay. Ist ja eh besser, wenn du in nächster Zeit etwas auf die Fressbremse trittst.«

»He!«, beschwere ich mich und versetze ihm einen Knuff in die Seite. »Wie meinst du das denn jetzt?«

»Nicht böse. Ich denke dabei lediglich an deine schillernde Zukunft als Model!«

Gefahren, Gefahren, Gefahren!

Um kurz vor neun erreiche ich die Adresse in der Hansastraße, die Lars mir heute Vormittag am Telefon genannt hat. Während ich meinen Golf in eine winzige Parklücke quetsche, staune ich nicht schlecht: Sehr nobel lebt der Herr Bauingenieur, die gesamte Straße ist von Gründerzeitvillen und -häusern gesäumt, die mit dem Rotklinkerbau, in dem ich wohne, nicht zu vergleichen sind. Überhaupt ist die Gegend eine von Hamburgs teuersten Adressen, ein Job im Bauwesen scheint sich also durchaus noch zu lohnen.

Ich spüre regelrechten Neid in mir aufsteigen, als ich schließlich die richtige Hausnummer gefunden habe und auf das Gebäude mit der opulent verzierten Fassade zugehe. Die Außenbeleuchtung taucht alles in ein feierliches Licht, ich fühle mich glatt ins vergangene Jahrhundert zurückversetzt.

Na ja, denke ich, während ich auf die Klingel mit dem Namen »Becker« drücke. Vielleicht hat Lars hier nur ein kleines Hinterzimmer in der Wohnung einer älteren Dame. Sonst bekomme ich Depressionen!

Kaum hat sich die Tür geöffnet, stolpere ich in eine Eingangshalle mit hellem Marmorboden und Stuckverzierungen an der Decke, links und rechts von mir befinden sich riesige antike Spiegel. »Wow!«, entfährt es mir. Dann höre ich auch schon die Stimme von Lars. »Erster Stock«, ruft er mir von oben zu.

Er steht bereits in der geöffneten Tür und begrüßt mich mit Küsschen links und rechts auf die Wange und einem »Schön, dass du da bist«. Ein Hauch seines Aftershaves steigt mir in die Nase, ich widerstehe der Versuchung, bewusst an ihm zu schnuppern, so lecker frisch geduscht riecht er. Die

Haare trägt er wie beim letzten Mal sehr ordentlich gekämmt, er steckt in Jeans und wieder in einem Pullover mit V-Ausschnitt, was erneut einen Blick auf seine behaarte Brust zulässt. Auweia, meine Hormone waren in letzter Zeit nicht sehr ausgelastet, ich kann nichts dafür, aber sofort beschleunigt sich mein Herzschlag.

»Willkommen in meiner bescheidenen Hütte!« Galant tritt er einen Schritt zurück und bedeutet mir hineinzugehen.

Doch. Ich bekomme Depressionen. Und zwar augenblicklich. Von dem großzügigen Flur, der mit Pitchpine ausgelegt ist, gehen vier Zimmer ab. Mein Blick fällt nach links in eine riesige Küche, das Zimmer direkt vor mir scheint das Wohnzimmer zu sein, denn durch die Tür kann ich ein rotes Designersofa erkennen. Auf dem Tisch davor steht ein silberner Leuchter mit fünf brennenden Kerzen.

»Äh«, bringe ich stotternd hervor, »du hast es aber echt schön hier.«

»Danke. Die Wohnung gehört meiner Großmutter, sie hat sie mir vermietet.« Na gut, zwar nicht das Hinterzimmer bei der alten Dame, aber immerhin doch familiäre Beziehungen. »Gibst du mir deine Jacke?« Ich ziehe sie aus, Lars hängt sie an die Garderobe neben der Tür mit der Aufschrift »Gästebad« und mustert mich dabei relativ unverhohlen. »Toll siehst du aus.«

»Hm, ja, danke«, murmele ich, weil ich mich plötzlich ganz schüchtern fühle. Was mache ich eigentlich hier? Und warum habe ich vorhin mein schwarzes Kleid mit dem tiefen Dekolleté angezogen, das genau genommen eher etwas für eine Cocktail-Bar als für einen Hausbesuch bei einem nahezu fremden Mann ist? Das böse Unterbewusstsein, das muss es gewesen sein, anders kann ich mir das nicht erklären.

»Lass uns ins Wohnzimmer gehen«, schlägt Lars vor. »Da

ist es am gemütlichsten.« Ich folge ihm und nehme in einer Ecke des wirklich riesigen Sofas Platz, von irgendwoher dringt leise Jazz-Musik an mein Ohr. Neben den Kerzenleuchter auf dem Tisch hat Lars drei Schälchen mit Knabberzeug gestellt, vor lauter Nervosität verleibe ich mir sofort eine Handvoll Erdnüsse ein. »Was möchtest du trinken? Wein? Sekt? Bier?«

»Wein, bitte«, nuschele ich wenig damenhaft mit vollem Mund und versuche gleichzeitig, die Erdnussmasse hinunterzuwürgen. Eine Minute später sitzt Lars gefährlich nahe neben mir, schon wieder werden meine Sinne von seinem Aftershave umnebelt, aber weiter kann ich in meiner Ecke gar nicht von ihm abrücken. Er reicht mir ein Glas und prostet mir mit seinem zu.

»Also«, fängt er an, »wie war dein restlicher Tag?« Erleichtert darüber, dass er ein unverfängliches Thema anschneidet, plappere ich los und erzähle nach Philip und Clemens Schüttler zum dritten Mal innerhalb kürzester Zeit jemandem von der Kampagne, für die ich als Testimonial herhalten soll. Und natürlich erkläre ich Lars meine Bedenken, die ich bei der ganzen Sache habe.

»Verstehe.« Er nickt und betrachtet nachdenklich sein Weinglas. »Aber wenn du glaubst, dass du Basti dann nicht zurückbekommst, musst du es halt bleiben lassen.«

»Das stellst du dir so einfach vor, der Chef hat mich ja total unter Druck gesetzt. Wenn ich das nicht mache, wird er mir die Hölle auf Erden bereiten.«

»Hm.« Jetzt sieht er mich direkt an, und zum ersten Mal fällt mir auf, dass seine Augen fast so blau wie die von Basti sind. Aber nur fast. Trotzdem wird mir gerade ziemlich warm. »Vielleicht«, setzt er an, »vielleicht willst du deinen Ex ja doch gar nicht so gern zurück, wie du denkst?«

»Wie soll ich denn diese Bemerkung verstehen?«, frage ich empört nach und setze mich kerzengerade auf. Meine innere Wärme verfliegt augenblicklich.

»Pia.« Er legt eine Hand auf meinen nackten Unterarm, schlagartig schießt meine Betriebstemperatur wieder in die Höhe. Ist ja hier wie in den Wechseljahren! »Ich meine das doch nicht böse! Wir sitzen schließlich im selben Boot, und ich wollte mich nur rückversichern, dass du über deine Entscheidung auch gründlich nachgedacht hast, ehe sie dir leidtut.«

»Das habe ich«, gebe ich schnippisch zurück und schiebe seine Hand fort. »In diesem Fall bleibt mir halt leider keine andere Wahl.« Lars gibt ein leises Lachen von sich, dann nimmt er die Weinflasche und schenkt uns noch einmal nach. »Und was ist bei dir?«, will ich wissen, damit wir so schnell wie möglich zu einem anderen Gesprächsthema kommen. »Hast du auf Yvonnes Mail geantwortet?«

»Natürlich nicht«, entgegnet er. »Ich lasse sie noch eine Weile zappeln.«

»Clemens Schüttler meinte aber, wir sollen auch nicht abweisend zu unseren Expartnern sein, sondern sie ganz normal und nett behandeln«, erinnere ich ihn. »Du hättest ihr doch einfach kurz schreiben können, was mit ihrem Kaschmirpullover ist, ob du ihn noch hast oder nicht.«

»So?« Er zieht eine Augenbraue in die Höhe und kommt mir mit seinem Gesicht gefährlich nahe. »Hätte ich das?«

»Also ...« Mit einer hektischen Bewegung springe ich vom Sofa auf und wandere mit meinem Glas in der Hand zu der großen Fensterfront, durch die ich nach unten auf die Straße blicken kann. Mir ist ganz schwindelig, ich weiß überhaupt nicht, was los ist. Vor allem verstehe ich nicht, was in Lars gefahren ist – vom ersten Moment an, seit ich seine Wohnung betreten habe, ist er irgendwie … total anders. Keine Spur mehr von dem fröhlichen Pumuckl, den ich im Seminar kennengelernt habe und mit dem ich im *die herren simpel* war.

Die Musik, der Wein, die Kerzen – ich fühle mich eher wie in der Höhle des Löwen, in der ich nun nach allen Regeln der Kunst verführt werden soll. Und wenn mein mieses, kleines und verräterisches Herz nicht sofort aufhört, wie ein Trommelwirbel gegen meine Rippen zu klopfen, wird mir gleich nichts anderes übrig bleiben, als den Ort des Geschehens fluchtartig zu verlassen. »Ich sollte vielleicht besser gehen«, sage ich leise und hoffe, dass meine Stimme nicht allzu sehr zittert.

»Du hast Recht«, kommt es nun vom Sofa hinter mir. Ich drehe mich um, jetzt sitzt Lars da und sieht wieder aus wie der nette Kerl. Er strubbelt sich mit einer Hand durch die Haare, schon nimmt seine Frisur wieder pumuckleske Züge an. Der Anblick beruhigt mich. Ein bisschen jedenfalls. »Ich werde Yvonne gleich morgen früh antworten, dass ich keine Ahnung habe, wo ihr Pulli ist.« Er setzt ein schiefes Lächeln auf. »Wahrscheinlich war ich halt doch ein bisschen enttäuscht, dass sie mir in ihrer Mail keine einzige persönliche Frage gestellt hat, sondern nur wissen wollte, wo ihr blödes Kaschmirteil ist.« Er seufzt, ich gehe zurück zu ihm und setze mich auf eine Ecke des Sofas.

»Das kann ich gut verstehen. Tut halt weh, wenn man das Gefühl hat, dem anderen nicht mehr sonderlich viel zu bedeuten.« Lars schweigt einen Moment und scheint seinen Gedanken nachzuhängen. Dann nimmt er einen weiteren Schluck aus seinem Glas.

»Ja, das geht schon ans Ego, wenn man nur noch eine rein sachliche Mail von dem Menschen bekommt, den man liebt.« Er kaut auf seiner Unterlippe herum, dann hebt er den Kopf und sieht mich wieder ganz direkt an. »Vielleicht ging es mir bei unserer Verabredung auch gar nicht so sehr darum, heute Abend mit dir auf die Rückgewinnung deines Jobs anzustoßen. Wenn ich ganz ehrlich bin, habe ich dich angerufen und wollte dich sehen, weil ich mich nach Yvonnes Mail so schrecklich schlecht gefühlt habe, dass ich dringend die Gesellschaft einer charmanten und unterhaltsamen Frau brauchte, um mich davon abzulenken.« Nun ist es an mir, seine Hand zu nehmen.

»Du hättest mir doch sagen können, dass du traurig bist. Wie du schon festgestellt hast: Wir sitzen im selben Boot.« Ich muss lachen. »Mannomann, für einen kurzen Moment habe ich mich von dir echt ganz schön angebaggert gefühlt, das hat mich doch ziemlich verunsichert.« Lars lacht ebenfalls, drückt meine Hand – und ehe ich begreife, wie mir geschieht, hat er auch schon sein Glas auf dem Tisch abgestellt, mir meins weggenommen und mich mit einer schnellen Bewegung fest an seine Brust gezogen. »Lars!«, quietsche ich erschrocken. »Was, was …«

Weiter komme ich nicht. Mein Mund wird von seinem verschlossen, seine Arme liegen so fest um meinen Körper, dass ich kaum mehr Luft bekomme, seine Hände streicheln über meinen Rücken, während sich seine Zungenspitze energisch einen Weg durch meine zusammengepressten Lippen sucht. Ich will ihn von mir wegstoßen, meine Hände suchen nach seinen Schultern, um ihm einen Schubs zu geben – aber dann zieht er mich noch fester an sich. Ich spüre seine Wärme durch mein Kleid hindurch, seinen kräftigen Oberkörper und die muskulösen Arme, sauge wie ferngesteuert seinen Duft tief in mich ein und merke, wie mir ganz schummrig wird.

Mein Widerstand lässt nach, der Verstand setzt aus, die Hormone übernehmen die Regie, ich erwidere seinen Kuss und habe plötzlich das Gefühl fortzutreiben, unendlich weit fort, an einen Ort, wo es keinen Basti, keinen Philip, keine »Behrmann Communications« oder irgendetwas anderes aus meinem irdischen Leben gibt, nur diesen unfassbar leidenschaftlichen Kuss, der mein Kontrollzentrum komplett lahmlegt.

»Pia«, höre ich Lars zwischen zwei Küssen flüstern, »findest du das nicht auch schön?«

»Hm«, seufze ich, unfähig, auch nur ein einziges vollständiges Wort hervorzubringen. Seine eine Hand wandert zu meinem Dekolleté, und ich weiß, dass ich sie fortschieben müsste, aber ich bin wie erstarrt.

»Denkst du nicht auch«, raunt er, bedeckt meinen Hals mit zärtlichen Küssen und lässt seine warmen Lippen dann immer weiter hinabwandern, »dass wir uns gegenseitig ein bisschen Wärme geben könnten? Dass wir unsere Pflichtdates noch viel mehr genießen sollten, bis unsere Partner irgendwann zu uns zurückkommen?« Er hebt den Kopf, seine blauen Augen sind vollkommen undurchdringlich. »Es weiß doch keiner außer uns.«

»Lars«, meine Stimme krächzt, aber für einen kurzen Moment gewinne ich wieder so etwas wie die Kontrolle über mich selbst zurück, »ich weiß nicht … ich kann nicht … äh, wir sollten …« Schon hat er seine Lippen wieder auf meine gepresst, erneut zieht er mich ganz fest an sich heran, und ich merke, wie meine Widerstandskräfte dahinschmelzen wie Butter in der Sonne.

Er hat doch Recht, flüstert das kleine Teufelchen in meinem Kopf. Niemand wird es wissen, wir sind hier in seiner Wohnung, keiner kann uns sehen, wir können machen, was wir wollen. Und es ist ja schon so lange her, so verdammt lange her, und die letzten Male mit Basti waren unter den gegebenen Umständen auch nicht gerade toll. Philip, nein, Philip als Zwischenlösung, wie Barbara es genannt hat, das wäre gemein und fies – aber Lars … Er kennt die Lage und weiß, woran er ist. Es geht ihm ganz ähnlich wie mir, wir sind eine Art Zweckgemeinschaft, die sich gegenseitig die Wartezeit verkürzen könnte. Noch dazu auf sehr angenehme Art und Weise. Na, Pia, was spricht denn dagegen?

»Ja«, höre ich mich selbst hauchen. »Das sollten wir vielleicht tun.« Im nächsten Moment hat Lars mich schon vom Sofa hochgezogen, ohne auch nur eine Sekunde lang seinen Griff um meine Taille zu lockern oder seine Lippen von meinen zu lösen. Rückwärts und mit geschlossenen Augen dirigiert er mich aus dem Wohnzimmer hinaus in den Flur, und ich bin mir ziemlich sicher, wo wir als Nächstes landen werden.

Kurz vor einer verschlossenen Tür – ich nehme an, sie führt ins Schlafzimmer – drückt Lars mich gegen die Wand und beginnt, mit einer Hand am Reißverschluss meines Kleides herumzunesteln. Ich mache mich daran, ihm zu helfen, es ist wohl nicht nötig, sich noch weiter künstlich zu zieren.

»Düdeldie!« Ein Telefon klingelt, Lars gibt einen unwilligen Laut von sich. Und noch einmal: »Düdeldie!« Trotzdem lässt mein Liebeskummer-Genosse mich nicht los, nur kurz spüre ich, wie er sich bei einem weiteren Klingeln etwas verkrampft.

»Ich geh da jetzt nicht ran«, erklärt er schwer atmend. »So wichtig kann es gar nicht sein, dass ich jetzt damit aufhöre.« Nach dem nächsten »Düdeldie« springt der Anrufbeantworter mit einem klickenden Geräusch an. »Hallo«, höre ich die Stimme von Lars, »ich bin momentan leider nicht zu erreichen, aber hinterlasst mir nach dem Signalton eine Nachricht. Piiiiep.«

»Hey, Uwe, du unzuverlässiger Arsch! Hier ist Martin!« Ich

erstarre. Lars tut es mir gleich. Doch dann kommt ziemlich schnell Bewegung in ihn.

»Scheiße!«, flucht er, lässt mich los, stürzt zum Telefon, das auf einer Kommode im Flur steht und reißt den Hörer hoch.

»Ja, ich bin's«, bellt er in den Apparat und dreht mir dabei den Rücken zu. Ich selbst bleibe wie vom Donner gerührt an die Wand gelehnt stehen und beobachte die Szene. »Du, ist jetzt gerade ganz schlecht, ich hab was auf dem Herd.« Schweigen, Martin scheint etwas zum unzuverlässigen Arsch zu sagen. »Klar, Alter, mach ich. Ich klingel morgen durch!« Mit diesen Worten legt er auf, dann wendet er sich wieder mir zu.

»Tut mir leid«, sagt er mit entschuldigender Miene und kommt zu mir zurück. »Ich hätte das Ding einfach ausschalten sollen, dann wären wir nicht gestört worden.« Er steht direkt vor mir und will mir eine Hand auf die Schulter legen, aber ich mache einen schnellen Schritt zur Seite, seine Hand greift ins Leere.

»Uwe?«, frage ich. »Wieso Uwe?«

»Ist ein uralter Spitzname.« Er lacht unsicher auf. »Den benutzen nur noch frühere Kumpels von mir, wegen Uwe Seeler.«

»Uwe Seeler?«

»Ja«, er zuckt mit den Schultern. »Wir sind da so eine Fußballclique, die sich schon seit der Schulzeit kennt. Und früher haben wir uns eben die Namen von bekannten Kickern gegeben. Kindisch, ich weiß.«

»Aha.« In meinem Kopf geht es immer noch drunter und drüber, und ich weiß nicht so recht, was ich gerade glauben soll.

»Kann schon verstehen, wenn dich das verwirrt«, versichert Lars eilig. »Aber wenn du willst, kann ich dir meinen Personalausweis zeigen. Soll ich?« Er grinst unbeholfen.

»Nein«, ich schüttele den Kopf. »Das ist nicht nötig, ich glaub's dir auch so.«

»Ich kann aber echt …«

»Nein, nein, ist schon gut.« Ich mache mich daran, den halb geöffneten Reißverschluss meines Kleides wieder zu schließen. Lars greift nach meiner Hand, aber ich schiebe ihn weg.

»Die Stimmung ist wohl versaut, was?«, will er wissen und wirkt mit einem Mal regelrecht zerknirscht.

»Irgendwie schon«, gebe ich zu. »Allerdings bin ich mir auch nicht sicher, ob es so nicht sogar besser ist. Vielleicht hätten wir damit einen riesigen Fehler gemacht.«

»Meinst du?«

»Denke schon. Ich hänge noch an Basti, du willst deine Yvonne zurück – wir sollten unsere Ziele nicht aus den Augen verlieren.« Lars blickt zu Boden, dann nickt er.

»Ja.« Er sieht wieder auf, legt mir eine Hand unters Kinn, hebt meinen Kopf leicht an und gibt mir einen sanften Kuss auf den Mund. »Du warst einfach so unglaublich sexy, als du vorhin vor der Tür gestanden hast, da ist es mit mir wohl ein bisschen durchgegangen.«

»Hm.« Ich atme tief ein und wieder aus. »Aber mit mir wohl auch.«

»Und jetzt?«

»Ich denke, es ist wirklich das Beste, wenn ich nach Hause fahre.« Ich gebe mir Mühe, die immer noch etwas angespannte Situation zu entschärfen. »Schließlich muss ich mich morgen mit Feuereifer in die neue Kampagne für Müllermanns stürzen, da wäre es besser, wenn ich ausgeschlafen bin.«

»Ich hab morgen auch einen langen Tag.« Noch ein Blick aus seinen wirklich ziemlich blauen Augen. »Auch, wenn es ein bisschen schade ist, wenn du jetzt schon gehst.« Lars holt meine Jacke von der Garderobe, hilft mir hinein und führt mich dann zur Wohnungstür. Ich öffne sie, gehe hinaus und drehe mich im Hausflur noch einmal zu ihm um.

»War trotzdem ein schöner Abend«, stelle ich versöhnlich fest.

»Finde ich auch. Und ich hoffe …«

»Ja?«

»Ich hoffe, dass wir uns bald wiedersehen. Ich mag dich nämlich wirklich gern und fände es schade, wenn das hier … zwischen uns steht, weißt du?« Nun muss ich lächeln, irgendwie ist er gerade wieder dieser ganz bezaubernde Rotschopf und nicht mehr der Lustmolch, der mich vor wenigen Minuten noch in seine Höhle zerren wollte. Aber gut, ich wollte schließlich auch gezerrt werden.

»Darauf bestehe ich sogar«, erkläre ich ihm. »Allerdings sollten wir uns das nächste Mal wieder irgendwo in der Öffentlichkeit treffen. Hinter verschlossenen Türen«, ich zwinkere ihm zu, »erscheint mir das etwas zu gefährlich.«

»Tja«, er lacht, »wohin man blickt: Gefahren, Gefahren, Gefahren!«

Und noch eine Erkenntnis!

Nach dem Besuch bei Lars bin ich viel zu aufgekratzt, um direkt nach Hause zu fahren. Was, bitteschön, war denn das gerade? Um ein Haar wäre ich mit meinem Liebeskummer-Buddy im Bett gelandet – und ich kann nicht mal behaupten, dass mir die Vorstellung sonderlich unangenehm gewesen wäre. Pia, Pia, Pia, du musst dich wirklich mal wieder darauf besinnen, was du willst!

Ich fahre eine Weile ziellos durch die Gegend, an einer roten Ampel betätige ich dann mit einer energischen Handbewegung den Blinker. Allerdings nicht nach rechts, wie ich es tun müsste, würde ich Richtung Heimat fahren, sondern nach links. Ein kleiner Abstecher nur, ein kurzer nostalgischer Ausflug dorthin, wohin mein Herz mich doch schon die ganze Zeit zieht.

Die Thadenstraße wirkt ziemlich verlassen, als ich sie erreiche. Nur am hinteren Ende kann ich ein Pärchen ausmachen, das unter dem Schein einer Laterne steht. Ich suche mir einen Parkplatz, der weit genug von Bastis Wohnung entfernt ist, schließlich möchte ich nicht, dass er mein Auto entdeckt. Ich steige aus und schleiche mich auf der gegenüberliegenden Straßenseite so nah wie möglich an das Haus heran, in dem er wohnt.

Direkt vor mir, zwischen seiner Wohnung und meiner Seite des Bürgersteigs, parkt ein VW-Bus, hinter dem ich mich hervorragend verstecken kann. Und so lungere ich an den Wagen gelehnt vor Bastis Haus herum und blicke sehnsüchtig hoch zu seinem dunklen Schlafzimmerfenster. Er scheint also schon zu schlafen. Oder er ist überhaupt nicht da. Vielleicht ist er wieder in London, Paris, Malmö oder an sonst einem Ort auf diesem Planeten, ich hab ja keine Ahnung mehr, was er im Moment so treibt. Und er weiß auch nichts mehr von mir und meinem Leben.

Noch nicht, denke ich und kann ein Seufzen nicht unterdrücken. Schon bald wird die Kampagne für Müllermanns Baumärkte starten, und dann ist unter Umständen meine letzte Hoffnung dahin, jemals wieder hinter diesem Fenster da oben gemeinsam mit ihm die Laken zu zerwühlen … Ohne dass ich es verhindern kann, driften meine Gedanken automatisch zu Lars ab. Vor meinem inneren Auge erscheint das Bild, wie wir vorhin auf seinem Sofa geknutscht haben und er mich fest umschlungen in den Flur geschoben hat.

Ich kneife die Augen fest zusammen und beschwöre das Bild von Basti und mir herauf. Basti, Basti, Basti, du bist doch der Einzige, den ich will! Es funktioniert, die Erinnerung an Lars und mich verblasst, stattdessen sehe ich wieder meinen Ex und mich am Elbstrand entlangspazieren …

»Why? I just don't understand!« Eine weibliche Stimme lässt mich herumfahren, nur wenige Meter von mir entfernt kommt das Pärchen auf mich zu, das ich vorhin unter der Straßenlaterne gesichtet habe. Instinktiv verstecke ich mich hinter dem VW-Bus, damit ich nicht als Spanner entdeckt werde.

»But I already tried to explain …« Mir gefriert das Blut in den Adern. Das war ganz eindeutig Bastis Stimme, die würde ich auch noch nachts um vier, mit ebenso viel Promille im Blut und aus dem tiefsten Schlaf gerissen erkennen. Ich luge ein Stück hinter meinem Versteck hervor.

Da stehen sie also: Basti und eine Frau. Ich schiebe den Kopf noch ein kleines Stückchen weiter vor, um sie besser erkennen zu können.

»But I thought … last night, you know … You said it was special!« Es ist die Frau! Die blonde Frau vom Flughafen, diese Blanche! Ich fasse es nicht! Eine Welle wilder Wut schwappt durch meinen Körper, am liebsten würde ich mit lautem Gebrüll auf Basti und die Frau zustürzen und meinen Ex zur Rede stellen. Was hatte er mir noch auf seinem ach so liebevollen Zettel hinterlassen? *Die Frau vom Flughafen ist nur eine Londoner Kollegin, ich habe nichts mit Blanche.*

Ha, ha, haaaaa! Das sehe ich ja gerade mit eigenen Augen, wie die zwei nichts miteinander haben! Stehen so dicht voreinander, dass kaum ein Blatt Papier dazwischen passt und turteln auf offener Straße miteinander herum. Das heißt, wie ich mit einer gewissen Genugtuung feststellen muss, *sie* turtelt – Basti absolviert gerade mal wieder sein »Es geht nicht, das habe ich dir doch schon so oft erklärt«-Programm, das ich selbst ja auch nur zu gut kenne.

Tja, Blanchi-Blanche, Pech gehabt! Auch du wirst dir an Basti die Zähne ausbeißen! Aber ich – ich bin jetzt so viel schlauer als noch vor wenigen Tagen. Denn statt vorzupreschen und eine Szene hinzulegen, die sich gewaschen hat, warte ich mit klopfendem Herzen so lange, bis Basti ins Haus gegangen und Blanche sich weit genug entfernt hat, um mich nicht zu sehen. Dann schleiche ich so leise und ruhig, wie es mir eben möglich ist, zu meinem Auto zurück.

Als ich den Motor anlasse und losfahre, geht es mir erstaunlicherweise gar nicht so übel. Immerhin: Basti hat scheinbar die Wahrheit gesagt. Es hat nichts mit mir zu tun. Tatsächlich hat es wirklich rein gar nichts mit mir zu tun, sondern damit, dass mein Ex totale Bindungsangst hat. Und die werde ich heilen!

Mit Hilfe von Clemens Schüttlers Voll-auf-Ex-Kurs-Strategie werde ich Basti zeigen, dass ich eine eigenständige, selbstbewusste Person bin, die ihm nicht wie eine Klette am Hals hängt, sondern die ihr eigenes Ding macht und daher für ihn begehrenswerter ist als jede andere Frau auf diesem Planeten. Jaha, das werde ich ihm beweisen. Und wenn es das Letzte ist, was ich tue!!!

11. Kapitel

Voll auf Ex-Kurs – jetzt erst recht!

Die nächsten zwei Wochen vergehen wie im Flug. So absurd es klingt: Nachdem ich Basti mit dieser Blanche vor seiner Haustür gesehen habe, ist mein Kampfgeist mehr denn je geweckt, und ich ziehe Clemens Schüttlers Regeln mit unerbittlicher Konsequenz durch. Jeden Morgen notiere ich etwas Positives in mein Filofax und gönne mir was Gutes. Nachdem ich weiterhin eisern jeden Abend mit Philip laufen gehe und meinen übermäßigen Lebensmittel- und Alkoholkonsum eingestellt habe, konnte ich neulich sogar schon so erfreuliche Dinge wie »Meine Klamotten in Größe vierzig schlabbern, steuere wieder achtunddreißig an« und »Ich bin schneller als eine Sechsundneunzigjährige« notieren. Lars und ich haben uns seit dem Abend bei ihm noch zweimal getroffen, und es war beide Male sehr nett. Sehr nett UND harmlos, wir waren essen, und er hat erzählt, dass er mit Yvonne wieder in E-Mail-Kontakt steht. Ganz unverbindlich zwar, aber er hat schon das Gefühl, dass das Ex-Kurs-Programm langsam Wirkung zeigt und sie sich ihm wieder annähert.

Das kann ich von Basti leider nicht behaupten. Im Westen nichts Neues, und still ruht die See, seit dem Abend in der Schanze habe ich nichts mehr von ihm gehört. Was entweder bedeutet, dass er sich nicht im Geringsten darüber wundert, dass ich von der Bildfläche verschwunden bin, ja, dass es ihm nicht einmal auffällt. Oder dass er mit Blanche so beschäftigt ist, dass er gar nicht dazukommt, sich über mein Verbleiben Gedanken zu machen. Lars hat, als ich ihm gegenüber meine Vermutungen geäußert habe, dann auch gleich mal extrem sensibel auf die zweite Möglichkeit getippt. »So sind wir Männer eben«, hatte er gemeint, »wir legen uns einfach eine neue Frau zu und vergessen darüber die alte.« Okay, das hatte er als Witz gemeint. Ein Witz, der bei mir allerdings nicht ganz so gut ankam. Nach zwanzigminütigem Entschuldigen war ich wieder einigermaßen besänftigt. Einigermaßen.

»Und, biste schon aufgeregt?«, will Barbara am Mittwochabend wissen, als wir beide unsere Computer herunterfahren und unsere Sachen zusammenpacken. Morgen steht das erste Shooting für die Müllermanns-Kampagne an, insgesamt drei Motive werden wir in dem Fotostudio schießen, das sich im Erdgeschoss desselben Gebäudes befindet, in dem auch die Agentur ist. Nächste Woche sind dann die TV-Spots dran. Dafür habe ich die vergangenen zwei Wochen getextet, bis die Tastatur qualmte, und Barbara hat gescribbelt und gelayoutet, als gäbe es kein Morgen mehr. Das Ergebnis kann sich sehen lassen: Auf den Plakaten werde ich mal mit Winkelschleifer, Heißklebepistole oder Kettensäge gezeigt, wie ich gerade mit grimmiger Miene ein großes Plüschherz bearbeite. Der Slogan dazu lautet: *Liebeskummer? Müllermanns Baumärkte – wir haben alles zum Fertigmachen!*

»Geht so«, antworte ich auf Barbaras Frage. »Ich wünschte nur, es wäre ein bisschen länger hin, dann könnte ich noch ein wenig abnehmen und würde mich nicht wie das Michelin-Männchen fühlen.«

»Quatsch!«, Barbara lächelt mich an. »Ich finde, das Lauftraining hat schon große Wirkung gezeigt, du siehst wesentlich fitter und frischer aus als noch vor zwei Wochen.«

»Fühle mich auch besser. Aber trotzdem«, ich seufze, »na ja, Basti, du weißt schon.«

»Tja, was soll ich sagen? Ich hab ja noch versucht, Hardy Petersen davon zu überzeugen, mich als Testimonial zu nehmen, aber mein Vortrag in Sachen Authentizität hat mehr Eindruck gemacht, als ich für möglich gehalten hätte. Wusste gar nicht, dass ich so überzeugend sein kann.«

»Hast du wohl ein neues Talent entdeckt.«

»Scheint so.« Sie setzt ein schiefes Grinsen auf. »Nur Jens hat sich noch immer nicht über meine Blödheit abgeregt, dass ich es nicht mache.«

»Du konntest doch nicht ahnen, dass die dafür so viel Honorar bezahlen.«

»Stimmt schon. Aber seit ich es Jens erzählt habe, schmiert er es mir bei jeder Gelegenheit aufs Brot.«

»Wie das?«

»Na ja, wir spazieren an einem Reisebüro vorbei, er deutet auf die Auslage und sagt: ›Guck mal, Schatz, zwei Wochen Malediven, ein echter Traum! Ach, nee, können wir uns nicht leisten, du hast ja zwanzigtausend Euro verschenkt.‹ Oder wenn ich morgens zu lange dusche, bollert er irgendwann gegen die Badezimmertür und ruft: ›Liebling, komm da raus, heißes Wasser kostet Geld!‹ Solche Sachen halt.«

»Klingt ja fies.«

»Ach, geht schon, das ist nur unser übliches Gefrotzel, das meint er nicht so ernst. Ich sag dann auch immer nur: ›Schatz, kein Problem, reich einfach die Scheidung ein.‹ Und dann lachen wir uns kaputt.«

Während Barbara das erzählt, wandern meine Gedanken dummerweise wieder zu Blanche und Basti, wie sie da so voreinander auf der Straße standen. Davon hab ich meiner Kollegin allerdings nichts erzählt. Sie war ja in Sachen Seminar schon so skeptisch, dass ich auf ein weiteres »Vergiss ihn einfach!« von ihr gut verzichten kann.

»Wie sieht's aus?«, Barbara schultert ihre Tasche. »Noch Lust, irgendwo was trinken zu gehen?«

»Nee, lieber nicht«, lehne ich ab. »Ich will morgen fit sein, geht ja schon um acht im Studio los. Außerdem kommt Philip in einer Stunde zum Lauftraining bei mir vorbei.«

»Du ziehst das ja echt knallhart durch«, meint Barbara und klingt dabei regelrecht bewundernd.

»Na«, ich lache, »sind ja nur noch gut drei Wochen, danach schau ich mal, ob ich das weitermache.« Wir verabschieden uns, Barbara wünscht mir noch viel Erfolg beim Shooting, dann mache ich mich auf den Weg zu meinem Auto.

Schon wieder Gefahren?

Um acht Uhr klingelt Philip unten an der Haustür, ich rufe ihm durch die Gegensprechanlage ein »Komme sofort!« zu und jogge dann leichtfüßig wie ein Reh – na gut, oder zumindest wie ein Shetlandpony – durchs Treppenhaus runter ins Erdgeschoss. Mittlerweile habe ich mir richtig gute Laufschuhe zugelegt und stecke in einem aerodynamischen Sportdress, bestehend aus langer Elastan-Polyester-Hose und dazu passendem Shirt, darüber trage ich eine ärmellose Steppweste, um mir bei dieser Jahreszeit nicht alles abzufrieren. Sieht doch recht professionell aus, wie ich finde, als würde ich mich auf den Marathon vorbereiten, der jedes Jahr im April in Hamburg stattfindet. Immerhin, sechs Kilometer schaffe ich schon, ohne dass Philip mich zwischendurch tragen muss. Das müsste ich dann also nur siebenmal nacheinander hinlegen, schon wäre ich durchs Ziel …

»Guten Abend!« Ich stutze, als ich die Haustür aufreiße und Philip vor mir sehe. Er trägt normale Jeans, Straßenschuhe, steckt in seiner Winterjacke und hat sich einen dicken Schal um den Hals gewickelt.

»Wie siehst du denn aus?«

»Nicht gut?« Er grinst mich an.

»Doch, ja, natürlich! Aber so willst du doch wohl nicht joggen gehen?«

»Nö«, erklärt er, »will ich nicht.«

»Aber, ich denke, wir …« Philip dreht sich zur Seite, hält mir galant seinen Ellbogen hin und sagt einfach nur: »Komm mit.« Vollkommen verdattert hake ich mich bei ihm unter und lasse mich von ihm zu seinem Volvo führen. Zuvorkommend öffnet er mir die Tür, dann geht er ums Auto herum, nimmt auf der Fahrerseite Platz und startet den Motor. »Darf ich mal wissen«, frage ich, »was das hier werden soll?« Philip schüttelt den Kopf und lächelt versonnen in sich hinein.

»Nö«, wiederholt er, »darfst du nicht.«

»Verstehe.«

Wir fahren knapp zwanzig Minuten, in denen ich darüber nachgrübele, was Philip mit mir vorhat. Schließlich parkt er seinen Wagen in der Feldstraße direkt gegenüber vom Heiligengeistfeld und stellt den Motor aus.

»So, da wären wir«, teilt er mir fröhlich mit.

»Wo wären wir?« Anstelle einer Antwort steigt er einfach aus, ich schnalle mich ebenfalls ab und schlüpfe aus der Beifahrertür. Neugierig sehe ich mich auf der Straße um, kann aber nichts entdecken, was mir einen Anhaltspunkt für Philips Pläne liefern würde. Ein paar Dönerbuden, ein Kiosk, vorn an der Ecke eine Kneipe, auf der anderen Seite eine Tankstelle und das Heiligengeistfeld, auf dem schon die Buden und Fahrgeschäfte für den Winterdom aufgebaut sind.

Der beginnt aber erst am Wochenende, da geht's also schon mal nicht hin. Das hätte mich auch gewundert, denn Philip ist ein anerkannter Hasser von Massenveranstaltungen. Ich übrigens auch, in diesem Punkt waren wir uns immer einig, dass wir uns eher die nackten Füße über einer offenen Flamme rösten lassen würden, als freiwillig eine Kirmes, ein riesiges Open-Air-Festival oder den Schlagermove aufzusuchen. Irgendwann hat das dann allerdings auch dazu geführt, dass ich meinem Mann sagte, ich hätte keine Lust mehr, ihn bei seinen »langweiligen Lesungen« zu begleiten, woraufhin er mir vorwarf, meine »oberflächlichen Werbe-Events« wären ja nun auch nicht gerade das Gelbe vom Ei. Zwar hat er sich sofort danach entschuldigt, aber ich nahm es damals als willkommenen Anlass, ab sofort ohne ihn der Oberflächlichkeit zu frönen. Tja, das war vor eineinhalb Jahren, da hatten wir uns wohl schon so weit voneinander entfernt und auseinandergelebt, dass jeder erfahrene Psychologe drei Kilometer gegen den Wind eine handfeste Krise gerochen hätte. Und jeder unerfahrene wahrscheinlich auch.

»So, wollen wir?« Philip reißt mich aus meinen Gedanken, mittlerweile steht er am offenen Kofferraum und holte eine große Sporttasche aus seinem Kombi.

»Aha«, schlussfolgere ich. »Also doch Sport, aber heute Indoor? Wusste gar nicht, dass es hier ein Fitnesscenter gibt.«

»Gibt es auch nicht.« Ohne ein weiteres Wort marschiert Philip los, mir bleibt nichts anderes übrig, als ihm zu folgen. So langsam könnte er aber mal mit der Sprache herausrücken!

Nach ein paar Metern geht er auf ein weißes, flaches Gebäude auf der rechten Seite zu, dessen Eingang links und rechts von zwei Säulen gesäumt wird. Über der Tür steht ein geschwungener Schriftzug, den ich auf den ersten Blick nicht entziffern kann.

»Was ist das?«, frage ich.

»Ein Hamam«, erwidert Philip.

»Ein Hamwas?«

»Ein türkisches Dampfbad«, erklärt er lachend. »Ich hab mir überlegt, dass wir am Abend vor deinem großen Shooting mal ausnahmsweise aufs Lauftraining verzichten und uns stattdessen mal so richtig schön bei einer Wellness-Session verwöhnen lassen, damit du morgen total entspannt bist.« Ich bleibe stehen und mustere das Gebäude. Im selben Moment spüre ich ein seltsames Gefühl in mir aufsteigen. Es ist so etwas wie ... wie ... Rührung, doch, ja, das trifft es ziemlich genau.

»Das hast du dir überlegt?« Er nickt. Und fragt dann etwas unsicher nach: »Oder findest du die Idee doof?«

»Aber ganz im Gegenteil!«, rufe ich aus und umarme ihn, weil ich mich so freue. »Das ist total super! Ich bin schon den ganzen Tag lang so aufgeregt und angespannt, dass ich dringend etwas brauche, was mich etwas auflockert. Wirklich, super!«

»Hm«, meint Philip etwas verlegen lächelnd, während ich ihn wieder loslasse, »da bin ich ja erleichtert, dass dir die Idee gefällt.«

»Und was ist da in der Tasche?«, will ich wissen.

»Was man eben so braucht: Bademäntel und -schlappen, Handtücher, Duschzeug, Föhn – nicht zu vergessen eine Badehose für mich und einen Bikini für dich.«

»Du hast sogar Bikini, Schlappen und einen Bademantel für mich besorgt?«

»Der Bademantel ist mein alter, die Schlappen sind auch von mir und sind dir wahrscheinlich etwas zu groß«, spielt er seine Vorbereitungen herunter. »Nur den Bikini hab ich schnell bei H&M gekauft. Aber das ging ja auch nicht anders, hätte ich dich in Schwimmklamotten zum Training bestellt, wärst du wohl misstrauisch geworden.«

»Ja«, gebe ich kichernd zu, »das wäre ich wohl.«

Während Philip an der Anmeldung steht und erklärt, dass wir einen Termin haben, woraufhin uns eine nette Frau zu den Umkleiden führt – Damen und Herren getrennt! – und jedem von uns ein Handtuch in die Hand drückt, kann ich nicht umhin zu denken: *Lieber Gott, oder wer da oben auch immer für Liebesangelegenheiten zuständig ist! Warum hast du bei uns Menschen nicht so einen Schalter eingebaut, den wir einfach umlegen können und dann sind wir in jemanden verliebt? Warum machst du es uns so schwer, dass wir irgendwelchen Leuten hinterherrennen und nachtrauern, die es vielleicht gar nicht verdient haben? Warum hast du uns einen Kopf und ein ziemlich leistungsfähiges Gehirn gegeben, wenn wir in Sachen Partnerschaft damit trotzdem nicht gegen unser blödes und unvernünftiges Herz ankommen? Warum? Warummm? Könntest du bitte mal jemanden diesen Schalter erfinden lassen, bitte? Ich würde auch freiwillig und umsonst die Werbung dafür machen! Danke!*

»Aaaah, tut das gut!« Eine Viertelstunde später sitzen Philip und ich auf einem achteckigen Podest aus weißem Marmor, das sich mitten in einem ebenfalls komplett mit weißem Marmor ausgekleideten Raum mit orientalischen Verzierungen und Säulen befindet. Wir tragen Badesachen, jeder von uns hat sich außerdem das Handtuch, das wir am Eingang bekommen haben, um die Hüfte gewickelt. Gerade begießen wir uns gegenseitig mit heißem Wasser, das wir mit großen Kupferschalen aus einem der umliegenden Becken schöpfen.

»Hmm«, stimme ich ihm zu, während ich die Augen schließe, den Kopf nach hinten beuge und den warmen Wasserstrahl genieße, den Philip über mir auskippt. »So entspannt war ich schon lange nicht mehr!«

»Wart erst mal ab, bis dich ein türkischer Bademeister so richtig durchgewalkt hat, *dann* bist du entspannt!« Ein wenig unsicher lasse ich meinen Blick durch die leichten Dampfschwaden auf die Seite des Raumes wandern, an der drei Massagetische stehen, die ebenfalls komplett aus Marmor sind. Gerade werden ein Mann und eine Frau von zwei Masseuren bearbeitet, und die Laute, die sie dabei von sich geben, klingen nicht immer nach Genuss pur. Einige »Ahs!« und »Ohs!« und »Hmpfs!« sind zu hören, hin und wieder klatscht es laut, wenn der Master of Massage mal so richtig auf den Rücken haut. Philip bemerkt meinen skeptischen Gesichtsausdruck, beugt sich zu mir herüber und flüstert: »Wenn du dran bist, kannst du ruhig sagen, dass sie mit dir etwas sanfter umgehen sollen, mein kleines Weichei.«

»Was heißt hier ›Weichei‹?« Ich spritze ihm ein bisschen Wasser aus meiner Schale ins Gesicht. »Ich wusste eben nur nicht, dass zu deinem Wellness-Programm auch Wrestling gehört.«

»Wie gesagt, warte es einfach ab, die Behandlung wird dir guttun. Und jetzt«, er lächelt mich verschmitzt an, lehnt sich zurück und stützt sich auf den Ellbogen auf, »bitte ich um mehr warmes Wasser. Und zwar pronto!« Gehorsam stehe ich auf, fülle meine Schale an einem der Becken bis zum Rand, gehe zurück und gieße den Inhalt langsam über Philip aus.

Während er da mit geschlossenen Augen so vor mir liegt, nur ein Handtuch um die Hüften – gut, darunter ist noch eine Badehose, aber Imagination ist alles – lasse ich meinen Blick über seinen trainierten Körper wandern. Doch, doch, das regelmäßige Laufen ist ihm anzusehen, da ist kein Gramm Fett zu viel. Dazu die glatte, breite Brust, an die ich mich früher so gern gekuschelt habe … Ach, es ist wirklich ein Jammer! Im Gegensatz zu dem Abend bei Lars erlaube ich mir, ein wenig meinen kribbelnden Gedanken nachzuhängen und versuche nicht, sie sofort beiseitezuschieben. Ich meine, hey, das hier vor mir ist *immerhin* noch mein Ehemann, da wird es ja wohl erlaubt sein, mal kurz festzustellen, dass er alles in allem schon ganz schön sexy gebaut ist!

»Ist was?« Philip schlägt die Augen auf.

»Äh«, ich spüre, dass ich rot anlaufe. »Was soll denn sein?«

»Weiß nicht. Hatte nur gerade das Gefühl, dass du mich anstarrst.«

»Quatsch«, widerspreche ich, »bei dem Dampf hier kannst du froh sein, wenn ich dich überhaupt sehe und das Wasser nicht sonstwohin kippe.«

»Aha.« Ich setze mich schnell wieder neben Philip hin und fixiere die türkischen Bademeister. *Pia Weiland,* schimpfe ich innerlich mit mir, *du springst auf dermaßen primitive Reize an – man könnte glatt denken, du seist ein Mann!*

»Dieser Teil hier gefällt mir wesentlich besser«, stelle ich fest, als wir später in unsere Bademäntel gewickelt in einem Ruheraum rumlümmeln. Wir liegen auf einer roten Ottomane, über uns ein Baldachin, schlürfen Granatapfeltee und lassen uns frische Früchte schmecken. Doch, so kann man es schon aushalten, fühle mich gerade extrem dekadent und noch dazu pudelwohl.

»Ich fand die Massage auch nicht schlecht.«

»Wenn man mal davon absieht, dass ich zwischendurch dachte, dass der Bademeister mir sämtliche Knochen bricht, hast du Recht.« Mit leichtem Schaudern erinnere ich mich daran, wie ich vorhin auf dem Marmortisch lag und von zwei kräftigen Männerhänden derart bearbeitet wurde, dass ich schon dachte, mein letztes Stündlein hätte geschlagen. Neben dem Durchwalken, Peelen und Einseifen wurde an mir gezerrt und gezogen, als sei ich ein Fall für den Chiropraktiker. Gut, ganz unangenehm war es nicht, und tatsächlich bin ich so dermaßen entspannt, dass ich fast auf der Stelle einschlafen könnte – aber trotzdem hatte ich auch ein bisschen Angst.

»Ach«, Philip lehnt sich zurück und legt dabei einen Arm um meine Schulter, »ich find's einfach nur herrlich und bin der Meinung, so was müsste man viel öfter machen.«

»Ja, nachdem ich jetzt weiß, was mich erwartet, wäre das Schockmoment dann auch nicht mehr so groß«, erkläre ich.

»Und?« Philip dreht mir das Gesicht zu und mustert mich. »Schon Bammel vor morgen?«

»Bammel nicht. Aber ein wenig nervös bin ich.«

»Du machst das schon«, stellt er fest, streckt dann beide Arme von sich, rekelt sich und gähnt dabei herzhaft. Im nächsten Moment liegt sein Arm wieder auf meiner Schulter.

»Selbst wenn nicht: Der Kunde will es so.« So unauffällig wie möglich rücke ich ein Stück von Philip ab. Nicht, weil mir seine Berührung unangenehm wäre, aber … na ja, wir lassen uns in sechs Wochen scheiden, da kommt es mir doch etwas unpassend vor, mit meinem Mann nur mit einem Bademantel bekleidet rumzukuscheln. Hamam hin, Hamam her. Philip scheint es zu merken und nimmt seinen Arm weg.

»Dann sollten wir langsam auch mal wieder nach Hause fahren, du willst ja sicher früh ins Bett, und es ist fast schon zehn Uhr.«

»Ja«, stimme ich ihm zu, »lass uns den Heimweg antreten.«

You are always on my mind

»Vielen Dank noch einmal, das war eine echt sensationelle Idee von dir!« Philip und ich sitzen in seinem Auto vor meiner Wohnung, er lässt den Motor laufen, damit wir es beide schön muggelig warm haben. Sobald ich ausgestiegen bin, wird er warten, bis ich im Haus verschwunden bin, das hat er immer schon so gemacht. Kavalier der alten Schule, es lässt sich nicht verleugnen.

»Freut mich. Ich fand den Abend auch total schön.«

»Den Abend«, traue ich mich, das anzusprechen, was mir schon seit einer ganzen Weile auf der Seele lastet, »oder den Besuch im Hamam?« Philip wirft mir einen verständnislosen Blick zu.

»Beides natürlich! Aber wo ist da auch der Unterschied?«

»Na ja«, ich zögere, »ich frage mich eben ...«

»Was fragst du dich?«

»Philip«, ich setze mich kerzengerade auf, drehe mich zu ihm und mustere ihn ernsthaft. »Ehrlich gesagt fühle ich mich schon seit einiger Zeit ziemlich schlecht.«

»Schlecht?« Jetzt wirkt er nahezu bestürzt.

»Schon, ja. Denn auf der einen Seite ...« Ich stocke.

»Auf der einen Seite ...«, werde ich von ihm ermutigt, weiterzusprechen.

»Auf der einen Seite finde ich das alles total nett von dir. Dass du abends mit mir laufen gehst statt wie sonst immer morgens. Dass du mich ins Hamam einlädst, weil du weißt, dass ich morgen einen anstrengenden Tag vor mir habe. Andererseits fühle ich mich ... wie eine total blöde Kuh?«

»Wie eine blöde Kuh?«, echot er. »Das musst du mir erklären.«

»Es kommt mir so vor, als würde ich dich ausnutzen. Als würde ich auf deinen Gefühlen herumtrampeln und einen Vorteil daraus schlagen, dass du noch immer in mich verliebt bist und dass es besser wäre, wenn ich … wenn ich dich deiner Wege ziehen lassen würde.«

»Großer Gott!« Philip lacht auf. »Das klingt ja ziemlich pathetisch! Was machst du dir nur für Gedanken?«

»Ich mache sie mir halt«, erwidere ich und fixiere das Handschuhfach vor mir.

»Guckst du mich bitte mal an?« Langsam drehe ich mich wieder zu ihm um. »Pass auf«, Philip lächelt mich an. »Mit einer Sache hast du vollkommen Recht: Ich liebe dich noch immer.«

»Philip, aber …«

»Nichts, aber«, unterbricht er mich energisch. »Ich kann dir auch nicht sagen, wann das aufhören wird, vielleicht in ein paar Wochen, vielleicht nie. Doch ganz unabhängig von meinen Gefühlen bin ich ein erwachsener Mann, der durchaus weiß, was er tut.« Fast eins zu eins wiederholt er die Worte, die Barbara neulich zu mir gesagt hat. »Ich bin gern mit dir zusammen, ob wir nun ein Paar sind oder nicht. Denn ich liebe dich nicht nur als Frau, sondern schätze dich darüber hinaus auch als Mensch. Und wenn ich die Wahl zwischen ›gar kein Kontakt mehr‹ oder ›freundschaftlicher Verbindung‹ habe, ist es mir immer noch lieber, wenn wir einfach nur wie Kumpels miteinander umgehen. Okay?« Ich schlucke schwer.

»Okay«, krächze ich dann.

»Wirklich«, betont er noch einmal, »zerbrich dir bitte nicht meinen Kopf.« Dann zwinkert er mir zu. »Mit deinem eigenen hast du doch wohl mehr als genug zu tun, oder?«

»Ja«, murmele ich, »das stimmt schon.«

»Na, siehste. Und jetzt sieh schon zu, dass du ins Bett kommst, bevor wir hier noch die Nacht durchquatschen.«

»Das mach ich.« Ich beuge mich zu Philip und gebe ihm auf jede Wange ein Küsschen. »Und danke nochmal, das war …«

»Jetzt sag bloß nicht wieder«, er äfft mich nach, »das war totaaal lieb von dir.«

»Nein«, jetzt muss ich auch lachen. »Das verkneif ich mir.«

»Dann ist ja alles bestens.« Ich steige aus, doch bevor ich die Tür hinter mir schließe, drehe ich mich wieder zu ihm um und sage trotzdem noch einmal: »Danke.«

»Gern geschehen. Ich denke morgen an dich. Aber das tue ich ja sowieso die ganze Zeit.« Bevor ich etwas darauf erwidern kann, hat Philip mir schon ein letztes Mal zugewunken, sich zur Beifahrertür gebeugt, sie zugezogen und ist davongefahren. Komisch, normalerweise wartet er ja immer, bis ich im Haus bin. Scheinbar wollte er dieses Mal so schnell wie möglich weg. Einen Moment lang bleibe ich noch auf der Straße stehen und blicke ihm nach. Als sein Wagen hinter einer Ecke verschwindet, seufze ich auf, dann drehe ich mich um und gehe zum Hauseingang.

»Hallo, Kleine.« Erschrocken schreie ich auf, als plötzlich Bastis Stimme hinter mir erklingt, während ich gerade die Haustür aufschließen will. Ich fahre herum. Tatsächlich, da steht er, direkt vor mir, wie immer ganz in Schwarz gekleidet, die Hände tief in den Taschen seines Mantels vergraben. »Tut mir leid«, meint er eilig, »ich wollte dir keine Angst einjagen.«

»Hast du aber«, bringe ich stotternd hervor, »mein Puls ist gerade von 0 auf 250 geschossen!«

»Ja, äh, wie gesagt, das wollte ich nicht.«

»Was willst du denn hier?«, frage ich. Dann korrigiere ich mich, weil mir trotz meiner Verwirrung sofort wieder einfällt, dass Clemens Schüttler uns eingebläut hat, dass wir bei einer Begegnung mit unserem Ex nicht abweisend, sondern nett, freundlich aber unverbindlich sein sollen. »Also, ich meine, freut mich, dich zu sehen, aber was führt dich so spät am Abend zu mir?«

»Ich wollte dir nur deine Sonnenbrille in den Briefkasten werfen, weil ich gerade in der Nähe war«, erklärt Basti. Zum ersten Mal, seit ich ihn kenne, wirkt er beinahe etwas unsicher.

»Meine Sonnenbrille?«, frage ich irritiert nach.

»Ja«, er zieht eine Hand aus der Manteltasche und hält mir meine Brille von Fossil hin.

»Danke«, sage ich und nehme sie, »die hab ich noch gar nicht vermisst.«

»Ist ja auch gerade nicht die Jahreszeit, in der man sich unbedingt vor gleißendem Sonnenlicht schützen muss«, meint Basti und lächelt mich an. »Jedenfalls habe ich sie vor ein paar Tagen beim Aufräumen gefunden, und weil ich heute Abend bei einem Konzert auf Kampnagel war, dachte ich, ich bring sie dir danach vorbei. Ist ja hier direkt um die Ecke.«

»Du wolltest sie mir also in den Briefkasten werfen«, kann ich mir trotz der Sei-freundlich-aber-unverbindlich-Regel nicht verkneifen festzustellen und hoffe, dass ich dabei nicht allzu enttäuscht klinge.

»Na ja, nein, geklingelt hätte ich schon und sie nur eingeworfen, wenn du nicht da gewesen wärst«, erklärt Basti, und ich spüre eine übermäßige Freude in mir aufsteigen. Die ich mir aber sofort wieder verbiete, denn eine zurückgebrachte Sonnenbrille ist noch kein Grund, sofort das Aufgebot zu bestellen. *Freundlich, aber unverbindlich, Pia!* »Als ich hier ankam«, spricht Basti weiter, »hab ich dich mit Philip im Auto gesehen und dachte mir, ich warte lieber einen Moment, weil's dir vielleicht nicht recht ist, wenn wir uns begegnen.«

»Warum sollte mir das nicht recht sein?«

»Ich dachte nur … ich weiß auch nicht, was ich dachte.« Nun muss ich lachen.

»Philip und ich verstehen uns gut, aber nach wie vor sind wir einfach nur Freunde«, erkläre ich. »Wir gehen jetzt abends immer zusammen laufen«, füge ich hinzu.

»Hab mich schon gewundert, dass du Sportsachen trägst.« Er mustert mich eingehend. »Du siehst echt super aus.« Noch ein kleiner Herzhüpfer, ihm fällt meine Veränderung auf, so, wie Clemens Schüttler es prophezeit hat!

»Danke. Mir geht's auch gut.«

»Freut mich.« Dann sagt er nichts mehr, sondern bleibt einfach nur wortlos und irgendwie abwartend vor mir stehen. Leider fällt mir in diesem Moment auch nicht das Geringste ein, worüber ich nun mit ihm reden könnte. Also, außer ihn zu fragen, ob er wirklich nur vorbeigekommen ist, um mir die Brille zu bringen. Glaube allerdings, dass diese Frage laut den internationalen Voll-auf-Ex-Kurs-Richtlinien ganz und gar verboten ist. Oder ich würde gern wissen, warum er mich in Sachen Blanche angelogen hat und ob die Geschichte zwischen den beiden noch läuft und wie er mir das hat antun können und überhaupt – aber auch das scheint mir nicht das geeignete Gesprächsthema zu sein. Wenn ich ehrlich bin, wäre das Beste, was ich nun tun könnte, ihm noch einen schönen Abend zu wünschen, mich nochmals für die Brille zu bedanken und mich dann von ihm zu verabschieden. Eben freundlich, nett und unverbindlich.

»Hast du Lust, noch auf ein Getränk mit mir nach oben zu kommen?«, höre ich mich stattdessen selbst fragen.

»Klar, gern.« Na gut. An der netten Unverbindlichkeit arbeiten wir noch.

12. Kapitel

Glückliche Fügung!

»Also, was hast du in letzter Zeit so gemacht?«, fragt Basti, als wir auf meinem Sofa sitzen. Er trinkt ein Bier, von dem ich noch ein Sixpack im Kühlschrank hatte, weil man ja nie weiß … Na gut, weil ich eben für den Fall der Fälle gerüstet sein wollte. Zu Recht, wie ich nun sehe. Ich selbst habe mir ein Glas Wein eingegossen. Ein klitzekleines Schlückchen wird ja wohl trotz des morgen anstehenden Shootings erlaubt sein, zumal ich sehr nervös bin und hoffe, dass mich der Alkohol ein bisschen beruhigt. Meine Joggingklamotten habe ich im Schlafzimmer schnell gegen meine Lieblingsjeans, die wieder passt, und einen schwarzen Pullover getauscht.

»Das Übliche«, erkläre ich unbestimmt, wobei ich versuche, so selbstbewusst, fröhlich und gleichzeitig geheimnisvoll wie möglich zu klingen. »Viel zu tun in der Agentur, hab quasi rund um die Uhr gearbeitet.«

»Hm«, Basti nimmt einen Schluck aus der Bierflasche, dann betrachtet er nachdenklich das Etikett. »Mit deinem neuen Kollegen?«

»Welcher Kollege?«

»Na, dieser Typ, mit dem ich dich in der Schanze gesehen habe.«

»Ach so, der!« Ich lache nervös auf, hatte doch glatt vergessen, dass ich Lars zu meinem Kollegen deklariert habe.

»Nein, nicht mit Lars, der betreut einen anderen Etat. Wieso fragst du?« Mein Ex zuckt mit den Schultern.

»Nur so. Interessiert mich halt, was du in letzter Zeit gemacht hast.« Das läuft hier ja besser als gedacht, ich wette zehn Pferde, dass Basti eifersüchtig ist, warum sollte er sonst nach Lars fragen? Und das nach nur knapp drei Wochen Programm, wenn sich das weiter so gut entwickelt, macht er mir am Ende noch einen Heiratsantrag! »Und irgendwie«, spricht er weiter, »also, ich werde das Gefühl nicht los, dass ich deinen Kollegen schon mal gesehen habe, und frage mich, wo das gewesen sein kann.«

»Na ja«, schnell noch ein Schluck Wein, die Nervosität schlägt wieder zu. Denn mit einem Mal habe ich die leicht panische Angst, dass Basti irgendeinen Bekannten hat, der Lars vielleicht kennt. Wir wissen ja alle: It's a small world. Und Hamburg ist erst recht ein Dorf. »Er geht halt auch gern in die Schanze, da läuft man sich ja ständig über die Füße.«

»Stimmt«, gibt Basti mir Recht.

»Wie gesagt«, lenke ich schnell auf ein anderes Thema, »viel zu tun, das Einzige, wozu ich privat noch komme, ist das Laufen.« Ich schlage meine Beine übereinander, um noch mehr zur Geltung zu bringen, dass sie schon wesentlich schlanker sind als vor kurzer Zeit.

»Und was genau steht gerade an?«

»Tja«, ich zögere einen Moment. Und habe dann einen regelrechten Geistesblitz. Damit sind all meine Probleme mit einem Schlag gelöst, das Schicksal meint es wirklich gut mit mir! Jetzt brauche ich nichts weiter zu tun, als Basti von der Baumarktkampagne zu erzählen, in die ich vor lauter Liebeskummer – den ich jetzt natürlich nicht mehr habe, wo denkt er denn hin? – hineingeschliddert bin. Und dass es einfach nur eine Verkettung unglücklicher Umstände ist und er sich, sollte er über eine der Anzeigen stolpern, nichts dabei denken soll. Ha! Großartig, welch glückliche Fügung! Schließlich hätte ich Basti nur schlecht von mir aus anrufen können, um ihm das alles zu erzählen – aber nachdem er ja nun von selbst bei mir aufgetaucht ist, ist es doch nur normal, dass ich ihm davon berichte.

»Ist ja eine irre Geschichte«, findet Basti, nachdem ich ihm in groben Zügen die jüngsten Ereignisse erzählt habe. »Echt unglaublich.«

»Ja«, ich nicke. »Und morgen ist eben das Shooting, quasi meine Premiere als Model.«

»Da bin ich aber froh«, stellt mein Ex fest und wirft mir aus seinen blauen Augen einen dieser Blicke zu, bei denen ich sofort weiche Knie bekomme, »dass du deine Wut auf mich nur verbal ausgelebt hast und nicht mit einer Kettensäge bei mir zu Hause aufgetaucht bist.«

»Glaub mir«, mache ich einen Witz, »ich war ein paar Mal kurz davor. Aber dann habe ich mir gedacht: Gewalt ist auch keine Lösung.«

»Sieht so aus, als hätte ich echt Glück gehabt.« Wir lachen beide, dann wird Basti wieder ernst.

»Nein, wirklich Pia, ich freu mich sehr zu sehen, dass es dir so gut geht. Ich hatte mir wirklich Sorgen um dich gemacht.«

»Brauchst du nicht.« Ich versuche mich in einer lässig-wegwerfenden Handbewegung. »Hier ist alles wieder prima, und jetzt werde ich auch noch ein Medienstar.«

»Vielleicht nehm ich mit dir dann irgendwann noch eine Platte auf? So mit Baumaschinenlärm im Hintergrund oder so.«

»Sehr gute Idee!« Wir grinsen uns an. Und mit einem Mal fällt mir an Basti etwas auf, das mich gar nicht glücklich macht: In seiner entspannten Mimik erkenne ich – Erleichterung. Und zwar genau dieselbe Art von Erleichterung, die ich selbst schon gespürt habe, wenn ich den Eindruck hatte, Philip sei einigermaßen über dem Berg und würde sich nicht von der nächsten Brücke stürzen. Ist das der Grund, weshalb Basti hier eigentlich vorbeigekommen ist? Weil er sich gefragt hat, ob ich mir mittlerweile das Leben genommen habe und er indirekt Schuld daran hat? Wie zur Bestätigung meiner These trinkt Basti nun in einem Zug sein Bier aus, stellt die Flasche auf den Couchtisch und klopft mir mit einer Hand freundschaftlich auf den Oberschenkel.

»Na dann«, meint er. »Ich werd mal los und dich in Ruhe lassen, damit du für dein Shooting fit bist.« Er steht auf und mir bleibt nichts anderes übrig, als es ihm gleichzutun. »Mach's gut«, sagt er an der Wohnungstür. »Wenn du magst, kannst du ja mal anrufen und erzählen, wie die ganze Sache gelaufen ist. Bin schon gespannt, wann man irgendwo die ersten Anzeigen und Spots sehen kann.«

»Okay«, erwidere ich und versuche tapfer, die Traurigkeit, die gerade in mir aufsteigt, niederzukämpfen. Basti gibt mir noch zwei Küsschen auf die Wange, schwupps, schon ist er aus der Tür.

Ich schließe sie hinter ihm, lehne mich mit dem Rücken dagegen und bleibe einen Moment lang nur so stehen. Was war das jetzt? Wirklich nur ein Kontrollbesuch, um nachzusehen, ob ich möglicherweise schon tot in einer Ecke liege? Eine Mitleids-Stippvisite? Oder steckt doch mehr dahinter?

»Hallo?« Lars klingt verschlafen, als er ans Telefon geht. Nicht weiter verwunderlich, immerhin ist es schon nach halb zwölf. Aber ich muss einfach mit jemandem sprechen, der im Thema ist, und bei Clemens Schüttlers Notfall-Hotline hat sich um diese Uhrzeit natürlich nur das Band gemeldet.

»Hier ist Pia.«

»Pia?«

»Ex-Kurs-Pia, du weißt schon.«

»Bist du irre? Was willst du mitten in der Nacht von mir?« Oh. Das klang nun nicht gerade freundlich. Genau genommen überhaupt nicht freundlich, sondern schwer genervt.

»Tut mir leid«, gehe ich sofort in die Defensive, »aber es ist was passiert.«

»Ist deine Oma gestorben, oder was?«

»Äh.« Ich bin sprachlos. Habe ich mich verwählt? Aber nein, es ist eindeutig Lars, den ich an der Strippe habe.

»Vergiss es, schlaf weiter«, sage ich und will schon auflegen.

»Sorry«, ruft er, »jetzt sei mal nicht gleich beleidigt, du hast mich aus dem Tiefschlaf gerissen.«

»Das wollte ich echt nicht«, versichere ich ein weiteres Mal. »Wir können auch auflegen und morgen sprechen.«

»Schon gut.« Er gähnt. »Jetzt bin ich eh wach, also erzähl schon, was los ist.« Ich höre eine Tür klappen, als würde Lars durch die Wohnung wandern, im nächsten Moment wird ein Stuhl gerückt, er scheint sich irgendwo hinzusetzen. »Was ist denn nun passiert?«

»Basti war gerade bei mir«, platze ich heraus.

»Und was wollte er?« Ich erzähle ihm von der Sonnenbrille und unserem Gespräch auf der Couch sowie von meiner Vermutung, dass mein Ex hier nur aufgetaucht ist, weil Schuldgefühle an ihm nagen.

»Glaube ich nicht«, behauptet Lars, »mit Schuldgefühlen haben wir Männer nicht viel am Hut.«

»Du kennst Basti doch gar nicht.«

»Willst du meine Meinung hören oder nicht?«

»Doch, schon«, gebe ich kleinlaut zurück.

»Also, ich würde das mal als gutes Zeichen werten. Er fragt

sich, was du in letzter Zeit machst. Als er deine Sonnenbrille gefunden hat, hatte er den perfekten Grund, um einfach mal vorbeizukommen. Und das auch noch ohne Ankündigung, sonst hätte er doch vorher mal angerufen. Vielleicht wollte er sogar gucken, ob du allein bist.«

»Meinst du wirklich?«, frage ich mit Kleinmädchenstimme nach.

»Ja, meine ich. Ein Schritt in die richtige Richtung, immerhin hat er dir sogar gesagt, dass du dich bei ihm melden sollst. Wart's ab, in ein paar Wochen will er dich wieder ganz zurück, ich bin mir sicher.«

»Hoffentlich hast du Recht.«

»Ja, hab ich.« Jetzt klingt er wieder ein kleines bisschen genervt. »Aber wenn du nichts dagegen hast, würde ich das weitere Gespräch auf eine andere Uhrzeit vertagen, ich bin hundemüde und muss wieder ins Bett.«

»Klar, okay, dann schlaf gut.« Wir legen auf, ich gehe in die Küche, um mir einen weiteren klitzekleinen Schluck Wein zu holen. Sonst stehen die Chancen gut, dass ich die ganze Nacht lang unruhig durch meine Wohnung wandere und mir den Kopf zergrübele.

Germany's Next Topmodel?

»Guten Morgen, Frau Weiland! Haben Sie gut geschlafen?« Roland Behrmann erwartet mich bereits, als ich um zehn vor acht im Fotostudio erscheine. Und nein: Ich habe nicht gut geschlafen. Genau genommen habe ich kein Auge zugemacht. Denn natürlich konnte ich nach dem, was passiert ist, nicht mehr einschlafen und habe stattdessen meine Gedanken von links nach rechts gewälzt. Ohne sonderlich befriedigendes Ergebnis, versteht sich. Sogar die Notfall-Hotline hab ich noch einmal angerufen, selbstverständlich auch ohne jeden Erfolg.

»Nicht besonders«, gebe ich zu, »bin doch ziemlich aufgeregt.«

»Ach, was!« Mein Chef lacht gönnerhaft. »Sie sind doch ein Werbeprofi, das wird schon alles bestens! Herr Petersen, Frau Winkel und der Fotograf sind auch schon da. Die Stylistin wartet in der Garderobe auf Sie, aber sagen wir doch erst einmal unseren Kunden guten Tag.«

Ich folge ihm vom Flur in den großen Raum, in dem wir den Großteil unserer Kampagnen fotografieren lassen. Im ersten Moment bin ich von den Scheinwerfern, die hier aufgebaut sind, geblendet. Dann erkenne ich Hardy Petersen und Martina Winkel, die neben einem Tisch mit den Requisiten stehen. Der Fotograf, mit dem ich noch nie gearbeitet habe, bellt derweil seinem Assistenten Anweisungen zu.

»Ah«, ruft Hardy Petersen aus, als er mich erblickt, »da sind Sie ja!« Er kommt auf mich zu. Als er vor mir steht, wandelt sich sein Gesichtsausdruck von erfreut in irritiert. »Sind Sie krank?«, will er wissen und runzelt besorgt die Stirn. Besorgt um die Kampagne, nicht um mich, so viel ist klar.

»Hab nur vor lauter Aufregung schlecht geschlafen«, gebe ich zu.

»Das ist kein Problem«, verkündet mein Chef selbstbewusst und klopft mir aufmunternd auf die Schulter. »Wir haben die beste Stylistin gebucht, Patrizia macht selbst aus Quasimodo noch eine Laufstegschönheit.« Ich bin versucht, Roland Behrmann einen gezielten Tritt vors Schienbein zu versetzen, beschließe aber stattdessen, professionell zu bleiben und einfach nur zu lächeln.

»Herr Behrmann«, klinkt Martina Winkel sich nun ein, »das

war jetzt aber mehr als uncharmant.« Ich nicke ihr freundlich zu, wenigstens eine, die hier meine Ehre verteidigt.

»Ach was!«, mein Chef lacht grölend auf. »Die Frau Weiland versteht schon einen kleinen Spaß, nicht wahr, Frau Weiland?«

»Ähm, ja«, erwidere ich und denke zur gleichen Zeit: »Arschloch!« Und dann denke ich gleich noch einmal »Arschloch«, denn im nächsten Moment meldet sich der Fotograf zu Wort.

»Ist das die Model?«, fragt er mit amerikanischem Akzent und gesellt sich zu uns.

»Ja«, bestätigt Roland Behrmann, »das ist Pia Weiland, unser neues Gesicht für die Müllermanns-Kampagne. Pia, darf ich vorstellen, Mike McCarthy, ein absoluter Top-Fotograf.« Ich schüttele Mike die Hand und frage mich, warum ich von ihm noch nie etwas gehört habe, wenn er doch so top ist. Mike scheint ebenfalls alles andere als angetan, sein abschätziger Blick spricht Bände, und er nuschelt etwas, das wie »Oh, my!« klingt. Das kann ja super werden! »Tja«, mein Chef klatscht in die Hände, »dann würde ich sagen, Sie, Frau Weiland, gehen in die Maske, und dann können wir hier loslegen.«

Wie angewiesen trolle ich mich Richtung Garderobe. Als ich schon fast aus der Tür bin, höre ich Top-Mike zischen: »Die ist doch keine Model, da mussen wir nach die Shooting jede Menge retuschieren, das kann isch mir sonst uberhaupt nischt vorstellen!«

»Mach dir mal keine Sorgen, Mike«, beruhigt ihn mein Chef. »Am Computer ist doch heutzutage alles möglich. Ich sag nur: Photoshop!« Beide lachen. Die Tür zum Studio fällt hinter mir ins Schloss, und ich frage mich, ob ich einfach abhauen soll. Was für eine riesengroße Frechheit! Denk an die zwanzigtausend Euro, sage ich mir, und zieh die Sache einfach durch. Und danach können die dich dann alle mal!

Auch, wenn ich nun wirklich nicht Quasimodo bin – eine gute Stunde später bin ich tatsächlich mehr als hingerissen. Und zwar von mir selbst. Patrizia hat aus mir einen neuen Menschen gemacht, meine sonst so langweilig platten Haare fallen mir in weichen Locken über die Schultern, meine Augen strahlen groß und ausdrucksstark, ich habe einen Pfirsich-Teint, und das blaue Kleid, das die Stylistin für mich ausgesucht hat, kaschiert meine Problemzonen wunderbar. Lauren Bacall in modern, möchte ich sagen. Verzückt stehe ich vor dem großen Spiegel in der Maske und kann gar nicht mehr aufhören, mich anzustarren.

»Wow«, sage ich zu Patrizia, die gerade ein kleines Täschchen mit Make-up und Haarspray zusammenpackt, um im Studio jederzeit eingreifen zu können, falls mein Lipgloss nicht mehr genug glänzt oder eine Haarsträhne auf Abwege gerät. »Ich kann immer noch nicht fassen, dass ich das bin.«

»Bist du aber«, stellt die nette Stylistin fest, die ich schon von anderen Shootings kenne.

»Das ist wirklich unglaublich.« Patrizia lächelt mich an.

»Freut mich, wenn es dir gefällt. War aber gar nicht so schwierig, deinen femininen Typ etwas zu betonen.«

»Feminin?« Bisher habe ich mich eigentlich nie für sonderlich feminin gehalten, sondern eher für eine Mischung aus burschikos und … unscheinbar. Aber was ich jetzt im Spiegel erblicke – wäre ich nicht schon ein, zwei Monate zu alt dafür, könnte ich glatt bei Germany's Next Topmodel mitmachen. Nun ja, ich will nicht gleich größenwahnsinnig werden. Dafür habe ich trotzdem noch fünfzehn Kilo zu viel auf den Rippen, das sind ja alles so Hungerhaken.

Patrizia erklärt mir netterweise noch schnell, was sie wie gemacht hat, damit ich es zu Hause ausprobieren kann, dann hören wir schon Roland Behrmann aus dem Studio nach uns rufen. Wir machen uns auf den Weg – jetzt wird's ernst!

Germany's Next Dorftrottel!

»No, no, no, no!« Okay. So ganz prädestiniert fürs Modelgeschäft bin ich wohl doch nicht. Seit einer geschlagenen Stunde versucht Mike, das erste Motiv mit mir in den Kasten zu kriegen – und rauft sich dabei quasi permanent die Haare. Zwischendurch bellt er »Sexy, that's not sexy! Baby, sexy, sexy, sexy!« oder »Gimme more!«. Aber es nützt nichts, seine Bruce-Darnell-mäßigen Anweisungen führen im Gegenteil lediglich dazu, dass ich mich mehr und mehr verkrampfe.

Aus den Augenwinkeln beobachte ich Hardy Petersen und Martina Winkel, die mittlerweile auch schon ziemlich skeptisch dreinblicken. Roland Behrmann redet leise und, wie ich vermute, beruhigend auf sie ein. Trotzig schiebe ich mein Kinn vor, habe ich doch gleich gesagt, dass das nichts für mich ist. Jetzt dürfen sie sich auch nicht beschweren!

»No!«, krakeelt Mike wieder. »Du haste Liebeskummer, aber du musste dabei auch sexy sein!!!« Verzweifelt strecke ich meinen Busen raus und versuche mich an einem lasziven Augenaufschlag. Verdammte Hacke, ich bin doch kein Playboyhäschen! »Seeeeeeexy!«, brüllt Mister Top-Fotograf. Okay, noch mehr Busen, noch größere Augen, langsam bricht mir der Schweiß aus, und das nicht nur, weil die Scheinwerfer so heiß sind. »Seeee …«, setzt Mike ein weiteres Mal an – da fliegt die Tür zum Studio auf. Es rauscht herein: Eine völlig aufgelöste Barbara Kerstens.

»Der Dreckskerl hat mich verlassen!«, plärrt sie unvermittelt los, kommt auf mich zugestürzt und fällt mir weinend um den Hals. Schluchzend klammert sie sich an mich, und ich weiß gar nicht, wie mir gerade geschieht. Mike hat mittlerweile seine Kamera sinken lassen, Roland Behrmann, Martina Winkel und Hardy Petersen starren uns verständnislos an.

»Was ist los?«, frage ich meine Kollegin und schiebe sie ein Stückchen von mir weg. Der Stoff meines Kleides ist an den Schultern schon ganz nass, in Barbaras Augen stehen ganze Wasserfälle.

»Jens«, schluchzt sie. »Jens hat sich von mir getrennt.«

»Wie, getrennt?«

»Na, getrennt halt«, brüllt sie mich an, als wäre ich der Mistkerl. Dann fährt sie ihre Lautstärke wieder ein bisschen herunter und spricht stockend weiter. »Heute früh hat er mir mitgeteilt, dass er sich in eine andere Frau verliebt hat und gegen seine Gefühle nicht mehr ankommt. Er hat schon ein paar Sachen gepackt und ist ins Hotel gezogen.«

»Was? Das kann doch wohl nicht wahr sein!«

»Ist es aber.« Sie weint noch immer.

»Und wie lange geht das schon mit der anderen?« Barbara zuckt mit den Schultern.

»Ein paar Wochen wohl«, erklärt sie. »Er hat gemeint, er hätte alles versucht, um es zu verhindern, aber die Gefühle wären einfach stärker gewesen als er.«

»Ach, Süße!«, ich ziehe sie wieder an mich und tätschele ihr den Rücken. »Das ist ja wirklich furchtbar, du Arme.«

»Ja, Frau Kerstens.« Roland Behrmann steht neben uns und legt eine Hand auf Barbaras Schulter. »Das ist in der Tat eine regelrechte Katastrophe.« Allerdings: Die Art und Weise, wie er Babsi dabei betrachtet, sieht irgendwie nicht danach aus, als würde er das für eine Katastrophe halten. Nein, sein schelmisches Grinsen lässt eher das genaue Gegenteil vermuten.

Ich drehe den Kopf ein Stückchen nach rechts, um Hardy Petersen und Martina Winkel ins Visier zu nehmen – auch auf deren Gesichtern zeichnet sich deutliche Freude ab. Könnte es sein, dass meine Karriere als Model endet, ehe sie überhaupt angefangen hat?

Immerhin, denke ich, als ich kurze Zeit später allein im Büro sitze, nachdem Barbara meinen Job übernommen hat, einen Vorteil hat die ganze Sache: Ich muss mich nicht mehr von diesem schrecklichen Fotografen anbrüllen lassen. Schade nur um die Kohle. Doch genau genommen gibt es ja auch noch einen zweiten Vorteil – ich kann jetzt ohne weiteres Basti anrufen. Schließlich hat er gesagt, ich soll mich melden und erzählen, wie es gelaufen ist. Und wenn das hier nicht etwas ist, was man erzählen kann, weiß ich es auch nicht.

Wirklich unglaublich, nie im Leben hätte ich gedacht, dass Jens und Barbara sich mal trennen würden! Noch dazu, wo sie doch erst seit kurzem verheiratet sind. Tja, man steckt eben nicht drin. Was nach außen so glücklich wirkt, kann in Wahrheit ganz anders aussehen.

Schon habe ich den Telefonhörer in der Hand und wähle Bastis Nummer – da lege ich wieder auf. Okay, er hat zwar gesagt, dass ich mich melden soll. Nur ist es vermutlich schlauer, ihn lieber noch ein paar Tage warten zu lassen. Wenn ich ihm sofort wieder auf die Pelle rücke, trampele ich unter Umständen dieses kleine, zarte Pflänzchen, das da sprießt, kaputt. Nein, nein, immer schön dran denken: Distanz erzeugt Nähe, vergiss die unumstößlichen Naturgesetze der Liebe nicht!

Stattdessen rufe ich Philip an, um ihm von der Sache mit

Barbara und Jens zu berichten, er kennt die beiden immerhin auch sehr gut und war sogar bei ihrer Hochzeit dabei. Da haben er und Basti sich auch kurz kennengelernt. Damals eine etwas unangenehme Situation, und es tat mir im Nachhinein ziemlich leid, dass ich Sebastian so lange bequatscht hatte, bis er bereit war mitzukommen. Nicht nur, dass er bei der gesamten Veranstaltung wie ein Fehler im Suchbild herumstand. An den Moment, als ich ihm Philip vorstellte, muss ich mich auch heute noch mit Schaudern zurückerinnern – der verletzte Gesichtsausdruck meines Mannes sprach Bände, und ich fragte mich, ob irgendwo auf Gottes Erdboden eigentlich irgendeine noch unsensiblere blöde Kuh herumwandeln könnte als ich. Diese Situation belegt in meiner ganz persönlichen Top-Ten der unmöglichsten Dinge, die ich je getan habe, ganz eindeutig und für alle Zeiten Platz 1.

Ich schnappe mir erneut das Telefon und wähle Philips Nummer im Büro. Nach dem fünften Klingeln lege ich auf, er scheint nicht im Verlag zu sein. Als Nächstes versuche ich es auf seinem Handy, er nimmt sofort ab.

»Moin Pia!«

»Hallo«, begrüße ich ihn. »Na? Wo steckst du?«

»Bin gerade auf dem Weg nach Hause.« Es rauscht im Hintergrund, Philip hat die Freisprechanlage eingeschaltet. »Ich will in Ruhe ein Manuskript redigieren, im Büro komme ich zu so was ja nicht.«

»Verstehe, du begibst dich also in Klausur.«

»Genau so sieht's aus.« Vor meinem inneren Auge entsteht ein Bild, das ich früher sehr oft gesehen habe: Philip zu Hause im Arbeitszimmer, wie er konzentriert über einem Manuskript brütet. Oder Philip am Wochenende auf der Couch, umgeben von meterhohen Papierstapeln und mit einer großen Tasse Kaffee vor sich auf dem Tisch. Stundenlang hat er da so gesessen und mir manchmal, wenn ihm eine Stelle besonders gut gefiel, etwas vorgelesen. Oder wenn ein Autor ganz besonders danebengehauen hat, dann las er es mir ebenfalls vor, worüber ich mich immer totlachen musste. Ja, gemütlich war das, vor allem im Winter, wenn ich mich dann neben ihn gekuschelt habe. »Was gibt's denn?«, unterbricht er mich jetzt in meinen Gedanken. »Bist du mit dem Shooting schon fertig?«

»Etwas wirklich Unglaubliches ist passiert«, beginne ich mit meinem Bericht. »Jens hat Barbara verlassen, er hat sich in eine andere Frau verliebt.«

»Was?« Philip klingt regelrecht schockiert. »Das kann doch gar nicht sein!« Ich nicke zustimmend, obwohl er das ja gar nicht sehen kann.

»Ist aber so. Sie kam eben mitten ins Shooting geplatzt, hat geweint und uns allen davon erzählt.«

»Aber warum denn?«, fragt Philip nach. »Und wieso? Wie kann denn das …«

»Genaueres weiß ich auch nicht, wir hatten noch keine Zeit, länger darüber zu reden.«

»Wo ist sie denn jetzt? Wie geht's ihr?« Ich seufze.

»Im Moment ist sie unten im Studio. Hat meinen Job als Liebeskummer-Opfer übernommen und macht an meiner Stelle die Fotos.«

»Oh. Warum das denn?«

»Schätze, sie hat dem Kunden schlicht und ergreifend von Anfang an besser gefallen als ich. Und nachdem sie nun unverhofft auch die Authentizitäts-Voraussetzung erfüllt, tja, da bin ich als Testimonial eben raus.«

»Das tut mir leid für dich.«

»Muss es nicht. Bin eigentlich ganz froh, der Fotograf hat mich die ganze Zeit nur angeschrien, ich hab für so was wohl doch kein Talent.« Es knackt in der Leitung. »Philip?«, rufe ich. »Bist du noch da?«

»Die Verbindung ist ganz schlecht«, kommt seine Stimme robotermäßig aus der Leitung. »Ich bin in fünf Minuten zu Hause, dann rufe ich dich vom Festnetz aus an.«

»Okay.«

Eigentlich gehört Philip nicht zu den Menschen, die eine Art kreatives Zeitempfinden haben. Aber nach einer Stunde frage ich mich dann doch, was er unter »fünf Minuten« versteht. Ich rufe ihn zu Hause an. Es ist besetzt. Immerhin, er lebt und telefoniert nur. Ich warte weitere zwanzig Minuten, dann versuche ich es noch einmal. Die Leitung ist frei, und es klingelt.

»Hallo?«

»Ich bin's. Du wolltest mich doch noch mal anrufen.«

»Äh, ja, das wollte ich«, stottert Philip und wirkt dabei, als sei er komplett von der Rolle.

»Ist was passiert?«, will ich wissen. »Du klingst so komisch.«

»Nein, nein«, versichert er eilig. »Es ist nur … die Sache mit Barbara und Jens hat mich ganz schön umgehauen. Und jetzt kommt auch noch Riesenärger mit einem Autor dazu.«

»Was ist denn los?«

»Ach, äh, nur das übliche Rumgezicke, nicht weiter spannend. Aber ich muss mich darum jetzt kümmern, wahrscheinlich muss ich nachher sogar nach Köln fahren, um ihn zu beruhigen.«

»Klingt ja dramatisch«, meine ich.

»Ist es eigentlich auch, aber ich werd das schon wieder hinbiegen.«

»Bestimmt«, bestärke ich ihn, »mit deiner ruhigen und sachlichen Art wirst du die Wogen sicher wieder glätten können.«

»Hm, ja, ich hoffe es.« Ich höre ihn im Hintergrund rascheln. »Jedenfalls, äh, muss ich mich jetzt noch um ein paar Sachen kümmern, wir müssen unseren Plausch vertagen. Und, ja, mit Laufen wird es dann heute Abend wohl auch nichts werden.«

»Mach dir keine Gedanken, dann trabe ich halt allein los.«

»Gut. Äh, ja, bis dann.« Klick. Er hat aufgelegt. Huch! So neben der Spur habe ich ihn ja noch nie erlebt, selbst bei unserer Trennung war er gefasster. Muss wohl wirklich ein wichtiger Autor sein, wenn Philip so dermaßen die Fassung verliert. Hoffe bloß, er kriegt das alles wieder hin.

Nachdem momentan keine dringenden Sachen anliegen, die heute noch erledigt werden müssten, beschließe ich, wieder runter ins Studio zu gehen. Vielleicht kann ich Barbara ein bisschen Unterstützung leisten, ist für sie mit Sicherheit auch nicht leicht, in ihrem Zustand ein Shooting durchzuziehen, bei dem sie zwar traurig, aber auch sexy aussehen soll. Ich weiß, wovon ich rede.

Ist nicht alles eine Illusion?

Im Studio finde ich einen hochzufriedenen Fotografen, einen ebenso zufriedenen Chef und zwei noch viel zufriedenere Kunden vor. Zu viert haben sie sich um das Notebook von Mike versammelt und betrachten offenbar die ersten Motive von Barbara. Patrizia hockt mit dem Foto-Assistenten hinten in der Ecke und plaudert angeregt mit ihm. Nur das Model selbst kann ich nirgends entdecken.

»Wo ist denn Frau Kerstens?«, will ich wissen.

»Hinten in der Maske«, antwortet mein Chef, ohne seinen Blick vom Monitor abzuwenden. »Ihr Telefon hat geklingelt, und wir machen eine kurze Pause.«

»Scheint ja gut zu laufen«, stelle ich – nicht ganz ohne einen Anflug von Neid – fest. Ich ernte lediglich schweigendes Nicken. »Ich seh mal nach ihr.«

»Okay«, kommt es im Chor zurück.

Ich verlasse das Studio und marschiere Richtung Maske. Bevor ich die Tür öffne, lausche ich einen Moment. Telefoniert Barbara noch? Dann möchte ich sie natürlich nicht stören, zumal ich davon ausgehe, dass es Jens ist, der sie angerufen hat. Aber ich höre nichts, also klopfe ich an und trete – nachdem ich keine Antwort erhalte – ein.

Barbara hat mir den Rücken zugewandt, und ich will mich schon bemerkbar machen, als ich sie mit einem Mal zischen höre: »Das hab ich dir jetzt schon dreimal gesagt, natürlich gibt es keine Garantien. Aber einen Versuch ist es meiner Meinung nach wert.« Auf so leisen Sohlen wie möglich will ich mich wieder hinausschleichen, da blickt Barbara in den Spiegel und entdeckt mich. Ich will ihr mit einer Geste deuten, dass sie ruhig weiter telefonieren soll, aber sie winkt mich zu sich heran. »Du«, sagt sie in ihr Handy, »ich muss jetzt auch aufhören, Pia kommt gerade herein.« Kurzes Schweigen. »Ja, mach das. Wir telefonieren später noch einmal.« Sie legt auf.

»Du hättest Jens jetzt aber nicht für mich abwürgen müssen«, meine ich.

»Wieso Jens?«, fragt sie. »Das war gar nicht Jens.«

»Ach so, ich dachte …«

»Nein, das war nur eine Freundin von mir.« Sie lächelt mich an, und ich bin mehr als erstaunt, wie gut gelaunt sie aussieht. Vorhin noch ganz das jammernde Elend hat Patrizia mit ihren Zauberkünsten sämtliche Spuren ihres Weinkrampfes verschwinden lassen. War ich eben noch Lauren Bacall, bin ich im Vergleich zu der gestylten Barbara plötzlich wieder nur Cindy aus Marzahn. Die Welt ist wirklich nicht gerecht.

»Geht's denn einigermaßen?«, will ich wissen. »Die anderen scheinen sehr zufrieden zu sein.«

»Ja«, nun wird aus ihrem Lächeln ein breites Grinsen, »bin offenbar ein Naturtalent.«

»Und das in deiner Lage!«, stelle ich beeindruckt fest. Noch immer grinst sie – und prustet dann mit einem Mal laut los. »Was ist so lustig?«

»Na«, Barbara schnappt nach Luft und kann sich gar nicht wieder beruhigen, »du hast mir die Nummer von vorhin doch wohl nicht ernsthaft abgekauft, oder?«

»Welche Nummer meinst du denn?«

»Ich meine die Jens-hat-mich-für-eine-andere-verlassen-Nummer.« Sie setzt eine gespielt traurige Miene auf und lässt wie auf Befehl eine kleine Träne aus ihrem rechten Augenwinkel kullern. Ich bin wie vom Donner gerührt, das glaube ich jetzt nicht!

»Das war alles nur gespielt?« Barbara nickt begeistert.

»Nicht schlecht, oder? Ich sollte vielleicht ans Theater wechseln, wenn ich sogar dich überzeugen konnte. Bei Behrmann und den anderen hatte ich da keine Sorge, die kennen mich ja nicht so gut. Aber wenn selbst du es geglaubt hast, muss ich ja echt richtig gut gewesen sein!«

»Äh, also«, ich ringe mit den Worten, »du siehst mich sprachlos. Ich hab wirklich gedacht, dass du verzweifelt bist.« Ich gehe zu einem der Stühle, die vor dem Schminktisch stehen, lasse mich darauf nieder und stütze meinen Kopf in die Hände. Barbara setzt sich zu mir.

»Bist du sauer?«, fragt sie unsicher nach. Ich schweige, weil ich nicht so recht weiß, was ich dazu sagen soll. »Ich dachte, ich tu dir einen Gefallen. Wegen Basti, du weißt schon.«

»Hm.« Mehr bringe ich nicht raus, so perplex bin ich immer noch.

»Ich wollte dich noch anrufen, aber die Idee ist Jens und mir erst gestern ganz spät nachts gekommen«, meint Babara. »Wir haben mal wieder darüber gesprochen, dass du den Job eigentlich gar nicht machen willst und wir aber so dringend Geld brauchen. Tja, und dann hatte Jens irgendwann die Idee, dass ich ins Studio geschneit kommen und so tun soll, als hätte er mich verlassen. Ich fand den Vorschlag gut, weil es ja für uns alle eine Win-Win-Situation ist. Außerdem«, sie zupft mich am Ärmel, damit ich sie endlich ansehe, was ich auch tue, »werde ich das Honorar natürlich mit dir teilen, schließlich hast du die ganze Sache angeschoben. Aber vorhin im Studio konnte ich dir das vor den anderen natürlich nicht erklären.«

»Nein, natürlich nicht.« Und während ich das noch sage, merke ich, wie mein Zwerchfell zu hüpfen beginnt und meine Mundwinkel sich nach oben ziehen. »Du hast uns allen vorhin wirklich nur vorgemacht, dass Jens abgehauen ist?«

»Ja, das sagte ich doch.«

»Du«, nun kann ich ein Kichern nicht mehr länger unterdrücken, »bist wirklich die unmöglichste Nudel, die ich je kennengelernt habe.«

»Unmöglich«, stimmt sie mir zu, »und unmöglich pleite noch dazu.«

»Dann wollen wir nur hoffen, dass das alles nicht schon sehr bald auffliegt.«

»Quatsch.« Barbara macht eine wegwerfende Handbewegung. »Werde vom Chef schließlich nicht beschattet. Und so hohe Wellen wird die Kampagne schon nicht schlagen, die ist schneller vergessen, als wir alle denken. Bin ja kein TV-Star oder so was, bei dem die Reporter im Privatleben rumwühlen, sondern nur irgendein doofes Werbegesicht.«

13. Kapitel

... no such number ...

So groß Barbaras Talent als Model und Schauspielerin auch sein mag – in Sachen »Prophezeiungen« ist sie ähnlich begabt wie Philip. Die Kampagne *schlägt* hohe Wellen. Und was für welche! Bereits am nächsten Tag, nachdem die Agentur eine kleine Pressemitteilung rausgeschickt hat, dass »Müllermanns Baumärkte« ab kommender Woche eine innovative Medienkampagne starten, stehen die Telefone bei »Behrmann Communications« nicht mehr still.

Barbara und ich haben gestern noch bis spät in die Nacht in der Firma gehockt. Meine Kollegin hat die drei ausgewählten Motive aufbereitet, ich selbst habe eine flotte Presseinfo verfasst. Die Mühe und die Tatsache, dass mein Lauftraining dafür mal wieder ausfallen musste, haben sich gelohnt: Zig Zeitungen und Zeitschriften wollen die Anzeigen in druckfähiger Qualität gesendet haben, ein paar Radiosender wollen Interviews mit Barbara, sogar das Fernsehen hat sich gemeldet!

»Eine Sensation!«, ruft Behrmann aus, als er zum sicher zehnten Mal seit der Mittagspause den Kopf in unser Büro steckt, um uns mitzuteilen, wer nun schon wieder bei ihm angerufen und wem er Barbaras Durchwahl gegeben hat. »Das wird ein echter Coup, die machen alle einen redaktionellen Beitrag über unsere Kampagne!« Dann setzt er kurz einen pseudo-mitleidigen Blick auf und will von Barbara wissen: »Wie geht's Ihnen denn, Frau Kerstens?«

»Ganz okay, danke.«

»Mein Angebot von gestern steht noch: Wenn Ihnen abends mal die Decke auf den Kopf fällt, bin ich jederzeit ...«

»Nett von Ihnen«, bügelt Barbara ihn ab. »Aber es geht schon, und ich bin momentan lieber allein.«

»Na gut.« Der Chef verzieht sich wieder, stellt vorher aber noch einmal fest: »Auf alle Fälle können Sie sehr zufrieden mit sich sein.«

»Vielen Dank!«, brüllt Barbara ihm wenig begeistert hinterher, dicht gefolgt von einem leise gezischten »Idiot!« In den vergangenen zwei Stunden hat sie am Telefon bereits mehreren Reportern Rede und Antwort gestanden. Wieder und wieder musste sie erklären, wie ihr Liebeskummer sie zu dieser Idee inspiriert hat. Mein Part belief sich lediglich darauf, ihr amüsiert zu lauschen und mir eins ins Fäustchen zu lachen. Tja, Babsi, die Geister, die man ruft ... Aber trotzdem bin ich auch ein bisschen stolz, denn immerhin lässt meine Kollegin es sich nicht nehmen, jedes Mal darauf hinzuweisen, dass sie die Kampagne zusammen mit mir, Pia Weiland, entwickelt hat. Doppelplus für mich: Ich kriege den Ruhm und die Hälfte des Honorars ab, muss aber nicht meinen Kopf dafür hinhalten. Schon wieder klingelt Barbaras Telefon.

»Ich geh da nicht ran«, erklärt meine Kollegin und verschränkt bockig die Arme vor der Brust. »Hab keine Lust mehr, mein Mund ist ja schon ganz fusselig vom Quatschen.«

»Komm schon, du musst die Neugier der Medien befriedigen, das wird von einem Star verlangt.« Sie stöhnt auf.

»Hätte ich geahnt, dass das so einen Wirbel auslöst, hätte ich es nicht gemacht!«, erklärt sie und lässt das Telefon einfach weiter klingeln. »Ganz ehrlich, davon wird Jens wirklich nicht begeistert sein, wie sollen wir das denn unseren Familien erklären? Ich kann mir kaum vorstellen, dass das keiner von denen mitkriegt.«

»Auf Deutsch«, schlage ich vor, beuge mich weit über meinen Tisch und schiebe Barbaras Telefon auffordernd noch ein Stückchen weiter in ihre Richtung. Sie rührt sich nicht, sieht mich nur grimmig an und schüttelt den Kopf. »Wer A sagt, muss auch B sagen.«

»Wenn das so weitergeht, kommt noch das ganze Alphabet dazu! Himmel, was wird erst los sein, wenn's nächste Woche die ersten Anzeigen und Plakate gibt? An die TV-Spots will ich gar nicht denken!«

»Je eher die alle ein Gespräch mit dir bekommen, desto schneller ist der Rummel wieder vorbei«, gebe ich den Medienprofi.

»Pfff«, macht Barbara und beäugt ihr immer noch bimmelndes Telefon, als sei es ein ekliges Tier. »Du hast die Geschichte von mir doch jetzt schon tausendmal gehört – kannst du nicht einfach für mich das Gespräch annehmen? Bööötte!« Sie vollführt ihren gekonnt flehenden Augenaufschlag. Hm. Warum nicht? Macht ja vielleicht sogar Spaß, mal ein Interview zu geben.

»Okay«, willige ich ein und schnappe mir das Telefon meiner Kollegin. »Einen schönen guten Tag«, sage ich in den Hörer und unterdrücke ein Kichern, »Sie sprechen mit dem neuen Werbegesicht der Müllermanns Baumärkte, was kann ich für Sie tun?« Schweigen am anderen Ende der Leitung. »Hallo?«, frage ich nach. »Ist da jemand?«

»Äh«, höre ich eine männliche Stimme, »Pia, bist du's?«

»Ja«, antworte ich im Affekt und will mir im nächsten Moment auf die Zunge beißen. Das ist ja gar nicht mein Apparat, sondern Barbaras. Und nicht Pia ist das neue Gesicht der Müllermänner, sondern ebenfalls mein Gegenüber. »Wer ist denn da?«

»Hier spricht Lars.« Er klingt irritiert. »Hab ich jetzt aus Versehen deine Nummer gewählt?«

»Nein«, meine ich, »das ist der Apparat meiner Kollegin Barbara, die mit mir in einem Büro sitzt.«

»Äh«, stottert er, »jetzt verstehe ich gerade gar nichts mehr.«

»Ich auch nicht, wen wolltest du denn anrufen?« Barbara lauscht meinem Gespräch mit verwirrter Miene und formt mit lautlosen Lippen immer wieder ein »Wer ist denn dran?« Ich halte eine Hand über die Muschel und flüstere ihr ein »Erklär ich gleich« zu.

»Einen … einen Architekten«, erwidert Lars auf meine Frage, »mit dem ich gerade zusammenarbeite. Also … das ist ja wirklich komisch.« Er lacht. »So was ist mir ja noch nie passiert. Warte mal …« Ich höre Papier rascheln, als würde er in einem Buch blättern. »Moment«, sagt er dann, »hier ist es … ja … äh … Wrage, der Architekt, der steht direkt über deinem Namen, da muss ich irgendwie in der Zeile verrutscht sein und hab dann deine Nummer gewählt.«

»Aber das ist ja eben gar nicht mein Apparat«, wiederhole ich.

»Ja, das ist komisch«, gibt er zu, »ich hab das hier gewählt.« Er fängt an, mir meine Büronummer vorzulesen, allerdings mit der falschen Endziffer.

»Siehste«, kläre ich das Missverständnis danach auf, »du hast dich vertippt und nicht die Zweiundzwanzig, sondern offenbar die Einundzwanzig gewählt.«

»Das ist ja echt ein irrer Zufall! Und dann habe ich dich auch noch trotzdem an der Strippe!«

»Freut mich aber, dass du anrufst, auch, wenn du mich eigentlich gar nicht sprechen wolltest.«

»Na, na, na«, meint er gespielt entrüstet, »ich will *immer* mit dir sprechen.«

»Außer mitten in der Nacht«, erinnere ich ihn.

»Ja, sorry, da war ich wohl etwas ruppig. Aber wo ich dich gerade am Hörer habe: Wie ist das Shooting denn nun gelaufen? Dachte eigentlich, dass du mich gestern noch anrufst.«

»Hätte ich normalerweise auch, aber es ist dann so spät geworden, dass ich dich nicht schon wieder wecken wollte.«

»Dann erzähl doch jetzt mal.«

»Tja«, fange ich an, »das ist schnell erzählt. Ich hab's nämlich gar nicht gemacht.«

»Ist das Shooting ausgefallen?«

»Nicht direkt, das heißt, nur für mich. Wir hatten gerade angefangen, als Barbara – die Kollegin, deren Apparat du gerade aus Versehen angerufen hast –, ins Studio kam und …« Plötzlich fängt Babsi an, hektisch den Kopf zu schütteln, und fährt sich mit einer Hand über den Mund, als würde sie einen Reißverschluss zumachen. »Moment«, sage ich zu Lars. Dann zu meiner Kollegin: »Keine Sorge, das ist mein Mitkämpfer aus dem Ex-Kurs-Seminar, der ist absolut vertrauenswürdig.«

»Hältst du bitte trotzdem die Klappe?«, zischt sie mir zu. Ich verdrehe die Augen, immer dieses Misstrauen!

»Was war denn nun?«, meldet Lars sich wieder zu Wort.

»Ach, nichts«, wiegele ich ab, »keine große Sache. Im Wesentlichen ist es so, dass der Kunde sich im letzten Moment entschieden hat, meine Kollegin für die Kampagne zu nehmen.«

»Hm«, erwidert er, »ist für dich doch eigentlich ganz gut. Wegen Basti und so.«

»Na ja, als er Mittwochabend bei mir war, hatte ich ihm ja eh schon davon erzählt, das hätte also keine Rolle mehr gespielt. Letztlich ist es aber auch egal.«

»Hat er sich seitdem denn noch einmal bei dir gemeldet?«

»Nein. Aber ich hab ihn auch nicht angerufen.«

»Brav«, werde ich von Lars gelobt, »immer schön zappeln lassen und Ruhe bewahren. Bei Yvonne und mir funktioniert das gerade auch wunderbar.«

»Wir werden sehen«, meine ich.

»Hast du am Wochenende eigentlich schon was vor? Oder Lust auf das nächste Pflichtdate?«

»Gern«, willige ich ein. »Holst du mich Samstagabend ab?«

»Sicher. Acht Uhr? Und dann gehen wir was trinken?«

»Prima, ich freu mich.«

Nachdem ich aufgelegt und Barbara ihr Telefon zurückgegeben habe, stellt sie es zunächst wortlos auf die Station zurück – dann lehnt sie sich auf ihrem Stuhl nach hinten, verschränkt schon wieder die Arme und sieht mich ziemlich streng an.

»Pia Weiland«, beginnt sie, »du hast mir nicht erzählt, dass Basti bei dir war.«

»Das hab ich in der ganzen Hektik wohl vergessen.«

»Verstehe.« Sie nickt. »Bei mir vergisst du das also, aber einem Typen, den du in irgendeinem schwachsinnigen Liebes-Seminar kennengelernt hast, berichtest du alles brühwarm. Und wenn ich dich eben nicht aufgehalten hätte, hättest du ihm auch noch ganz andere Dinge erzählt!«

»Tut mir leid«, murmele ich etwas kleinlaut. »Es ist nur …«

»Was ist nur?«

»Na ja, wie soll ich dir das erklären?«

»Auf Deutsch«, gibt sie mir prompt meine kleine Frechheit von vorhin zurück.

»Also, die Sache ist die …«, ich suche nach den richtigen Worten. »Immer, wenn ich dir erzählt habe, dass ich Basti zurückhaben will, hast du gesagt, dass ich ihn vergessen soll.

Und meine Idee mit dem Seminar kam bei dir ja auch alles andere als gut an. Tja, da hab ich mir gedacht, dass ich dir gegenüber lieber den Mund halte, wenn ich von dir sowieso keine Unterstützung bekomme und du mir stattdessen sämtlichen Mut nimmst.«

»Was?« Barbara starrt mich regelrecht bestürzt an. »Deshalb erzählst du mir so was nicht mehr?« Ich zucke mit den Schultern.

»Schon, ja.«

»Aber Süße!«, ruft sie, springt von ihrem Stuhl auf und kommt auf meine Seite des Tischs. »Jetzt steh mal bitte auf.« Ich tue, was sie sagt, Barbara nimmt mich bei den Händen. »Erstens«, sagt sie, »bin ich deine Freundin. Und egal, wie sehr wir uns manchmal gegenseitig aufziehen, so wissen wir doch hoffentlich beide, dass das nie böse gemeint ist. Oder?« Sie blickt mir direkt in die Augen.

»Nein«, erwidere ich, »das heißt, ja, sicher weiß ich das.«

»Gut. Zweitens: Ich will nur dein Bestes, und wenn ich dir rate, Basti zu vergessen, tue ich das, weil ich es eben für das Beste halte. Nicht, um dich zu ärgern, dich zu entmutigen oder sonst was. Sondern einfach nur, weil ich mir wünsche, dass du glücklich wirst. Und weil ich eben nicht glaube, dass dir das mit Basti gelingen kann.«

»Aber ich glaube es eben schon«, murmele ich.

»Guck mal«, nun schlägt sie eine Art Kindergärtnerinnenton an, »ich versuche doch nur, dir zu erklären, dass man meiner Meinung nach in einer Beziehung ein Team sein muss. So wie Jens und ich es sind, wir halten immer zusammen, was auch passiert. Sogar bei dieser Geschichte hier«, sie verdreht die Augen, »die vielleicht Ausmaße annimmt, die sich keiner von uns hat vorstellen können. Aber egal, wie es weitergeht, wir sind ein Team. Genau das wünsche ich mir für dich auch.

So nett dein Basti auch sein mag – ich glaube eben nicht, dass er dafür geeignet ist. Oder was meinst du?«

»Weiß nicht.« Barbara drückt meine Hände.

»Trotzdem ist es gut, dass du mir gesagt hast, was dich verunsichert, das will ich nämlich nicht. Ab sofort werde ich mir meine Kommentare verkneifen und dich unterstützen.« Sie zwinkert mir zu. »Völlig egal, für wie unsinnig ich es halte.«

»Vielen Dank«, erwidere ich gerührt. Dann nehme ich meine Freundin ganz fest in den Arm, minutenlang bleiben wir einfach nur so stehen.

»Oh, sorry, wollte nicht stören.« Babsi und ich fahren auseinander. Wuschi-Uschi steht in der Tür. »Ich, äh, wollte nur …«

»Kein Problem«, erklärt Barbara. »Pia hat mich nur getröstet, du weißt ja …«

»Ja, klar, weiß ich«, fällt Ursula ihr ins Wort, »ist ja echt eine furchtbare Geschichte, so was glaubt man ja nicht! Meine Cousine hat mal was ganz ähnliches erlebt, allerdings noch vor ihrer Hochzeit, da ist ihr Freund einen Abend vor der Trauung mit seinen Kumpels was trinken gegangen, sie sind total abgestürzt und in einer Tabledance-Bar auf dem Kiez gelandet, könnt ihr euch das vorstellen? Da war dann so eine Stripperin, die hat den Verlobten meiner Cousine mit nach Hause genommen und, na ja, ihr wisst schon. Er hat es gleich am nächsten Tag gebeichtet, meine Cousine hat natürlich sofort Schluss gemacht, ist ja klar, ich meine, wenn man am Abend vor der Hochzeit betrogen wird, wie soll man da schon reagieren? Echt, ich dachte immer, so was gibt's doch nur in irgendwelchen Hollywoodfilmen, aber dass das dann tatsächlich im wahren Leben passiert, nicht zu fassen! Aber das Beste kommt noch: Nach ein paar Monaten stand die Stripperin dann bei dem Ex meiner Cousine auf der Matte und war schwanger. Klar, das war ja fast zu erwarten, wie kann ein Mann auch nur so dumm sein, und dann auch noch ohne Kondom? Wer weiß, vielleicht ist das Kind auch gar nicht von ihm gewesen, kann man bei solchen Frauen ja nicht wissen! Er hat sich dann mit fünftausend Euro freigekauft, und sie ist mit dem Geld abgezogen. Ach was, wenn ihr mich fragt, war sie bestimmt auch gar nicht schwanger, hatte wahrscheinlich nur ein Kissen unterm Pulli oder so, diese Ost-Luder kennt man ja. Wenn mir so etwas wie meiner Cousine passieren würde, also, ich wäre …«

»Uschi?«, gehe ich dazwischen.

»Äh, ja?«

»Halt einfach die Klappe, okay?«

Lost in Space?

Nachdem ich in den vergangenen Wochen so viel und lange gearbeitet habe, beschließe ich, heute schon um sechzehn Uhr Schluss zu machen. Ich verabschiede mich flüsternd von Barbara, die gerade Interview Nummer zweiundachtzig gibt, verlasse die Agentur und tuckere in meinem Auto nach Hause. Endlich Wochenende!

In zwei Stunden bin ich mit Philip zum Laufen verabredet, von dem ich seit unserem Telefonat gestern allerdings nichts mehr gehört habe. Weder im Verlag noch zu Hause oder auf seinem Handy hat er abgenommen. Aber bei ihm muss ich mir keine Gedanken machen, er wird mit Sicherheit um Punkt achtzehn Uhr bei mir aufkreuzen. Bis dahin kann ich dann noch schnell in den Supermarkt und einkaufen, denn ich habe mir überlegt, dass ich ihn heute nach unserem Sport bekochen werde. So richtig lecker, nix mit Chicken Wings.

Die mag er zwar auch ganz gern, aber so ein riesiger Fan davon wie ich ist er nun auch wieder nicht. Also besorge ich im Laden bei mir um die Ecke alles, was ich für Kalbsschnitzel in Weißweinsauce mit Rosmarinkartoffeln und Spinat brauche, schleppe die Einkäufe nach Hause, bereite schon einmal die Kartoffeln vor und schmeiße mich um kurz vor sechs in meinen Sportdress.

Um fünf nach sechs von Philip immer noch weit und breit keine Spur. Weitere fünf Minuten später rufe ich sämtliche seiner Apparate an, doch überall laufen nur die Anrufbeantworter. Komisch. Das passt nun überhaupt nicht zu ihm, es wird doch nichts passiert sein?

Eine halbe Stunde später bin ich sicher: Es IST etwas passiert, anders kann ich es mir nicht erklären. Nicht nur, dass Philip der zuverlässigste Mensch unter der Sonne ist, ich weiß ja auch, wie gern er sich mit mir trifft. Erst Mittwochabend hat er es mir noch einmal gesagt. Unruhig wandere ich durch meine Wohnung, das Telefon umklammert, in der Hoffnung, dass Philip jeden Moment zurückruft. Doch nichts geschieht. Was mache ich denn jetzt bloß? Ratlos setze ich mich aufs Sofa und denke nach. Barbara anrufen? Aber was soll das bringen? Die wird ja auch nichts wissen. Irgendjemanden im Verlag? Ich greife zum Hörer und versuche es in der Zentrale. Auch dort erklingt nur ein Band. Ich lege auf und knabbere nervös an meinen Fingernägeln herum. Philip, Philip, wo steckst du nur? Ist er gestern wirklich noch nach Köln gefahren? Oh, mein Gott, hatte er dabei etwa einen Unfall? Nein, das darf nicht sein, nicht mein Philip, nicht … Beruhige dich, sage ich mir selbst, *noch* bist du ja seine Ehefrau, da hätte die Polizei dich doch benachrichtigt. Oder? Oder nicht???

Ein letztes Mal rufe ich bei Philip im Verlag, zu Hause und

auf seinem Handy an. Mit pochendem Herzen höre ich es jedes Mal in der Leitung klingeln, so lange, bis der Anrufbeantworter anspringt. Ich spüre Hysterie und Tränen in mir aufsteigen, was bin ich auch nur für eine doofe Kuh? Es war ihm gestern doch anzuhören, dass er in einem aufgebrachten Zustand war, ich hätte … hätte …

Okay. Es nützt nichts. Ich schnappe mir mein Filofax, schlage das Adressbuch auf – und wähle die Nummer von Philips Eltern. Seit unserer Trennung habe ich nur noch ein einziges Mal mit seiner Mutter gesprochen. Und das war, als sie mich anrief, um mich zu fragen, wie ich es ihrem Sohn antun kann, sein Herz zu brechen. Kein schönes Gespräch, so viel steht fest.

»Weiland?« Immerhin, nicht seine Mutter, sondern sein Vater hebt ab.

»Äh, ja, hallo Friedrich«, stottere ich, »hier spricht Pia.«

»Pia?« Er klingt nicht unfreundlich. Aber auch nicht gerade herzlich. »Warum rufst du an?« Hm. Doch unfreundlich.

»Ja, tut mir leid, wenn ich dich störe«, spreche ich weiter und verhaspele mich fast dabei, »aber ich … Habt ihr seit gestern etwas von Philip gehört?«

»Wieso?« Nicht unfreundlich. Eher schon feindselig. Ich schlucke schwer.

»Wir waren eigentlich um sechs verabredet, aber er ist nicht gekommen, und ich erreiche ihn auch nirgends.« Schweigen. »Friedrich?« Ein Räuspern erklingt. Dann ruft er: »Philip! Pia ist für dich am Telefon.«

»Philip ist bei euch?« Doch ich erhalte keine Antwort mehr, offenbar hat mein Schwiegervater den Hörer einfach grußlos hingelegt. Eine Minute später nimmt Philip ihn wieder in die Hand.

»Mensch, Pia«, begrüßt er mich, »jetzt ist mir gerade erst

siedend heiß eingefallen, dass ich dich total vergessen habe! Tut mir leid!«

»Du lebst!«, rufe ich erleichtert aus. »Ich hatte mir schon riesige Sorgen gemacht und überall versucht, dich zu erreichen!«

»Ja, sorry, ich hatte echt unglaublichen Stress seit gestern, bin nicht mal dazu gekommen, deine Anrufe zu beantworten, und jetzt liegt mein Handy draußen im Auto.«

»Macht ja nichts«, beruhige ich ihn. »Hauptsache, es geht dir gut, ich hatte dich schon an irgendeiner Leitplanke kleben sehen!« Philip lacht auf.

»Keine Sorge, mit mir ist alles in Ordnung. Wenn man mal von dem Ärger mit dem Autor absieht.«

»Warst du denn in Köln?«

»Ja«, kommt es gedehnt zurück, »war ein zähes Treffen, kann ich dir sagen!«

»Das ist ja ein Mist, hoffentlich ist das Thema für dich jetzt erledigt.«

»Noch nicht so ganz, aber das wird schon.« Im Hintergrund höre ich Philips Mutter nach ihm rufen. »Du, wir essen jetzt hier zu Abend. Ich wollte Papa eigentlich nur kurz dabei helfen, im Wohnzimmer ein Regal anzudübeln, aber du kennst ja Mama, die hat natürlich gleich wieder aufgefahren, als sei der Schah von Persien zu Besuch.«

»Ja«, ich grinse in mich hinein, »ich erinnere mich noch dunkel an die Weilandschen Fressgelage.«

»Ich geh mir dann mal die Wampe vollhauen.«

»Sehen wir uns morgen?«, will ich noch schnell wissen.

»Hm, tja, normalerweise gern, aber momentan … Also, ehrlich gesagt schaff ich es in nächster Zeit wohl nicht, jeden Tag zum Laufen bei dir vorbeizukommen. Ist echt so viel zu tun im Verlag, da werde ich bis Weihnachten die ein oder andere Wochenend- und Spätschicht schieben müssen.«

»Ich kann zum Joggen auch zu dir kommen, das spart dir einiges an Zeit«, schlage ich vor. Er zögert.

»Mir wäre es lieber, wenn ich doch wieder morgens vor der Arbeit laufen würde. Irgendwie bin ich dann tagsüber wesentlich fitter, und gerade jetzt brauche ich all meine Kräfte.«

»Und wenn ich auch morgens …«, will ich anbieten, werde aber von Philip prustend unterbrochen.

»Nee, lass mal. Mir fällt's selbst schwer genug, um sieben durch die Kälte zu traben, da möchte ich nur ungern noch meine morgenmuffelige Frau dabeihaben. Nimm's mir nicht übel, okay?«

»Okay.«

»Wenn der ganze Stress vorbei ist, können wir ja mal sehen, ob wir doch wieder zusammen laufen.«

»Ist gut. Dann werd ich halt allein meinen Hintern hochkriegen müssen.«

»Das schaffst du schon«, erklärt Philip, »bist doch mittlerweile ganz gut im Training!« Wieder wird er von seiner Mutter gerufen. »Ich muss auflegen, die warten auf mich.«

»Tja, dann wünsche ich mal guten Appetit.«

»Danke. Und bis die Tage!«

Nachdem wir aufgelegt haben, bleibe ich eine Weile ratlos auf dem Sofa sitzen und starre das Telefon in meiner Hand an. Irgendwie kommt mir das alles komisch vor. Es passt so gar nicht zu Philip, dass er unser Treffen einfach vergisst. Egal, wie viel Arbeit er hatte, als wir noch zusammen waren – für mich hat er sich eigentlich immer Zeit genommen. Eine Tatsache, für die ich von einigen meiner Kolleginnen und Freundinnen sehr beneidet worden bin. Bis mir seine Fürsorge dann sogar irgendwann extrem auf den Zeiger ging und ich Philip manchmal anbrüllte, ich sei nicht die Sonne und er solle endlich aufhören, um mich zu kreisen. Und jetzt dieses Verhalten. Habe ich irgendwas gesagt oder getan, das ihn verärgert hat? Ich kann mich an nichts erinnern.

Unschlüssig betrachte ich meine Turnschuhe. Soll ich nun trotzdem loslaufen? Müsste ich ja eigentlich, so befiehlt es das Programm. Nur leider hat mir das Gespräch mit Philip gerade so dermaßen die Laune verhagelt, dass ich überhaupt keine Lust habe, allein durch die Dunkelheit zu joggen. Ich streife die Schuhe von den Füßen. Gestern war ich ja schon nicht konsequent, da kommt es auf heute auch nicht mehr an. Meine Gedanken wandern zu den riesigen Mengen Kalbsfleisch im Kühlschrank und zu dem guten Rotwein, den ich noch dazu gekauft habe. Prima, so ein Essen mit mir ganz allein, noch dazu in Mengen, die für drei reichen würden, da kommt doch mal so richtig Freude auf! Ich könnte das Zeug natürlich einfrieren. Dann bliebe aber immer noch die Frage, was ich mit diesem angebrochenen Freitagabend mache. Ihn in trauter Zweisamkeit mit RTL verbringen? Oder doch Basti anrufen? Ich verwerfe beides. Und Basti soll ruhig noch ein bisschen länger warten, ehe er etwas von mir hört. Und falls er nächste Woche über eine Müllermanns-Anzeige oder ein Plakat stolpert, meldet er sich ja vielleicht von sich aus, weil er fragen will, warum nicht ich als Model zu sehen bin. Das wäre mir natürlich am liebsten, wenn er wieder die Initiative ergreift. Lars? Den treffe ich ja morgen und nach dem Übergriff in seiner Wohnung lieber nicht mehr hinter verschlossenen Türen, ob es nun seine oder meine sind. Dann kommt mir eine Idee. Ich nehme das Telefon und wähle.

»Kerstens?«, meldet sich Barbara einen Moment später.

»Hi, Pia hier. Ich wollte nur mal spontan fragen, was du heute Abend machst.«

»Wir sind so gut wie aus der Tür, Jens und ich wollten

was essen gehen und das Ende unseres finanziellen Ruins feiern.«

»Dann kommt doch einfach bei mir vorbei«, schlage ich vor. »Hier gibt's Kalbsschnitzel in Weißweinsauce und einen edlen roten Tropfen.«

»Klingt gut«, meint Barbara, »außerdem sollten wir das tatsächlich zusammen feiern. Moment, ich frag Jens mal.« Ich höre, wie sie ihm meine Idee erzählt. »Findet er auch gut«, teilt sie mir mit. »Dann werden wir auch wenigstens nicht zusammen im Restaurant erwischt«, fügt sie noch kichernd hinzu.

»Genau«, gebe ich ihr Recht, »in Zukunft immer schön erst im Schutze der Dunkelheit das Haus verlassen und sich nur noch im privaten Rahmen aufhalten.«

»Dann sind wir in einer halben Stunde bei dir!«

Harmonie und Innigkeit

»Pia, ich muss sagen: Wenn es mit dem Texten irgendwann nicht mehr klappt, kannst du immer noch aufs Kochen umsatteln.« Jens streicht sich über seinen Bauch, nachdem er, Barbara und ich gefühlte zwei Tonnen Schnitzelchen, Spinat und Kartoffeln in uns hineingefuttert haben. Dann legt er einen Arm um Barbaras Schulter, was sie sofort noch zierlicher scheinen lässt, als sie ohnehin schon ist. Jens ist mit seinen fast zwei Metern und dem breiten Kreuz ein echter Hüne. Für ihn als Personenschützer überaus praktisch, mit dem legt sich so schnell keiner an. Jedenfalls niemand, der nicht geisteskrank ist.

Und so sitzen wir satt und zufrieden an dem kleinen Esstisch in meinem Wohnzimmer, aus dem iPod erklingen Vivaldis »Vier Jahreszeiten« – wenn schon tafeln, dann richtig – in unseren Gläsern schwappt Rotwein für immerhin zwölf Euro die Flasche. Sponsored by Müllermanns, vielen Dank auch!

»Doch, war echt super«, stimmt Barbara ihrem Mann zu und schmiegt sich an ihn, »wenn Liebe wirklich durch den Magen geht, solltest du Basti vielleicht mal bekochen. Dann kommt er sofort zurück, wenn er nicht irre ist.«

»Hätte ich auch gern hin und wieder gemacht«, erkläre ich, »aber außer unserer gemeinsamen Vorliebe für Chicken Wings und käseloser Pizza kamen wir da nicht wirklich auf einen Nenner.« Ich rekele mich und gähne verstohlen in meine Hand. »Außerdem waren gemütliche Abende zu Hause nicht so seins, meistens wollte er immer auf ein Konzert oder in die Kneipe.«

»Ich sag ja«, setzt Babsi an, unterbricht sich dann aber. »Schon gut, ich wollte nicht mehr dagegenreden, vergiss es also einfach.« Sie hebt ihr Glas und prostet mir zu. »Lass uns lieber noch einmal auf die Kampagne anstoßen. Und darauf, dass ich ab nächster Woche nicht mit einer Papiertüte überm Kopf durch die Gegend laufen muss.«

»Das wäre auch jammerschade um dein hübsches Gesicht, wenn niemand es mehr sehen kann«, meint Jens, bedenkt seine Frau mit einem liebevollen Blick und gibt ihr dann einen zärtlichen Kuss.

»Oh, vielen Dank, mein Schatz!« Sie streichelt ihm über die Wange, und für einen kurzen Moment zieht sich mein Magen schmerzhaft zusammen. Dieses Sinnbild der Harmonie und Innigkeit – einerseits total schön, andererseits in meinem derzeitigen Gemütszustand auch fast ein bisschen widerlich. Komm, Pia, sage ich mir, sei nicht egoistisch, sondern freu dich für die beiden! Und es ist ja wirklich so, dass ein Abend wie dieser nichts für Basti gewesen wäre, selbst, wenn er nicht Schluss gemacht hätte.

»Also, stoßen wir an!«, fordere ich die beiden betont fröhlich auf, um meine trüben Gedanken zu verscheuchen. Mit einem lauten »Klong« treffen unsere Gläser aufeinander.

»Was war denn nun mit Philip?«, fragt Barbara als Nächstes. »Du hast vorhin nur kurz erwähnt, dass ihr nicht mehr miteinander laufen geht.«

»Er hat wohl im Moment so viel zu tun, dass ihm dafür die Zeit fehlt«, erkläre ich. »Wobei ich das schon komisch finde.«

»Warum? Jeder von uns hat doch mal Stress«, wirft Barbara ein.

»Stimmt schon«, meine ich. »Aber Philip … ach, na ja, ist halt ungewohnt, dass er auf einmal weg ist.«

»Der kommt schon wieder«, meldet sich Jens zu Wort. »Wir Männer liiieben es, euch Frauen hinterherzurennen.« Wieder gibt er Barbara einen Kuss.

»Tja, eigentlich ist es vielleicht auch ganz gut, wenn er sich mal etwas von mir abnabelt.«

»Pia«, sagt Barbara in strengem Tonfall, »der Mann sagt dir, dass er zu viel Arbeit hat, und du sprichst gleich von Abnabeln. Und früher hast du dich doch oft beschwert, dass er zu sehr an dir klebt.« Sie schüttelt den Kopf. »Dir kann man's aber auch nicht recht machen.«

»Stimmt«, ich seufze. »Hab wohl echt Probleme mit Zurückweisungen.«

»Das *ist* keine Zurückweisung«, ruft meine Kollegin aus und verdreht die Augen. »Bezieh doch nicht immer alles gleich auf dich!« Sie zwinkert mir zu. »So wichtig bist du nämlich gar nicht.«

»Vielen Dank!«, erwidere ich gespielt beleidigt.

»Bei dem Thema fällt mir ein«, sagt Babsi dann, »dass ich dich noch fragen wollte, ob du was dagegen hast, wenn ich Philip zu meiner Geburtstagsfeier in zwei Wochen einlade.«

»Was sollte ich denn dagegen haben?«

»Weiß ja nicht«, sie zuckt mit den Schultern. »Vielleicht würdest du gern jemanden mitbringen oder so, ich wollte halt vorsichtshalber fragen.«

»Nein«, meine ich, »das ist völlig okay, ihr seid ja schließlich auch miteinander befreundet.«

Eine Stunde lang bleiben wir noch am Esstisch sitzen und quatschen, dann erklärt Jens, dass er langsam müde ist und nach Hause will. Ich selbst muss auch schon kämpfen, damit mir nicht die Augen zufallen, also rufe ich für beide ein Taxi und begleite sie zur Tür.

»War wirklich total lecker«, betont Jens noch einmal, bevor er seiner Frau in den Mantel hilft und dann ihre Hand nimmt. »Können wir gern jederzeit wiederholen.«

»Von mir aus auch«, stimmt Barbara zu. Dann senkt sie die Stimme: »Wie gesagt, in nächster Zeit müssen Jens und ich ja eh inkognito bleiben.«

»Na komm, meine kleine Geheimagentin«, sagt Jens und legt einen Arm um ihre Schulter, »dann will ich dich mal sicher zurück ins Pentagon bringen.« Wir verabschieden uns, ich sehe Jens und Barbara nach, wie sie Arm in Arm die Treppe hinunterstapfen. Seufzend schließe ich die Tür hinter ihnen. Jetzt bleibt mir wohl nichts anderes übrig, als mal wieder allein ins Bett zu gehen. Aber immerhin: Morgen Abend habe ich schließlich ein Date mit Lars, das wird mich mit Sicherheit aufmuntern. Und was Philip betrifft, hat Barbara wohl Recht: Es hat nicht das Geringste mit mir zu tun.

14. Kapitel

Zu dir oder zu mir?

»Wow! Du siehst ja echt sensationell aus!« Der Blick, mit dem Lars mich von oben bis unten mustert, als ich ihm am nächsten Abend um acht die Tür öffne, belohnt mich für die eineinhalb Stunden, in denen ich versucht habe, Patrizias Styling-Tipps umzusetzen. Das Ergebnis kann sich, wie ich selbst auch finde, durchaus sehen lassen: In schwarzer Jeans und schwarzer Bluse – heute ganz im Partnerlook mit Lars – komme ich einige Kilos schlanker daher. Dazu habe ich es mit mühsamen Verrenkungen irgendwie geschafft, meine Haare auf Heißwickler zu drehen, und bin der Lauren-Bacall-Gedächtnis-Frisur damit schon ziemlich nahe gekommen.

»Danke sehr«, erwidere ich kokett lächelnd, »du aber auch!« Und das ist nicht gelogen: Diesmal hat Lars sich wieder für die Sturmfrisur entschieden, seine Haare schimmern leicht, als wäre er gerade erst aus der Dusche gestiegen. Auch der angenehme Duft, der mir schon wieder in die Nase steigt, lässt darauf schließen, und unter seiner offenen Jacke trägt er diesmal einen so engen Pullover, dass seine Brustmuskulatur sich deutlich abzeichnet. »Ich hol nur schnell noch meine Tasche und meinen Mantel.«

»Von mir aus können wir auch bei dir bleiben«, schlägt Lars mit einem hintergründigen Grinsen vor. Mein Blick fällt noch einmal auf seinen durchtrainierten Oberkörper, und ich schüttele den Kopf.

»Nein, können wir nicht.«

»Wie überaus schade!«

»Das hat er gesagt? Glaub ich ja nicht!« Wie erhofft muntert das Date mit Lars mich tatsächlich auf. Seit einer Stunde sitzen wir im *Bolero* in der Rothenbaumchaussee, haben erst gut gegessen und sind mittlerweile zu den Cocktails übergegangen. Zuerst wollte ich zwar nicht, weil ich nach meiner Likörsause eigentlich die Nase von Hochprozentigem voll hatte, aber dann hat Lars mich doch zu einer Caipirinha überredet. Und ich muss zugeben: Schmeckt schon wieder, das Zeug.

»Doch, hat er echt!« Gerade habe ich von meinem katastrophalen Shooting und den gemeinen Kommentaren des Fotografen berichtet, was bei Lars bezaubernderweise Fassungslosigkeit hervorruft.

»Der hat ja echt nen Knall!«, stellt mein Pflichtdate verständnislos fest und wirft mir zum etwa zehnten Mal heute Abend einen bewundernden Blick zu. Balsam für meine Seele!

»Na, ist aber auch egal, ich war dann eigentlich ganz froh, dass sie Barbara den Job gegeben haben.«

»Ich hab heute früh in der Zeitung davon gelesen«, erzählt Lars. »Schon lustig, wie sich dein kleiner Fauxpas entwickelt hat, für Müllermanns Baumärkte ist das ja eine Riesen-PR.«

»Stimmt«, ich nicke, »mein Chef kriegt sich auch gar nicht mehr ein und hüpft quasi vor Begeisterung durch die Flure.«

»Kann ich mir vorstellen.« Er nimmt noch einen Schluck von seiner Caipirinha. »Und wie geht's deiner Kollegin Barbara gerade? Ist ja echt krass, dass ihr Mann sie von heute auf morgen verlassen hat.«

»Hm«, meine ich unbestimmt, weil ich eigentlich nicht über das Thema reden will. Zwar bin ich persönlich schon der Meinung, dass ich Lars ruhig die Wahrheit erzählen könnte. Aber als ich heute kurz mit Barbara telefoniert und ihr dabei erzählt habe, dass ich abends mit ihm verabredet bin, hat sie mir nochmal das Versprechen abgenommen, bloß nichts zu verraten. »Geht einigermaßen, sie hat ja jetzt eine Menge Ablenkung.«

»Vielleicht solltest du ihr mal von unserem Seminar erzählen«, schlägt Lars vor.

»Hab ich schon«, gestehe ich. »Ich weiß, wir sollten das nicht tun, aber sie ist halt meine beste Freundin.«

»Und was hat sie dazu gesagt?«

»Hielt sie alles für Unsinn. Das war aber, bevor ihr Mann abgehauen ist. Vielleicht sieht sie das ja nun anders.«

»Was für ein Typ ist das denn so?«, fragt Lars nach.

»Wer?«, will ich wissen.

»Na, der Mann deiner Kollegin!«, erklärt er. »Klingt für mich nach einem ziemlichen Arschloch.«

»Nein, er ist sogar sehr nett.«

»Nett?« Er lacht auf. »Nett ist für mich was anderes.« Dann beugt er sich über den Tisch zu mir herüber und zwinkert mir zu. »Ich bin nett, zum Beispiel.«

»Da hast du aber mal was anderes behauptet«, erinnere ich ihn. »Bei unserem ersten Date hast du mir erklärt, dass du auch ein Arschloch bist.«

»Stimmt, Mist!« Er schlägt gespielt entsetzt die Hände vors Gesicht. »Blöd, da hab ich mich ja schon verraten!«

»Siehste!«

»Dafür hast du gerade ›auch‹ gesagt«, meint Lars und zieht die Augenbrauen in die Höhe.

»Wie, auch? Was meinst du denn damit?«

»Na ja, wenn ich auch ein Arschloch bin, ist der Mann deiner Kollegin dann logischerweise ebenfalls eins.«

»Ha, ha, sehr schlau gekontert.« Ich kichere, an solchen kleinen Verbalscharmützeln hatte ich schon immer großen Spaß. Automatisch muss ich wieder an Basti denken, mit dem klappte das leider nicht ganz so gut, denn er hat einfach nie besonders viel geredet und sich immer nur auf das Nötigste beschränkt. Na ja, dafür waren mit ihm andere Dinge toll, wie zum Beispiel … zum Beispiel … der Sex, zum Beispiel. Ach ja, Sex, so was könnte man auch mal wieder haben. Verstohlen betrachte ich Lars' Oberkörper und muss seufzen.

»Plötzlich so nachdenklich?«, will er prompt wissen.

»Nein, nur ein kurzer gedanklicher Ausflug zu Basti, das ist alles.«

»Was von ihm gehört?«

»Nein. Aber ich halte auch eisern die Füße still.«

»Fällt's dir schwer?«

»Geht so«, meine ich und bin im selben Moment überrascht, dass das sogar der Wahrheit entspricht. Klar denke ich oft an ihn, aber wenn ich es damit vergleiche, wie ich noch vor wenigen Wochen hysterisch um mein Telefon gekreist bin, ist das wirklich gar nichts.

»Man wird mit der Zeit gelassener, findest du nicht auch?«, fragt Lars. Ich nicke.

»Irgendwie schon. Das Laufen, die Positiv-Liste, sich was gönnen – das alles trägt offenbar dazu bei, dass man sich nicht mehr rund um die Uhr mit dem Ex beschäftigt.«

»He!«, ruft Lars und zieht beleidigt einen Schmollmund.

»Was hast du denn?«

»Jetzt hast du doch glatt die Pflichtdates vergessen!«

»Oh, sorry«, entschuldige ich mich lächelnd, »die sind natürlich am allerwichtigsten!«

»Dann ist ja gut.«

»Wie läuft es eigentlich mit Yvonne?«, will ich wissen. Lars nimmt einen weiteren Schluck von seiner Caipirinha und betrachtet dann nachdenklich sein Glas.

»Ist vorbei«, teilt er mir in nebensächlichem Tonfall mit.

»Wie, vorbei? Ich denke, es entwickelte sich gerade in eine ganz gute Richtung?!«

»Ja, dachte ich auch.« Er blickt auf und fixiert mich mit seinen blauen Augen auf eine Art und Weise, dass mir schon wieder ganz anders wird. »Aber ich hab ihr gestern gesagt, dass ich keinen Kontakt mehr zu ihr will.«

»Warum das denn? Nimmt es dich zu sehr mit?« Er schüttelt den Kopf und versenkt sich wieder in sein Glas.

»Nein, das nicht.« Ehe ich noch weiter nachfragen kann, winkt er dem Kellner, der gerade an unserem Tisch vorübereilt und ordert zwei weitere Cocktails.

»Ich weiß nicht, ob ich noch einen trinken sollte, ich bin wirklich schon etwas angeschickert«, protestiere ich.

»Keine Chance«, stellt Lars in einem Tonfall fest, der keinen Widerspruch duldet, »wir machen uns jetzt einen bunten Abend! Und um dir zu erzählen, was mit Yvonne ist, brauche ich einen etwas höheren Pegel.«

Eine Stunde später ist die Sache mit dem Pegel zumindest von meiner Seite her geritzt. Nach dem dritten Cocktail habe ich schon leichte Ausfallerscheinungen und zwischendurch das Gefühl, dass die Bar ein wenig schwankt. Lars wirkt allerdings, als hätte er den gesamten Abend über nur an Mineralwasser genippt. Scheint ja gut im Training zu sein.

»Also was ist denn jetzt mit Yvonne?«, frage ich zum bestimmt fünften Mal nacheinander und gebe mir Mühe, noch halbwegs klar und deutlich zu sprechen.

»Mit Yvonne, ja«, Lars senkt vertraulich die Stimme. »Eigentlich dachte ich auch, dass ich mit ihr auf dem richtigen Weg bin, unser Kontakt zueinander war wieder ganz nett, und sie hat mich sogar gefragt, ob wir uns mal treffen wollen.«

»Aber? Das klingt doch gut, finde ich!« Lars setzt ein schiefes Grinsen auf, und ich frage mich, ob da eigentlich schon immer dieses bezaubernde Grübchen auf der rechten Wange war oder ob es mir gerade zum ersten Mal auffällt. Nur mit Not kann ich den Impuls unterdrücken, eine Hand nach seinem Gesicht auszustrecken und ihm über die Stelle zu streicheln. Ich muss mal dringend ein Wasser ordern, bevor ich komplett die Kontrolle über mich verliere.

»Hm.« Mehr sagt er nicht.

»Nun erzähl schon«, bohre ich weiter nach, »so schlimm kann's doch gar nicht sein.«

»Kann es doch.« Er steht plötzlich auf und setzt sich zu mir auf die Bank, so dicht, dass sich unsere Arme berühren. »Ich habe mit einem Mal gemerkt, dass meine Gefühle ganz woanders sind.«

»Woanders?«

»Ja.« Er nickt und kommt mir mit seinem Gesicht so nahe, dass ich seine Wärme spüren kann. Schnell rücke ich etwas von ihm ab, greife nach meinem Glas und trinke den Inhalt in einem Zug aus. Mitsamt dem zerstoßenen Eis.

»Aha«, meine ich kauend, »das ist … äh … interessant.«

»Pia.« Er nimmt mir das Glas weg, stellt es entschlossen auf den Tisch und ergreift dann meine Hand. Fühlt sich angenehm und weich an, zur gleichen Zeit aber auch irgendwie bestimmend und männlich. »Merkst du das denn nicht?«

»Was soll ich merken?«

»Meine Güte, Pia!« Er gibt einen unwilligen Laut von sich, dann lässt er meine Hand los und umfasst stattdessen mein

Gesicht. »Ich hab mich total in dich verknallt, das müsste dir doch langsam mal klar sein!«

»Häh?«, bringe ich einigermaßen begriffsstutzig hervor. »Wir sind doch nur Pflichtdates, denke ich.« Doch noch während ich das sage, fühle ich, dass es natürlich nicht die Wahrheit ist. Geknistert hat es von Anfang an, nur habe ich mir so große Mühe wie möglich gegeben, es zu ignorieren.

Ob's an den Cocktails liegt oder woran auch immer, aber als ich jetzt seine warmen Hände an meinem Gesicht spüre, fließe ich schon wieder dahin, wie es mir ja schon fast einmal in seiner Wohnung passiert wäre. Ich denke an Barbara und Jens und wie neidisch ich gestern war, als sie den ganzen Abend über miteinander geturtelt haben. Und dann ist mir auf einmal alles egal. Ich beuge den Kopf zu ihm vor – zwei Sekunden später sind wir in eine hemmungslose Knutscherei verwickelt.

»Oh«, nach fünf Minuten mache ich mich keuchend von Lars los und sortiere eilig meine Bluse, die schon halb offen steht. Aus den Augenwinkeln nehme ich wahr, dass uns der ein oder andere Gast bereits interessiert beobachtet. »Wir sollten aufhören, sonst fliegen wir hier noch wegen Erregung öffentlichen Ärgernisses raus.«

»Mir egal«, raunt Lars und will mich wieder an sich ziehen. Ich schiebe ihn energisch von mir weg. So klar, dass ich mitten im *Bolero* keinen Strip hinlegen will, bin ich trotz der Cocktails immer noch.

»Lars«, sage ich und werfe ihm einen, wie ich meine, bittenden Blick zu, »das ist mir hier unangenehm.«

»Dann lass uns zu dir oder zu mir fahren.« Ich nehme seine Hand und drücke sie.

»Lieber nicht«, stelle ich fest, »das geht mir zu schnell, ich bin total durcheinander und weiß gerade überhaupt nicht mehr, was ich denken soll.« Das ist nicht übertrieben, in meinem Kopf geht es drunter und drüber, meine Gedanken springen hektisch zwischen Lars und Basti hin und her, und sogar Philip taucht vor meinem inneren Auge auf.

»Hm.« Lars scheint einen Moment zu überlegen, was er sagen soll. Schließlich entzieht er mir seine Hand, steht auf, holt sein Portemonnaie aus der Hosentasche und wirft einen Fünfzigeuroschein auf den Tisch.

»Äh«, stottere ich, »was ist denn plötzlich los, ich wollte doch nicht …«

»Ach, weißt du«, schneidet er mir das Wort ab und bedenkt mich dabei mit einem abfälligen Blick, »ich hab einfach keinen Bock mehr auf so eine frigide Kuh wie dich. Die fünfzig müssten für meinen Anteil reichen.« Im ersten Moment bin ich so entsetzt, dass mir die Worte fehlen, und als ich wieder einigermaßen klar denken kann, hat Lars sich schon seine Jacke geschnappt und ist aus dem *Bolero* entschwunden.

Vollkommen schockgefrostet bleibe ich auf meiner Bank hocken. Was war das bitte gerade? Habe ich das nur geträumt, oder hat Lars mich tatsächlich »frigide Kuh« genannt? Ich kneife mir selbst in den Arm. Nein, ich bin hellwach und noch dazu schlagartig wieder nüchtern. Das gibt's ja wohl gar nicht, ich bin doch im falschen Film!

Beinahe muss ich lachen, so absurd ist das alles. Beschimpft mich und lässt mich hier sitzen, nur, weil ich nicht sofort mit ihm in die Kiste springen wollte. Wie nennt man das? Richtig, Arschloch nennt man das! Nun muss ich tatsächlich leicht hysterisch auflachen. Dabei hat Lars es mir ja wirklich sogar selbst gesagt. Das war dann wohl die Wahrheit. Mein nächster Gedanke gilt Basti: Der hatte mir damals ja auch gleich erklärt, dass er es nicht so mit Beziehungen hat. Mensch, Pia, heute wieder was Wichtiges gelernt: Hör einfach mal auf das, was Männer so von sich geben – ganz offensichtlich meinen sie das auch so!

»Haben Sie noch einen Wunsch?«, reißt mich der Kellner aus meinen Gedanken.

»Die Rechnung bitte«, sage ich. »Und … haben Sie eventuell auch Schusswaffen im Angebot?« Ich ernte ein verständnisloses Kopfschütteln, auf das ich lächelnd erwidere: »Ach, das macht nichts.«

… man kommt aus den Erkenntnissen gar nicht mehr raus

Barbara ist ebenfalls komplett geschockt, als ich ihr am Montag von den Ereignissen im *Bolero* berichte. Natürlich habe ich schon Sonntag mehrfach versucht, sie zu erreichen, weil ich mit jemandem darüber sprechen wollte, der eingeweiht ist. Aber leider war meine Kollegin bis heute früh mit Jens und dafür ohne Handy in ein kuscheliges Wellnesshotel entschwunden. Hat mich fast wahnsinnig gemacht, sie nicht an die Strippe zu bekommen, die Geschichte brannte mir dermaßen auf der Seele, dass ich sie unbedingt loswerden wollte. So saß ich gekränkt und verletzt zu Hause rum, wählte alle zehn Minuten Barbaras Nummer und spielte zwischenzeitlich mit dem Gedanken, einen albanischen Schlägertrupp zu buchen und bei Lars zu Hause vorbeizuschicken.

»Hast du seitdem denn noch einmal mit ihm gesprochen?«, will Barbara wissen.

»Bist du irre? Mit dem rede ich mein Leben lang kein Wort mehr, so bin ich wirklich noch nie beleidigt worden!«

»Ich verstehe nur immer noch nicht, warum.« Meine Kollegin betrachtet mich nachdenklich.

»Frag mich mal! Es ist mir ein komplettes Rätsel, wie aus Dr. Jekyll auf einmal so ein Mr. Hyde werden konnte. Die ganze Zeit war Lars total nett zu mir und dann so was!«

»Aber die ganze Geschichte ist doch insgesamt seltsam«, wirft Barbara ein. »Ihr lernt euch in diesem Seminar kennen, Lars erzählt dir von seiner Ex Yvonne. Dann will er sie plötzlich nicht mehr haben und lässt dich einfach sitzen, weil du nicht mit ihm ins Bett springst.«

»Tja.« Ich seufze. »Was soll ich sagen: Der Mann, das unbekannte Wesen.«

»Ich finde das jedenfalls ganz schön mies von dem Typen.« Ich nicke und merke, wie mir die Tränen in die Augen steigen. »He«, ruft Barbara, »jetzt nicht weinen, das ist der Kerl nicht wert!«

»Ich weiß«, bringe ich, trotzdem schluchzend, hervor. »Ist ja auch gar nicht so, dass ich unbedingt ihm nachheulen würde. Ich bin einfach nur so verletzt und durcheinander.« Sie reicht mir ein Taschentuch, in das ich geräuschvoll hineinschnäuze. »Weißt du, bald weiß ich gar nicht mehr, was los ist. Erst fahre ich meine Ehe gegen die Wand. Dann die Sache mit Basti. Und nun kommt auch noch dieser Idiot des Weges und gibt mir den Rest, das hätte der sich echt sparen können.«

»Süße!« Barbara lächelt mir aufmunternd zu. »Ich glaube, du musst einfach mal ein bisschen zur Ruhe kommen, dann sortiert sich das alles schon von allein. Wirst schon sehen, in ein paar Wochen sieht die Welt wieder ganz anders aus.«

»Kommt mir fast so vor, als hätte ich etwas Ähnliches von dir schon einmal gehört.« Tatsächlich gelingt es mir, ebenfalls ein schwaches Lächeln aufzusetzen. »Aber du hast schon Recht, im Wesentlichen ist nun alles den Bach runter, es kann also nur noch aufwärts gehen.«

»Das ist die richtige Einstellung!«

Bis zum Nachmittag gelingt es mir einigermaßen, mich auf die Arbeit zu konzentrieren. Barbara und ich basteln am letzten Feinschliff für die Storyboards zu den Müllermann TV-Spots herum, die nächste Woche gedreht werden sollen. Hin und wieder klingelt Barbaras Telefon und ein Journalist ist dran, der sie noch befragen will, aber der allergrößte Ansturm war wohl schon am Freitag. Auf dem Weg zur Arbeit habe ich heute früh schon zwei große Plakate mit Barbara gesehen, eins gegenüber vom Dammtor-Bahnhof, das zweite bei der Staatsoper. Sehen richtig gut aus, da sind uns echte Hingucker gelungen. Einmal musste ich sogar mehrfach hupen, weil ein Typ im Auto vor mir so versonnen die Werbung betrachtete, dass er eine komplette Grün-Phase verpennt hat.

Als hätte das Universum es gehört, klingelt in dem Moment, als ich an die Plakate denke, mein Telefon, und es ist – Basti!

»Hallo Pia«, meldet er sich und klingt dabei seltsam angespannt. Oder vielleicht auch verwundert, er wird wahrscheinlich auch schon die Werbung gesehen haben und wundert sich – wie ich ja schon vermutet hatte – jetzt darüber, dass nicht ich, sondern Barbara darauf zu sehen ist.

»Hi Basti«, antworte ich. »Na? Was gibt's?«

»Wir müssen uns sofort sehen! Kannst du aus dem Büro weg?«

»Äh«, bringe ich irritiert vor, »was ist denn los?«

»Das sag ich dir lieber persönlich, bin in zehn Minuten da, okay?«

»Okay«, antworte ich, »aber …« Klick. Er hat bereits aufgelegt.

»Was war das denn?«, will Barbara wissen.

»Keine Ahnung.« Ich zucke mit den Schultern. »Er klang total aufgebracht.«

»Meinst du wegen der Plakate?«

»Kann ich mir nicht vorstellen, warum sollte ihn das aufregen? Dafür gibt es doch überhaupt keinen Grund.«

»Vielleicht sind ja mittlerweile alle einfach nur verrückt geworden?«

»Sieht fast so aus«, stelle ich fest. »Aber ich werde es ja gleich erfahren, Basti kommt hierher.«

»Klingt spannend.«

»Hoffentlich gibt's nicht schon wieder eine Katastrophe, für meinen Geschmack reicht es mir mit Katastrophen erst mal.«

Basti klingelt noch einmal kurz durch, als er bei der Agentur angekommen ist, und ich mache mich eilig auf den Weg nach unten. Sein alter BMW steht mit laufendem Motor vor dem Eingang, Basti sitzt hinterm Steuer und trommelt mit den Fingern auf dem Lenkrad herum. Ich reiße die Tür auf und lasse mich auf den Beifahrersitz plumpsen.

»Hi Basti!«

»Hallo«, knurrt er, seine Gesichtszüge sind angespannt.

»Also, jetzt erzähl mal. Bist du aus irgendeinem Grund sauer auf mich?«

»Nein.« Trotzdem bleibt seine Miene weiterhin grimmig. »Auf dich bin ich nicht sauer.« Er langt mit einer Hand nach hinten auf den Rücksitz, greift nach einer Zeitschrift, die dort liegt, und wirft sie mir in den Schoß. »Aber auf deinen neuen Kollegen«, bellt er dann. Irritiert betrachte ich den Titel des Magazins. FMO – FOR MEN ONLY. Eine Männerzeitschrift? »Blätter mal zu Seite 28«, fordert Basti mich auf.

Ich tue, was er sagt – und schnappe vor lauter Schreck laut nach Luft. Auf einem großen Foto lächelt mir Lars entgegen, das heißt, er lächelt nicht, es ist mehr ein verschlagenes Grinsen, richtig fies sieht er aus. »Uwe unterwegs«, steht daneben als Überschrift. Mit einem Schlag wird mir abwechselnd heiß und kalt, meine Hände beginnen zu zittern. Kurz überfliege ich den Text:

In der Disko, im Fitnessstudio oder bei der Jahreshauptversammlung der Taubenzüchter – Frauen kann man überall kennenlernen. Unser Reporter Uwe ist Monat für Monat für euch unterwegs, um die eigenwilligsten Flirt-Locations zu checken. Wie hoch ist die Tussi-Quote, wie stehen die Baggerchancen, mit welchen Sprüchen kriegt man die Ladys am schnellsten ins Bett? Uwe weiß Bescheid! In dieser Ausgabe: Flirtcheck beim Zahnarzt.

Darunter kommt dann eine ziemlich frauenfeindliche, nein, frauenverachtende Reportage, in der minutiös erzählt wird, wie Uwe eine Melanie im Wartezimmer angequatscht und dann schließlich abgeschleppt hat. Am Ende des Textes gibt es einen Hinweis auf das nächste Heft: »Lesen Sie in der nächsten Ausgabe: Flirtcheck beim Ex-Zurückgewinnungs-Seminar. Sind verzweifelte Frauen die dankbarsten Opfer?«

Ermattet lasse ich das Heft sinken. Schon wieder will ich mich selbst kneifen, lasse es aber, weil mir klar ist, dass ich garantiert nicht träume. Nein, ich befinde mich leider in einem ganz realen Alptraum!

»Also«, meint Basti, legt den ersten Gang ein und fährt los, »du erzählst mir jetzt, wo dieser Typ wohnt, damit ich mit ihm den Boden aufwischen kann.«

»Aber der ist doch vielleicht gar nicht zu Hause.«

»Das denke ich schon«, gibt Basti zurück. »Ich hab bei diesem FMO-Laden angerufen, die haben mir gesagt, dass er freier Journalist ist und nicht in der Redaktion sitzt. Und sollte er nicht zu Hause sein, warten wir eben so lange, bis er kommt.« Er schlägt mit der Faust aufs Lenkrad. »Ich hab doch gleich gewusst, dass ich den Typen schon mal irgendwo gesehen habe, als ich euch in der Schanze getroffen hab! Dieses Drecksblatt haben die Jungs im Tonstudio immer rumliegen, wär mir das mal früher eingefallen!«

Während der Fahrt zu Lars lege ich Basti gegenüber meine Beichte ab. Und zwar komplett und ganz, ohne irgendetwas zurückzuhalten oder zu beschönigen. Dass ich dieses blöde Seminar nur wegen ihm besucht und dort Lars beziehungsweise Uwe kennengelernt habe, der mir erzählte, er sei Bauingenieur. Und dass ich Basti gegenüber nur behauptet habe, Lars-Uwe sei ein Kollege, weil ich Angst hatte, er könnte denken, dass ich schon wieder einen Neuen habe und, und, und … Ich rede wie ein Wasserfall, zwischendurch unterbricht Basti mich hin und wieder mit einem »Kleine, Kleine, was machst du denn für Sachen?«. Auch von den neuesten Entwicklungen bezüglich der Baumarkt-Kampagne erzähle ich ihm, als wir an einem der Plakate vorbeikommen, die Basti noch nicht gesehen hatte. Er hört interessiert zu, als ich darüber berichte, dass Barbara die Trennung von Jens nur vorgetäuscht hat und dass die ganze Angelegenheit jetzt plötzlich so hohe Wellen schlägt.

»Ich bin aber auch ein Schaf!«, rufe ich aus, weil mich in dem Moment, in dem ich Basti von alldem erzähle, die Erkenntnis wie ein Schlag trifft: »Darum hat Lars, äh, Uwe bei Barbara im Büro angerufen!«

»Er hat bei Barbara angerufen?«, fragt Basti nach.

»Ja. Als freier Journalist wird er für verschiedene Redaktionen arbeiten und wollte sie wahrscheinlich interviewen. Allerdings bin ich an ihr Telefon gegangen, und er war wohl zu überrascht, um einfach aufzulegen, als er meine Stimme gehört hat. Konnte ja nicht ahnen, dass wir im selben Büro sitzen.«

»Das wird ja alles immer verworrener.«

»In der Tat, das ist schon ein halber Krimi!« Ich schüttele fassungslos den Kopf. »O nein!«, schreie ich als Nächstes entsetzt auf.

»Was denn noch?«

»Deshalb hat er mich über Barbara und Jens am Samstagabend so ausgefragt! Er wollte wissen, ob die Trennungsgeschichte wirklich stimmt.« Ich stoße einen tiefen Seufzer aus. »Gott sei Dank hab ich meine blöde Klappe gehalten, sonst könnten wir das heute mit Sicherheit in irgendeiner Boulevardzeitung lesen.« Basti sieht zu mir herüber, lächelt mich an und drückt kurz meine Hand.

»Ich werde schon dafür sorgen, dass dieser Schmierfink garantiert so schnell nichts mehr in die Welt setzt. Und die Reportage über das Voll-auf-Ex-Kurs-Seminar kann er sich auch von der Backe wischen.« So, wie Basti bei diesen Worten schon wieder grimmig nach vorn starrt, habe ich keinen Zweifel daran, dass es für Lars-Uwe gleich sehr, sehr unangenehm wird.

»Danke«, flüstere ich. »Nur eins verstehe ich nicht ganz: Wieso regt dich das so auf, und warum tust du das für mich?« Basti wirft mir einen erstaunten Seitenblick zu. Und erklärt mir dann: »Du bist doch meine Kleine, und ich hab dich lieb. Und auch, wenn wir nicht mehr zusammen sind, kann ich es doch nicht zulassen, dass dich so ein Scheißkerl durch den Dreck zieht!«

»Danke«, sage ich noch einmal.

»Du wartest hier im Auto«, teilt Basti mir mit, als wir die Hansastraße erreicht haben.

»Soll ich nicht lieber …«

»Nein. Das ist eine Sache unter Männern.« Ich sehe Basti nach, als er auf das Haus zugeht. Und kann nicht umhin, ihn in diesem Moment noch viel toller zu finden, als ich es jemals getan habe. Und das nicht mal mit wehmütigen Gedanken, nein, irgendwie … bin ich gerade ganz stolz auf ihn und fühle mich wie das edle Burgfräulein, dessen Ehre von ihrem furchtlosen Ritter verteidigt wird. Auch, wenn ich spätestens jetzt alle Chancen bei Basti verspielt habe, weil er nun über dieses blöde Seminar Bescheid weiß, bin ich darüber komischerweise gar nicht zu Tode betrübt. Eigenartig, aber es ist so.

»Okay.« Eine Viertelstunde später lässt Basti sich wieder auf dem Fahrersitz nieder. Er sieht durchaus zufrieden aus.

»Und?«, will ich wissen.

»Lass es mich so formulieren: Die Reportage über dein Seminar wird aufgrund von«, ein breites Grinsen tritt auf sein Gesicht, »vorübergehendem Unwohlsein des Journalisten nicht erscheinen.«

»Du hast ihn doch nicht etwa verprügelt?«, frage ich entsetzt.

»Aber nein!« Basti lacht auf. »An so einem Wicht mach ich mir doch nicht die Hände schmutzig. Ich habe ihn mit Worten … überzeugt.« Er startet den Motor und fährt schweigend los, allerdings nicht, ohne immer mal wieder leise in sich hinein zu kichern.

»Das war wirklich unglaublich nett von dir«, stelle ich fest, als Basti mich wieder vor der Agentur absetzt. »Noch einmal danke dafür.«

»Keine Ursache, hat mir genau genommen richtig Spaß gemacht, dem Typen mal ordentlich Bescheid zu stoßen. Ich werd den Jungs im Studio auch sagen, dass ich dieses Schmuddelheft in Zukunft nicht mehr bei uns sehen will. Wir arbeiten immerhin auch oft mit Frauen zusammen, sollen die Jungs sich diesen blöden Kram doch zu Hause reinziehen, wenn sie's unbedingt brauchen.« Ich kann nicht anders, als mich spontan zu Basti rüberzubeugen und ihm einen dicken Schmatzer auf die Wange zu drücken. Eine Weile bleiben wir einfach schweigend nebeneinander im Auto sitzen, dann erklärt Basti, dass er langsam mal wieder los muss.

»Du?«, setze ich an.

»Ja?«

»Also, ich meine … dieses Ex-Kurs-Seminar, du weißt schon …«

»Was weiß ich?«

»Na ja«, ich zucke mit den Schultern.

»Rück schon raus mit der Sprache.«

»Wir kommen nicht wieder zusammen, oder?« Basti dreht sich zu mir um und sieht mich lange an. Dann legt er eine Hand unter mein Kinn und gibt mir einen leichten und zärtlichen Kuss.

»Nein, Kleine«, sagt er leise. »Und das hat nichts mit dem zu tun, was du mir gerade alles erzählt hast.« Er gibt mir mit dem Zeigefinger einen kleinen Stupser auf die Nase. »Aber das weißt du auch, oder?«

»Ja.« Ich nicke. »Bist du denn jetzt …« Schon wieder unterbreche ich mich.

»Kleine, das geht ja heute in Rekordgeschwindigkeit mit dir«, stellt Basti lachend fest. »Jetzt sag schon, was du noch auf dem Herzen hast!«

»Ich hab dich neulich Abend mal mit Blanche bei dir vor der Tür gesehen«, gestehe ich meine kleine Bespitzelungsaktion.

»Und?«

»Sie hat da so was gesagt, dass die Nacht doch so speziell gewesen sei und sie nicht versteht, dass du …«

»So, so, du hast mich also beschattet und belauscht?«

»Äh, ja«, gebe ich zu. »Bist du mit Blanche zusammen?«

»Himmel, nein!« Er hebt abwehrend die Hände. »Ich sagte doch: Ich bin nicht der Beziehungsmensch und habe bei uns damals einen Fehler gemacht, den wiederhole ich doch nicht sofort wieder. Was du da auf der Straße gehört hast – dabei ging es um eine mögliche Kooperation mit einer britischen Band, die von einer Firma produziert wird, für die Blanche arbeitet. Ich glaube, ich hab davon sogar mal erzählt. Jetzt waren sie noch einmal in Hamburg und haben vorgespielt, an diesem Abend, der so ›speziell‹ war. Und Blanche war einfach nur enttäuscht, dass meine Kollegen und ich zu der Ansicht gekommen sind, dass daraus nichts wird.«

»Oh. So war das.«

»Genau. So war das.«

»Jetzt komme ich mir schrecklich dumm vor«, murmele ich.

»Das musst du nicht, wie hättest du es denn auch sonst verstehen sollen?«

»Na ja«, ich seufze, »dann geh ich mal wieder ins Büro.«

»Mach das. Und bevor du den nächsten Unsinn anzettelst, ruf mich lieber an, damit ich dich abhalten kann.«

»Mach ich.« Ich will schon aussteigen, als mir noch etwas einfällt. »Basti?«

»Ja, Kleine?«

»Können wir denn Freunde werden?«

»Natürlich.« Er schmunzelt. »Das sind wir doch schon.«

Während ich im Fahrstuhl wieder nach oben ins Büro fahre, denke ich daran, dass ich soeben eine der unumstößlichen Clemens-Schüttler-Regeln gebrochen habe. Nie und nimmer dem Ex die Freundschaft anbieten. Genau das habe ich jetzt getan. Und es fühlt sich extrem gut an!

15. Kapitel

Die Ex voll auf Kurs

In den nächsten zwei Wochen versuche ich, Barbaras Ratschlag zu befolgen und mich von dem ganzen Durcheinander der letzten Zeit einigermaßen zu erholen. Wieder und wieder gehen mir die jüngsten Ereignisse durch den Kopf, und ich kann immer noch nicht glauben, was seit meinem kleinen Ausflug nach Berlin alles passiert ist. Die Sache mit dem Baumarktprospekt und ihre Folgen. Lars-Uwe, dieser blöde Idiot. Ich hatte ja schon fast befürchtet, er würde sich nach Bastis Besuch noch einmal bei mir melden und sich darüber beschweren –, aber mein Ex war wohl tatsächlich so überzeugend, dass diese miese kleine Ratte komplett auf Tauchstation gegangen ist.

Tja, Basti, mein neuer Kumpel. Ebenfalls eine interessante Entwicklung, die ich so nie im Leben erwartet hätte. Hin und wieder telefonieren wir miteinander, nur getroffen haben wir uns seit dem Tag, an dem er meine Ehre verteidigt hat, noch nicht. Ich habe ihm einfach ganz offen und ehrlich gesagt, dass ich dazu noch ein bisschen mehr Zeit brauche, um meine Gefühle vollkommen zu sortieren. Hat er verstanden. Und sogar zugegeben, dass er mit unserer Geschichte auch noch nicht ganz durch ist. Liebe ist schon was Komisches. Die Ex-Kurs-Regeln ziehe ich weiterhin ziemlich konsequent durch, zumindest, was das Laufen, das Sich-was-gönnen und das Positiv-Tagebuch betrifft. Allerdings nicht mehr für Basti oder irgendjemanden sonst, von solchen unsinnigen Strategien halte ich nichts mehr. Ich tue es ausschließlich für mich.

Barbara ist mittlerweile zu einem regelrechten Medienstar avanciert. Die Kampagne hat für so viel Wirbel gesorgt, dass sie sogar schon Gast in einer Talkshow war. Und nachdem sie und Jens keine Lust mehr auf das Versteckspiel hatten – einmal hat meine Kollegin tatsächlich einen Paparazzo entdeckt, der vor ihrer Wohnung rumlungerte – haben die zwei kurzerhand vor drei Tagen ihre sehr medienwirksame Versöhnung gefeiert. Ein erneutes Rauschen ging durch den Blätterwald, unser Chef, Hardy Petersen und Martina Winkel haben sich vor lauter Begeisterung gar nicht mehr eingekriegt.

Tja, denke ich, als ich am Freitagnachmittag den Computer herunterfahre. Nur mein Leben plätschert nun wieder langsam und unspektakulär vor sich hin. Nicht, dass ich in letzter Zeit nicht genug Aufregung gehabt hätte, denn irgendwie war das alles ja schon auch ein kleiner Adrenalin-Kick.

In der Agentur betreue ich gerade einen großen Autokunden, der gern ein ähnliches Konzept hätte wie die Müllermänner. Hab da schon so eine Idee: Wir zeigen einen Anzugträger mit Aktentasche, der von seinem Vorgesetzten angebrüllt und dann rausgeschmissen wird. Dazu dann der Spruch: »Entlassen worden? Investieren Sie Ihre Abfindung doch bei uns!« Als Nächstes sieht man den Mann zufrieden seine dicke neue Schleuder direkt neben dem Kleinwagen seines Chefs einparken. Beide steigen aus, der Anzugträger nickt seinem Exboss freundlich zu, dem daraufhin der Mund vor lauter Überraschung offen stehen bleibt. So in der Art halt, mal sehen, wie die Präsentation ankommt.

»Wann geht die Party denn morgen los?«, frage ich Barbara, die ebenfalls dabei ist, ihre Sachen zusammenzupacken.

»Gegen acht.«

»Du hast mir noch immer nicht gesagt, was du dir zum Geburtstag wünschst.«

»Nix. Hab alles, was ich brauche.«

»Nicht irgendeine Kleinigkeit?«

»Bring gute Laune mit.«

»Ich sagte *Kleinigkeit*!« Barbara lacht.

»Na, komm, morgen wirst du schon Spaß haben, wir haben extra einen DJ engagiert und wollen mal wieder so richtig abtanzen wie früher.«

»Hoffe, das artet dann zu vorgerückter Stunde nicht in eine Engtanzparty aus«, stelle ich brummig fest, »es kommen doch wahrscheinlich wieder nur Paare.« Ich verdrehe in gespielter Verzweiflung die Augen.

»Tja«, Barbara hängt sich ihre Tasche um, »so ist das halt in unserem Alter, da sind die meisten eben liiert.«

»Danke für die Info.« Ich strecke ihr die Zunge raus.

»Philip kommt ja schließlich auch«, teilt sie mir mit. »Ihr seid also schon einmal *zwei* Außenseiter.«

»Dann ist ja alles bestens.«

Philip. Meine Gedanken wandern wie so oft in letzter Zeit zu meinem Bald-Exmann, als ich im Auto sitze und in die Stadt fahre, um doch noch irgendwas Nettes für Barbara zu besorgen. Von sich aus meldet er sich so gut wie gar nicht mehr bei mir, und wenn ich ihn anrufe, ist er immer ziemlich kurz angebunden und im Stress. Langsam kann ich mir nicht mehr so recht vorstellen, dass es wirklich nur mit seiner Arbeit zu tun hat. Aber so sehr ich mir auch den Kopf zermartere, mir fällt einfach nichts ein, weshalb er böse auf mich sein könnte.

Ich muss zugeben, dass er mir schon ziemlich fehlt. Seit fünf Jahren war er – ob nun als Partner oder einfach nur als

Freund – ein fester Bestandteil meines Lebens, und seine nahezu komplette Abwesenheit geht mir schon ziemlich an die Nieren. Immerhin werde ich ihn morgen auf Barbaras Geburtstagsparty sehen, worauf ich mich schon sehr freue. Ich werde ihn einfach mal im Verlauf des Abends beiseitenehmen und ihn fragen, was er hat, und ob ich ihm irgendetwas getan habe. Vielleicht ist es ja nur eine Kleinigkeit oder ein blödes Missverständnis, das sich schnell aus der Welt räumen lässt.

Bei dem Gedanken an die Feier kommt mir die Idee, dass Philip doch bestimmt auch noch nichts für Barbara hat und sich vielleicht freut, wenn ich ihm das abnehme. Ich hangele nach meiner Tasche, krame mein Handy heraus und wähle seine Mobilnummer.

»Hi Pia, was gibt's?«, begrüßt er mich. »Hättest mich auch im Verlag anrufen können, ich bin noch immer im Büro.«

»Freitagnachmittag um fünf, was für ein Skandal!«, mache ich einen Witz.

»Lach du nur, bei fünf wird es heute nämlich nicht bleiben, tippe eher auf neun oder zehn Uhr.«

»Die Lage ist also immer noch nicht besser?«

»Nein.« Er stöhnt. »Ich fürchte fast, das wird sich bis ins nächste Jahr ziehen. Aber ist auch egal«, wechselt er dann das Thema, »was wolltest du denn von mir?«

»Ich bin gerade auf dem Weg in die Stadt, um für Barbaras Geburtstag morgen ein Geschenk zu kaufen. Vielleicht ein Parfüm oder eine Handtasche oder so, mal sehen. Da du momentan ja so viel zu tun hast, wollte ich dich einfach nur fragen, ob ich auch was für dich kaufen soll oder ob wir Barbara zusammen was schenken.«

»Das ist echt nett von dir, mach das doch bitte, ja.« Erfreut nehme ich Philips Reaktion zur Kenntnis.

»Wenn du magst, können wir uns auch vorher bei dir treffen und dann zusammen hinfahren«, schlage ich vor. »Ich würde dann auch eine Karte kaufen, die wir vorher unterschreiben können.«

»Hm, tja«, kommt es mit einem Mal wieder recht zögerlich vom anderen Ende der Leitung, »ehrlich gesagt weiß ich noch gar nicht, ob ich es zu der Party schaffe.«

»Du kommst nicht?«, entfährt es mir entsetzter, als ich will.

»Am Geschenk beteilige ich mich natürlich trotzdem«, versichert Philip eilig. »Nur kann ich leider echt noch nicht absehen, ob ich das hinkriege. Hier brennt wirklich der Baum.«

»Die Partys von Barbara und Jens sind doch immer total lustig, sie haben diesmal sogar einen DJ engagiert«, höre ich mich die Worte meiner Kollegin wiederholen.

»Darum geht's ja auch gar nicht, es ist nur so, dass sich auf meinem Schreibtisch die Arbeit stapelt.«

»Umso wichtiger, dass man einen Abend lang mal abschaltet«, insistiere ich. »Danach geht einem dann gleich alles viel flotter von der Hand.«

»Pia«, er seufzt, »ich werd mal schauen, okay? Falls es nicht klappt, grüß bitte beide von mir, ich muss hier jetzt dringend weitermachen.« Kurz überlege ich, ob ich weiter auf ihn einreden soll. Ich lasse es aber bleiben, das hat wohl keinen Sinn.

»Na denn, vielleicht bis morgen!«, verabschiede ich mich.

»Ja, vielleicht.«

Hm. Möglicherweise habe ich *doch* was verbrochen?

Die Party ist bereits in vollem Gang, als ich Samstagabend um Viertel nach neun bei Barbara und Jens ankomme. Ein bisschen später als geplant, denn mein Beauty-Programm mit Patrizias Styling-Tipps hat diesmal ganze zweieinhalb Stunden gedauert.

»Hallo Süße!«, werde ich von meiner Kollegin an der Tür

begrüßt, und sie gibt mir zwei Küsschen. Aus der Wohnung hinter ihr wummern dumpfe Bässe, vermischt mit lautem Geplapper und Lachen. »Hui, hast du dich schick gemacht!«

»Gefällt's dir?« Mit meinem Mantel über dem Arm drehe ich mich einmal um mich selbst. Das enge dunkelrote Kleid habe ich gestern in der Stadt entdeckt und dazu noch ein paar passende Peeptoes in der gleichen Farbe erstanden. Mir war auf einmal so danach.

»Sieht toll aus!«, kommentiert sie anerkennend. »Bei einer Pärchenfete allerdings fast ein bisschen Perlen vor die Säue«, fügt sie dann augenzwinkernd hinzu.

»Na«, ich lache auf, »dann muss ich mich halt wirklich auf Philip, den letzten Mohikaner, konzentrieren.«

»Der kommt nicht. Hat vorhin angerufen, dass er es leider nicht schafft.« Ihre Worte treffen mich wie ein Faustschlag. Obwohl er ja schon meinte, dass es knapp werden könnte, habe ich damit nicht gerechnet. Im Gegenteil, ehrlich gesagt bin ich auch deshalb etwas später gekommen, weil ich wollte, dass er auf mich warten muss und nicht umgekehrt.

»Oh«, mehr fällt mir dazu nicht ein.

»Jetzt komm erst mal rein«, meint Barbara, tritt einen Schritt zurück und macht eine einladende Geste. Ich gehe hinein, bereits im Flur tummeln sich gut und gern zwanzig Leute. Meinen Mantel lege ich zu den anderen aufs Bett im Schlafzimmer, dann marschiere ich mit meinem Geschenk (Barbaras Lieblingsparfüm) zurück zu meiner Kollegin.

»Also, herzlichen Glückwunsch zum Geburtstag!«, sage ich, umarme sie und drücke sie an mich. »Das ist für dich«, erkläre ich danach und gebe ihr das Päckchen. »Von Philip und mir.«

»Dankeschön!« Sie legt das Geschenk zu den anderen, die sich bereits auf der Kommode im Flur türmen. »Dann würde ich sagen: Hol dir was zu trinken, stürz dich ins Getümmel und hab Spaß!«

Ich habe Spaß. Und was für welchen! Könnte glatt ausflippen vor lauter Freude, eine echte Sensation ist diese Party! Seit zwei Stunden flaniere ich zwischen Wohnzimmer, Küche und Flur hin und her, in der Hoffnung, irgendwo einen einzigen Menschen zu entdecken, der wie ich allein auf der Feier ist. Fehlanzeige, überall nur händchenhaltende Paare, nicht auszuhalten ist das! Fast wünschte ich mir, Barbara hätte auch Roland Behrmann eingeladen. Der ist zwar ebenfalls nur schwer zu ertragen, aber seine blöden Sprüche sind allemal besser als dieses permanente »Silvester feiern *wir* in den Bergen«, »Im Frühjahr wollen *wir* eine neue Küche kaufen« und »Nächsten Sommer wollen *wir* mal mit der Familienplanung beginnen«. Ich könnte kotzen. Oder mich betrinken. Aber das will ich Barbara an ihrem Geburtstag nun auch nicht antun, am Ende würde ich sogar noch irgendwann anfangen, volltrunken ihre Gäste zu bepöbeln.

Um kurz vor halb zwölf beschließe ich, dass ich nun lang genug auf der Party ausgeharrt habe, dass es nicht komplett unhöflich ist, wenn ich jetzt verschwinde. Ich suche Barbara, um mich von ihr zu verabschieden, und entdecke sie mit Jens im Flur. Beide unterhalten sich gerade mit einem Pärchen, das ich noch flüchtig von der Hochzeit kenne. Schätze mal, über Wir-Themen.

»Barbara«, ich zupfe sie am Ärmel, sie beugt sich zu mir, »ich fahre nach Hause.«

»Schon? Die Party geht doch erst richtig los, und wir haben noch nicht einmal getanzt.«

»Sorry, aber hier ist mir ein bisschen zu viel traute Zweisamkeit für meinen Geschmack.«

»Hm, das verstehe ich. Ich hol dir kurz deinen Mantel.«

»Lass mal«, winke ich ab, »das kann ich schon allein.« Es klingelt an der Tür.

»Moment«, sagt Barbara zu mir, ich marschiere aber schon einmal Richtung Schlafzimmer. Auf halber Strecke bleibe ich stehen, als ich höre, wie Barbara in die Gegensprechanlage ruft: »Philip! Das ist ja schön, dass du es doch noch geschafft hast. Komm hoch!«

Tja. Dann bleibe ich wohl noch ein klitzekleines Momentchen.

Ich hätte meinen Mann beinahe nicht wiedererkannt, als er wenige Augenblicke später durch die Tür kommt. Seine Frisur hat sich verändert, seine Haare sind nun etwas länger und lockiger als sonst. Eine Strähne fällt ihm in die Stirn, und er streicht sie sich mit einer Hand aus dem Gesicht, bevor er Barbara zur Begrüßung umarmt. Den anthrazitfarbenen Anzug, den er trägt, habe ich an ihm noch nie gesehen, darunter hat er ein schwarzes Hemd an. Sein Teint wirkt frisch und gesund, nicht im Geringsten überarbeitet. Insgesamt scheint er sogar gewachsen zu sein, und seine sonst so jungenhafte Ausstrahlung ist einer wesentlich männlicheren gewichen. Was ist denn da passiert? Das ist ein völlig anderer Philip als der, den ich zum letzten Mal gesehen habe. Für einen kurzen Moment bekomme ich regelrecht weiche Knie, das Herz klopft mir bis zum Hals, und meine Hände werden feucht. Irritiert schüttele ich den Kopf über mich selbst. Sicher, ich hatte mich gefreut, meinen Mann endlich mal wieder zu sehen –, aber dass eine Begegnung mit ihm solche Reaktionen auslöst, hätte ich nun nicht gedacht.

Schon will ich mit zwei großen Schritten auf die beiden zugehen, um Philip ebenfalls zu begrüßen, als ich mitten in der Bewegung innehalte. Denn erst jetzt bemerke ich, dass direkt hinter meinem Mann noch eine Person steht. Eine Frau. Eine ziemlich hübsche Frau. Eine sogar sehr hübsche Frau mit einer zierlichen Figur und langen schwarzen Haaren, die ihr bis fast zur Taille gehen. Sie ist relativ blass, was aber in Kombination mit ihrem lilafarbenen Kleid im romantischen Empire-Schnitt ziemlich gut aussieht. Ich sehe, wie Philip Barbara seine Begleitung vorstellt, lächelnd schüttelt meine Kollegin dem Schneewittchen-Verschnitt die Hand. Wer, bitte, ist das? Und wieso hat Philip sie mit dabei? Erst heißt es, er kommt gar nicht – und dann taucht er hier mit einer Frau auf? Nein, so haben wir nicht gewettet!

Ich will mich schnell umdrehen und in die Küche flüchten, da hat Philip mich leider schon entdeckt und bewegt sich in meine Richtung. Seine Begleitung folgt ihm, und ich registriere erleichtert, dass sie immerhin nicht Händchen halten.

»Pia!« Er strahlt mich mit seinen Schokoaugen an und nimmt mich kurz in den Arm. »Hatte schon Sorge, du könntest bereits weg sein, ich komme direkt von der Arbeit und dachte, ich schau wenigstens noch mal kurz vorbei.«

»Hallo!«, hauche ich und drücke ihm einen Kuss auf die Wange.

»Darf ich vorstellen«, er dreht sich zum Schneewittchen. »Das ist meine Verlagskollegin Franziska.« Franziska, natürlich hat sie auch noch einen engelsgleichen Namen, war ja klar. »Wir haben«, spricht Philip weiter, »bis eben noch an einer Sache gearbeitet, und ich dachte, ich nehme sie auf einen Absacker mit hierher.«

»Franziska, das ist meine Exfrau Pia.« Ich ergreife die zerbrechliche Hand, die sie mir hinhält, und schüttele sie.

»Seine Frau«, korrigiere ich Philip dann, »*noch* bin ich seine Frau.«

»Nun ja«, Philip lacht etwas unsicher auf, »auf dem Papier.«

»Und vor Gott und der Kirche«, rutscht es mir heraus. Im selben Moment frage ich mich, was gerade nur in mich gefahren ist, dass ich mich vor einer Kollegin von Philip so benehme und regelrecht feindselig zu ihr bin. Ist doch nichts dabei, dass er jemanden aus dem Verlag mitbringt. Auch mein Mann wirkt ein wenig irritiert.

»Komm«, sagt er zu seiner Begleitung, »ich bringe jetzt erstmal unsere Mäntel weg, dann besorge ich uns was zu trinken.« Mit den Jacken überm Arm – ihre hat er ihr, ganz der Gentleman, natürlich schon längst abgenommen – verschwindet er im Schlafzimmer und lässt mich mit Schneewittchen allein im Flur zurück.

»Philip hat viel von Ihnen erzählt«, erklingt ihr glockenklares Stimmchen.

»So? Hat er das?«

»Ja.« Sie nickt. »Wir haben in letzter Zeit sehr eng zusammengearbeitet, da erzählt man sich natürlich auch hin und wieder Privates.« Aus nahezu pechschwarzen Augen mustert sie mich, und ich kann nicht sagen, ob wohlwollend oder ablehnend. »Ich hatte Sie mir irgendwie ganz anders vorgestellt.«

»Wie denn?« Ehe ich noch erfahren kann, was genau für eine Vorstellung der Engel denn so von mir hatte, ist Philip zurück.

»Was möchtest du denn trinken?«, fragt er Franziska.

»Einen Sekt hätte ich gern.«

»Und du?«, wendet er sich an mich.

»Schon gut«, versichere ich eilig, »ich komm kurz mit, wollte eh noch mal zum Buffet.« Ich werfe Schneewittchen ein übertrieben freundliches Lächeln zu, dann folge ich Philip Richtung Küche.

»Ist das nur eine Kollegin?«, zische ich ihm zu, während Philip am Verschluss einer Sektflasche herumhantiert und ich mir missmutig eine große Portion Couscous-Salat und Frikadellen auf einen Teller häufe. Kaum sinkt meine Laune, steigt mein Appetit, ein blöder Mechanismus!

»Wieso fragst du?« Erstaunt hält er in seiner Bewegung inne.

»Nur so, weil's mich interessiert. Bin ja immerhin noch mit dir verheiratet.«

»Franziska ist einfach eine nette Kollegin.«

»Wie nett? Weshalb hast du früher noch nie etwas von ihr erzählt?« Ich gebe mir Mühe, so ruhig wie möglich zu klingen, kann an Philips hochgezogenen Augenbrauen allerdings ablesen, dass mir das so recht wohl nicht gelingt.

»Sie arbeitet erst seit zwei Monaten bei uns«, erklärt er trotzdem.

»Und das andere?«

»Welches andere?«

»Na, *wie* nett findest du sie?« Philip seufzt und stellt die Sektflasche ab.

»Sehr nett, okay? Aber wenn du jetzt wissen willst, ob wir ein Paar sind, kann ich dir diese Frage nicht einmal beantworten, weil ich es noch nicht weiß. Ich verstehe mich gut mit ihr, wie arbeiten sehr eng zusammen und waren ein paar Mal miteinander aus. Mehr weiß ich noch nicht, das wird die Zeit zeigen.«

»Aha.« Ich stopfe mir eine Frikadelle in den Mund. »Dann wünsche ich in jedem Fall viel Glück!«, erkläre ich mampfend. Philip starrt mich einen Moment lang an, schüttelt dann den Kopf, befüllt zwei Sektgläser und verlässt wortlos die Küche.

Ich selbst futtere meinen Teller leer und nehme mir noch zweimal nach, ehe ich mich auch wieder nach draußen wage.

Einerseits ist es mir peinlich, dass ich meinem Mann gerade beinahe eine Art Szene gemacht habe – andererseits konnte ich nicht anders. Es ist, als würde da in mir etwas toben, was ich nicht benennen kann. Oder ehrlich gesagt lieber nicht benennen will. Denn es ist ein kleines und mieses Gefühl. Eifersucht.

Im Verlauf der nächsten Stunde entwickelt sich meine Gefühlslage leider nicht zum Besseren. Zwar schaffe ich es, mich wieder einigermaßen in den Griff zu bekommen und sowohl mit Philip als auch Franziska ein paar vernünftige Worte zu wechseln. Aber die Tatsache, dass Philips Begleitung tatsächlich sehr nett zu sein scheint, lässt meinen inneren Groll mehr und mehr wachsen. Kann sie nicht eine blöde Zicke sein, vor der ich Philip später mit Recht und guten Gewissens warnen kann? Nein, den Gefallen tut sie mir natürlich nicht, sie hört aufmerksam zu, wenn ich etwas erzähle, fragt interessiert nach und ist sehr amüsant, wenn sie selbst etwas berichtet. Grrrr!

Und dazu noch Philip! Wie eine eifrige Stubenfliege schwirrt er um Franziska herum, füllt ihr nach, wenn ihr Glas leer ist, will wissen, ob er etwas zu essen holen soll oder ob ihr vielleicht kalt ist. Zwischendurch unterhält er sich mal hier mal dort sehr angeregt mit anderen Leuten, ohne Schneewittchen dabei aus den Augen zu lassen. Und als Barbara uns alle lauthals dazu auffordert, jetzt endlich die Tanzfläche im Wohnzimmer zu stürmen, bietet er ihr galant seinen Arm, und sie hakt sich lächelnd bei ihm unter. Keine Ahnung, warum ich mir das überhaupt antue, aber tatsächlich folge ich ihnen und lege ebenfalls eine flotte Sohle aufs Parket.

Das Tanzen entspannt mich ein wenig, zur Musik von den Black Eyed Peas und Katy Perry zappele ich so richtig ab, bis ich kaum noch Luft bekomme. Scheint eine ähnlich befreiende Wirkung wie Sport zu haben, ich fühle mich schlagartig besser. Zumal ich mit einer gewissen Genugtuung feststelle, dass Schneewittchen den Rhythmus offenbar nicht erfunden hat und etwas unsicher hin und her wackelt, während Philip ausgelassen herumspringt.

Der Moment des Triumphes währt allerdings nicht lange. Denn nach einem Song von Rihanna, zu dem wir alle – bis auf Franziska! – lauthals mitgröhlen, beschließt der von Barbara engagierte DJ, mir den finalen Todesstoß zu versetzen.

»Und jetzt, Leute«, brüllt er in sein Mikro, »ist es Zeit für was Kuscheliges.« Sagt's – und schon erklingt Robbie Williams' »Angels« aus den Lautsprechern. Und, richtig, ich bin nicht der Engel, um den Philip eine Sekunde später seine Arme legt, um mit geschlossenen Augen verträumt durch den Raum zu tanzen. Nein. Franziska ist es.

Mit hängenden Schultern schleiche ich aus dem Wohnzimmer, hole meinen Mantel und verlasse, ohne mich zu verabschieden, die Party. Mir reicht's für heute.

Besser spät als nie?

»Soll ich dir langsam mal ein Tonband aufnehmen? Dann müsste ich dir die Frage nicht zehnmal am Tag beantworten und würde hier endlich mal wieder zum Arbeiten kommen.« Barbara wirft mir über den Schreibtisch hinweg einen genervten Blick zu. Über drei Wochen ist ihr Geburtstag nun her. Drei Wochen, in denen ich mich jeden einzelnen Tag mehrfach in den Hintern gebissen habe, weil ich so eine unglaublich dämliche Kuh bin. Auf der nächtlichen Heimfahrt von der Party habe ich Rotz und Wasser geheult, weil es mir erst durch die Tatsache, dass Philip da mit einer anderen aufgekreuzt ist, wie Schuppen von den Augen fiel: Ich liebe ihn noch immer. Ich liebe meinen wunderbaren Ehemann und gehöre tatsächlich zu der Sorte von bescheuerten Hühnern, die so etwas erst merken, wenn es zu spät ist.

»Tut mir ja auch leid, wenn ich dich damit nerve«, gebe ich kleinlaut zurück, »aber ich verstehe einfach nicht, wie ich so blind sein konnte!«

»Tja«, erwidert Barbara lapidar, »ich will ja jetzt nicht behaupten, dass ich es immer gesagt habe. Aber ich habe immer gesagt, dass das Problem bei dir liegt, weil du es einfach nicht erträgst, wenn man dich gut behandelt.«

»Das hilft mir leider auch nicht weiter«, seufze ich.

»Immerhin weißt du es jetzt und kannst etwas dagegen tun.«

»Ist nur leider niemand mehr da, den das interessieren würde.«

»Kommt schon wieder einer.«

»Barbara«, meine ich ernst, »ich weiß, dass ich dich schon total nerve. Aber es muss doch irgendeinen Weg geben, wie ich bei Philip noch eine einzige kleine Chance bekomme.«

»Der Mann ist frisch verliebt, dagegen ist jeder machtlos.« Während sie das sagt, zieht sich mein Magen schmerzhaft zusammen. Denn sie hat Recht, verdammt! Zwar habe ich Philip seit der Party nicht mehr gesehen, aber noch zweimal mit ihm gesprochen, und da hat er zugegeben, dass er für Franziska mehr als nur reine Freundschaft empfindet. Tja, und natürlich hat er nun überhaupt keine Zeit mehr für mich, nicht mal als Kumpel, denn neben der vielen Arbeit muss er ja auch seine neue Liebe pflegen. Es ist zum Heulen!

»Und was mache ich jetzt?«, frage ich meine Kollegin.

»Du lässt dich nächsten Donnerstag scheiden, schaust ab da nach vorn und baust dir was Neues auf.«

»Ich will aber nicht!«

»Wie du mir mal erklärt hast, sind wir ja nicht mehr in den fünfziger Jahren, da reicht es leider schon, wenn nur einer von beiden nicht mehr will.«

»Wieso«, mir steigen schon wieder die Tränen in die Augen, »bist du eigentlich so gemein zu mir?« Barbara betrachtet mich nachdenklich, dann stützt sie sich mit einer Hand auf dem Kinn ab.

»Pia, ich bin nicht gemein zu dir, ich bin ehrlich. Und das muss ich als deine Freundin auch sein.« Sie holt tief Luft. »Ich habe mir lange Zeit für dich gewünscht, dass du endlich mal Philips Qualitäten erkennst. Dass du begreifst, dass du liebenswert bist, und es deshalb auch völlig okay ist, wenn jemand dich liebt.«

»Danke«, bringe ich schluchzend hervor.

»Ich weiß auch nicht, warum du unbedingt immer nur die wolltest, die nicht zu haben waren, aber es war halt so.«

»Tja«, murmele ich, »schon doof, dass ich zu spät erkannt habe, was in einer Beziehung wirklich wichtig ist.«

»Ja«, Barbara reicht mir wie so oft ein Taschentuch, »das ist doof, nur leider nicht zu ändern.«

»Hm.«

»Aber es geht dabei auch nicht nur um dich, es geht auch um Philip. Deshalb solltest du ihn gehen lassen. Verstehst du, was ich meine?« Ich nicke stumm. Schon wieder kullert mir eine dicke Träne aus einem Augenwinkel und setzt meine Schreibtischplatte unter Wasser.

Fragen Sie Basti!

Am Vorabend des großen Ereignisses – Philips und meiner Scheidung – sitze ich apathisch auf dem Sofa herum. Vor einer halben Stunde habe ich noch einmal mit meinem Mann telefoniert, wir haben ausgemacht, dass wir uns morgen um zwei direkt im Gericht treffen. Seitdem starre ich ratlos aus dem Fenster und betrachte die Weihnachtsdekoration draußen auf der Straße. Das auch noch, Weihnachten! Überall leuchten Kerzen und Glühbirnen, das Radio dudelt unentwegt kitschige Christmas-Songs, Leute treffen sich zum fröhlichen Glühweintrinken, heimelige Stimmung allüberall. Und ausgerechnet in dieser Zeit der Liebe und der Freundschaft muss ich mich scheiden lassen, einen besseren Zeitpunkt hätte das Gericht dafür nicht aussuchen können.

Erschöpft schleppe ich mich vom Sofa rüber in mein Bett, vielleicht kann ich ja einschlafen und damit dieses furchtbare Rumgrübeln stoppen. Eine halbe Stunde lang wälze ich mich hin und her, dann gebe ich auf. Nichts mit seligem Schlaf, der ist mir nicht vergönnt. Ich gehe zurück ins Wohnzimmer und versuche dort, mich vom Fernseher ablenken zu lassen. Aber auch das hilft nicht, ich bekomme kaum mit, was die Leute in der Glotze reden.

Mein Telefon klingelt. Philip!, schießt es mir durch den Kopf, und ich springe auf.

»Weiland?«, rufe ich atemlos in den Hörer, sobald ich abgenommen habe.

»Hallo, Kleine.« Nein, es ist Basti. »Ich wollte nur mal hören, wie es dir heute Abend so geht und ob du schon nervös wegen morgen bist.«

»Eher am Boden zerstört«, erwidere ich finster.

»Wieso das? Ich dachte, du bist froh, wenn du es dann endlich hinter dir hast.« Basti weiß noch nichts von meiner Neuverliebtheit in Philip. Es kam mir nicht sonderlich passend vor, es ihm zu erzählen. Aber im Moment bin ich so froh, jemanden an der Strippe zu haben, den ich mag, dass es aus mir nur so heraussprudelt.

»Die Dinge haben sich ein kleines bisschen geändert«, fange ich an und erzähle dann, auf welch wundersame Art und Weise sich meine Gefühle für Philip gewandelt haben.

»Oh«, kommentiert Basti, »das ist aber überraschend.«

»Kann man wohl sagen, damit hätte ich auch nie gerechnet.«

»Und was meint Philip dazu?«

»Er weiß es natürlich nicht.«

»Wieso natürlich?«

»Na, er hat eine neue Freundin, da kann ich ihm kaum sagen, dass ich mich wieder in ihn verliebt habe!«

»Weshalb nicht?«, fragt Basti.

»Was soll das denn bringen?«

»Find's raus. Solange du nicht mit ihm redest, kannst du nicht wissen, wie er reagiert.«

»Ha!«, lache ich spöttisch. »Das rät mir ausgerechnet der Beziehungsexperte?«

»Nein«, erklärt Basti, »das rate ich dir als Freund. Bevor du dich morgen von ihm scheiden lässt, solltest du noch einmal mit ihm reden und dabei ehrlich zu ihm sein. Erst dann hast du Gewissheit, ob es mit euch beiden wirklich zu Ende ist. Wenn ja, dann ist es so. Aber wenn nein …« Er lässt die Worte in der Luft hängen.

»Meinst du wirklich?«, will ich wissen und spüre, wie sich plötzlich ein ganz kleines bisschen Hoffnung in mir ausbreitet.

»Ja. Meine ich.«

»Und wie soll ich das machen?«

»Fahr einfach zu ihm hin. Aber«, ich vernehme ein leises Kichern, »trink bitte vorher nichts.«

16. Kapitel

Die Hoffnung stirbt zuletzt

Eine halbe Stunde später komme ich mit quietschenden Reifen vor Philips Wohnung zum Stehen. Hektisch springe ich aus der Tür und stolpere auf das Haus zu, in dem er lebt. Hinter seinem Wohnzimmerfenster brennt Licht, er ist also zu Hause! Aber ist er auch allein?, schießt mir ein nächster Gedanke durch den Kopf. Oh, Mist, was, wenn er nicht allein ist, sondern sich gerade einen kuscheligen Abend mit Franziska macht? Da kann ich doch nicht einfach so reinplatzen!

Ich zögere einen kurzen Moment. Dann straffe ich die Schultern und marschiere entschlossen auf den Eingang zu. Selbst, wenn sie da ist, muss ich mit ihm reden, dann eben hier draußen oder sonst wo. Denn Basti hat vollkommen Recht: Solange ich Philip meine Gefühle nicht gestehe, kann ich nie wissen, wie er darauf reagiert. Und wer weiß, ich halte die Chance zwar für ziemlich gering, aber möglicherweise würde er die Sache mit der Scheidung dann ja noch einmal überdenken. Ich muss es zumindest versuchen!

Meine Hände zittern, als ich den Klingelknopf drücke. Eine Minute später meldet Philip sich an der Gegensprechanlage.

»Ich bin's, Pia«, antworte ich.

»Pia? Was machst du denn hier?«

»Kann ich kurz mit dir sprechen?«

»Klar.« Der Türsummer erklingt, ich atme einmal tief ein und aus. Die erste Hürde ist immerhin genommen.

Philip erwartet mich bereits an der Wohnungstür, er trägt Jeans und Pullover und sieht mindestens wieder so gut aus wie auf Barbaras Party. Mindestens!

»Na?«, begrüßt er mich und lächelt. »Gibt's noch was wegen morgen?«

»Nein. Das heißt, ja, eigentlich schon. Kann ich reinkommen, oder bist du nicht allein?«

»Doch, ist niemand da, komm ruhig rein.« Ich folge ihm durch den Flur seiner kleinen Zweizimmerwohnung, die er nach unserer Trennung bezogen hat, in sein Wohn- und Arbeitszimmer. Auf dem Sofa nehme ich Platz, Philip selbst zieht sich seinen Schreibtischstuhl heran und setzt sich mir gegenüber. »Also, schieß los!« Ich versuche an seinem Gesicht abzulesen, was gerade in ihm vorgeht. Bedauerlicherweise muss ich feststellen, dass Philip ziemlich gelassen wirkt, keine Spur davon, dass er wegen der Scheidung morgen niedergeschmettert oder auch nur traurig ist. Nein, er lächelt nett und freundlich, ist komplett entspannt. »Willst du jetzt einfach hier sitzen und schweigen?«, hakt er nach.

Ich nehme all meinen Mut zusammen und sage dann vollkommen schnörkellos und frei heraus: »Philip, ich will mich nicht scheiden lassen.« Einen kurzen Moment bleibt sein Gesichtsausdruck unverändert, er verzieht nicht eine Miene. Doch dann legt er die Stirn in Falten und schüttelt verständnislos den Kopf.

»Du willst die Scheidung nicht?«

»Nein. Ich will sie nicht. Ich will mit dir zusammenbleiben.« Schon wieder klopft mir das Herz bis zum Hals, und ich hoffe, nicht gleich ohnmächtig vom Sofa zu kippen.

»Pia«, Philip steht auf und wandert durchs Zimmer, »das verstehe ich nicht. Du hast die Scheidung doch eingereicht.«

»Ich weiß. Aber jetzt ist es anders, ich möchte sie nicht mehr.«

»Und warum nicht?« Er bleibt stehen und mustert mich intensiv.

»Weil ich«, stottere ich unsicher, »weil ich … weil ich dich liebe.« So. Jetzt ist es raus!

»Du liebst mich?«, wiederholt Philip und bleibt dabei immer noch seltsam ruhig. Etwas mehr Überraschung oder von mir aus auch Emotionen hätte ich schon erwartet.

»Ja«, bestätige ich.

»Und seit wann?«

»Eigentlich schon immer, nur habe ich es erst gemerkt, als ich dich bei Barbaras Geburtstag gesehen habe.« Er nimmt wieder auf seinem Stuhl direkt vor mir Platz.

»Als du mich gesehen hast? Oder als du mich mit Franziska gesehen hast?« Mir schießt das Blut in die Wangen, denn damit hat mein Mann den Nagel natürlich auf den Kopf getroffen.

»Beides«, murmele ich und richte meinen Blick auf den Boden. Ich höre Philip seufzen, im nächsten Moment nimmt er meine Hände, und ich sehe wieder zu ihm auf.

»Pia«, fängt er an, »du weißt, wie sehr ich dich immer geliebt habe, das habe ich wirklich. Aber jedes Mal, wenn ich dir zu nahe kam, hast du dich von mir erdrückt gefühlt. Du bist oft wie ein bockiges kleines Kind, das unbedingt das haben will, was es nicht kriegen kann, und das ein neues Spielzeug stehen lässt, sobald es ihm langweilig wird.«

»Das weiß ich doch mittlerweile auch«, werfe ich ein und fühle ein ziemlich starkes Unwohlsein in mir aufsteigen. Ich hätte damit gerechnet, dass Philip mich vielleicht anschreit und rauswirft, weil ich nach allem, was ich ihm angetan habe, die Frechheit besitze, hier bei ihm aufzutauchen und ihm eine Liebeserklärung zu machen. Aber dass er mit mir spricht wie ein Kinderpsychologe – das nun wirklich nicht.

»Das könnte ich dir sogar beinahe glauben«, antwortet er. »Nur spielt das für uns beide gar keine Rolle mehr, wir haben das Ende unseres gemeinsamen Weges erreicht und müssen nun schauen, wie es für jeden von uns weitergeht.«

»Dann bleibt es also bei morgen?« Ich fixiere seine braunen Augen, immer noch in der Hoffnung, dort etwas zu entdecken, was seine Worte als Lüge enttarnt. Doch da ist nichts, nur Philips schöne warme Augen, die mich ein bisschen traurig ansehen.

»Ja«, er nickt, »dabei bleibt es.«

»Ist es wegen Franziska?«, kann ich nicht umhin, ihn trotzdem noch zu fragen.

»Nein.«

»Du bist nicht mehr mit ihr zusammen?« Schon wieder meldet sich die Hoffnung zurück.

»Doch«, wird sie von ihm zerschlagen. »Aber das, was zwischen dir und mir ist, hat nichts mit ihr zu tun.«

»Verstehe. Dann fahr ich mal wieder.« Ich erhebe mich und gehe zur Tür. Philip folgt mir, und bevor ich seine Wohnung verlasse, nimmt er mich noch einmal ganz lange und fest in den Arm. Als ich spüre, dass ich schon wieder weinen muss, mache ich mich von ihm los. Das will ich ihm nicht auch noch antun, es war genug in den vergangenen Jahren.

End of the Road

Ich bin vollkommen gerädert, als ich am nächsten Morgen aufwache. Mein Schlaf-T-Shirt ist verschwitzt, die Bettdecke komplett zerwühlt, ich kann nicht behaupten, dass ich eine sonderlich ruhige Nacht hinter mir habe. Immer wieder bin ich aus meinen Träumen hochgeschreckt, in denen abwechselnd mal Lars, mal Basti und mal Philip die Hauptrolle gespielt hat.

Philip. Bei dem Gedanken an meinen Mann krampft sich mein Herz zusammen. Um 14.00 Uhr werde ich ihn bei Gericht sehen, kurze Zeit später werden wir geschiedene Leute sein. Ich erinnere mich an unser gestriges Gespräch. Daran, wie nett und doch auch sachlich er war, wie er mir erklärt hat, dass wir das Ende unseres Weges erreicht haben. Schon wieder kullern mir ein paar Tränen über die Wangen. Was bin ich auch für ein riesiger Hornochse gewesen? Komplett vernagelt und blind habe ich den tollsten Mann der Welt monate-, ach was, jahrelang mit Füßen getreten. Tja, und jetzt ist es eben zu spät, Philip will mich nicht mehr. Und hat dafür nun seine Franziska.

»Blöde Kuh!«, begrüße ich mich, als ich vor dem Badezimmerspiegel stehe. »Du bist echt eine saudumme blöde Kuh! Und wenn du irgendwann alt und einsam stirbst, bist du selbst schuld, du hattest alles in der Hand und hast es einfach nur verbockt!« Mein Spiegelbild nickt zustimmend, aber ich hätte auch gar nicht erwartet, dass von dieser Seite irgendwelcher Widerspruch kommt.

Im Büro habe ich mir heute frei genommen, ich hatte schlicht nicht den Nerv, mich vormittags noch mit irgendwelchen blöden Packungstexten oder neuen Kampagnen auseinanderzusetzen, wenn ich nachmittags den Gang zum Schafott antreten muss. Und weil mir die Vorstellung, *nach* der Exekution meiner Ehe da sofort wieder anzutreten, ebenfalls zuwider war, habe ich für morgen auch gleich mal Urlaub eingereicht. Dann kann ich mich richtig schön das ganze lange Wochenende über betrinken und selbst bemitleiden, das sind doch mal sensationelle Aussichten.

Nachdem ich meine Jogging-Sachen angezogen habe, laufe ich los und hoffe, dass ein bisschen Sport wie immer meine Stimmung hebt. Aber nach einer Stunde durch den Stadtpark muss ich feststellen, dass selbst das heute nicht hilft. Während ich wieder zurück zu meiner Wohnung trabe, laufen mir die Tränen über die Wangen, und das hat nichts mit den frostigen Temperaturen zu tun. Ich muss es wohl einsehen: Dieser Tag ist schlicht nicht zu retten. Bleibt mir also nur übrig, ihn so würdevoll wie möglich hinter mich zu bringen.

Um ein Uhr bin ich bereits fertig angezogen und zur Abfahrt bereit. Allerdings merke ich, als ich Schlüssel und Portemonnaie in meine Handtasche stecke, dass meine Hände so dermaßen zittern, dass es wohl besser wäre, mit der Bahn statt mit dem Auto zum Gericht zu fahren. Sonst verunglücke ich auf dem Weg dorthin noch, dann hätte sich die Sache mit der Scheidung wohl erledigt. Kurz ärgere ich mich, dass ich Barbaras Angebot von gestern, mich hinzubringen, nicht angenommen habe. Momentan fühlt es sich ganz eindeutig danach an, dass ich eine stützende Schulter gut gebrauchen könnte.

Als hätte sie meine Gedanken erraten, klingelt in diesem Moment das Telefon, und Barbaras Nummer erscheint auf dem Display.

»Hi, Babs«, melde ich mich.

»Na du? Wollte nur mal kurz nachhorchen, wie es dir geht.«

»Nicht so besonders«, gebe ich zu, »fühlt sich an, als müsste ich gleich zu meiner Hinrichtung fahren.« Ich erzähle ihr, dass ich gestern noch einmal kurz bei Philip war, er uns aber keine Chance mehr geben will.

»Tut mir so leid für dich«, kommt es vom anderen Ende der Leitung.

»Ja«, stimme ich zu, »mir tut es auch leid. Aber jetzt ist es eben nicht mehr zu ändern.«

»Nein.« Sie seufzt. »Wenn Philip nicht mehr will, ist es wohl so.«

»Hm.«

»Na ja, Kopf hoch!« Sie versucht, aufmunternd zu klingen, was ihr nicht so recht gelingt. »Du wirst das schon schaffen.«

»Ich will das aber gar nicht schaffen«, maule ich wie ein störrisches Kleinkind, »ich will nur meinen Philip zurück!« Jetzt laufen die Tränen wieder ungehemmt, mein Make-up kann ich vermutlich vergessen.

»Jetzt bring das erstmal hinter dich«, rät Barbara. »Und dann siehst du weiter.«

»Ja, das mach ich.«

»Und ruf mich an, wenn es vorbei ist!« Wir verabschieden uns und legen auf. Ich nehme meine Handtasche, ziehe im Flur meinen dicken Mantel an und werfe einen kurzen Blick in den Spiegel neben der Eingangstür. In der Tat, mein Make-up kann ich vergessen. Aber ich trete ja auch nicht bei einem Schönheitswettbewerb an. Schon eher bei einem Doofheitswettbewerb, denke ich, während ich die Tür hinter mir ins Schloss ziehe. Ja, da hätte ich echt gute Chancen auf einen der vorderen Plätze!

»Hallo Pia.« Philip steht bereits vor der Tür zum Verhandlungssaal, als ich um kurz vor zwei durch den langen Gang dahin auf ihn zugeschlurft komme. Richtig dolle sieht er auch nicht aus, stelle ich fest, er hat ebenfalls tiefe Augenränder, die nicht gerade dafür sprechen, dass er gut geschlafen hat. Kein Vergleich zu gestern Abend, da wirkte er ganz normal. Aber nun ist es mehr als ersichtlich, dass ihn die Sache auch nicht kaltlässt. Ach, Philip, was haben wir uns nur gegenseitig angetan?

»Hallo.« Wir begrüßen uns händeschüttelnd, was mir in diesem Moment einerseits absurd, andererseits auch irgendwie passend erscheint. Wie soll man schon einen Menschen begrüßen, von dem man in wenigen Minuten geschieden wird.

»Tag, Frau Weiland!« Unsere Anwältin, die auf der Bank neben dem Gerichtssaal sitzt, steht auf und schüttelt mir nun ebenfalls die Hand. »Alles in Ordnung?« Sie mustert mich etwas irritiert. Kein Wunder, schließlich war ich diejenige, die vor ein paar Monaten zu ihr in die Kanzlei kam und erklärte, dass ich so schnell wie möglich geschieden werden will. Dass sich das Blatt seitdem gewendet hat, davon hat sie ja keine Ahnung, vermutlich wirft mein verheulter Anblick bei ihr gerade ein paar Fragen auf. Philip steht nur schweigend neben uns, den Blick auf seine Schuhspitzen gerichtet, und zeigt keinerlei Gefühlsregung.

»Ja, alles in Ordnung«, erkläre ich nickend. Wobei ich schon wieder mit den Tränen kämpfen muss und am liebsten laut herausschreien würde, dass hier gerade überhaupt nichts in Ordnung ist, nicht das Geringste!

Aber ich reiße mich zusammen. Jetzt noch eine filmreife Szene hinlegen, das muss nun wirklich nicht sein. Und wenn es schon nicht für mich selbst ist, dass ich das hier heil über die Bühne bringe, dann wenigstens für Philip. Das bin ich ihm nach all den Monaten, in denen er gekämpft und gelitten hat, einfach schuldig. Dass ich ihn ohne großes Trara gehen lasse, wenn er es will.

»Dann können wir auch gleich schon reingehen«, meint die Anwältin und deutet auf die Tür zum Sitzungssaal. Schon wieder ein Kloß im Hals. Auf der Ankündigungstafel steht es Schwarz auf Weiß: »14.00 Uhr, Weiland·/·Weiland.« Philip gegen mich. Wie hat es nur so weit kommen können? Du weißt es ja genau, klärt mich meine innere Stimme auf, du bist schuld daran. Ich seufze. Ja, das ist nicht zu leugnen.

Im nächsten Moment schießt mir ein anderer Gedanke durch den Kopf: Was mache ich eigentlich mit meinem Nachnamen? Komisch, dass ich bis zu diesem Moment noch nie darüber nachgedacht habe. Wenn Philip und ich uns trennen, bin ich gar keine »Weiland« mehr, sondern wieder eine »Peters«. »Pia Peters«, den Namen habe ich noch nie gemocht, und die lustige Alliteration, die meine Eltern sich anlässlich meiner Geburt ausgedacht hatten, immer gehasst. Pia Peters, das klingt wie eine Kabarettistin oder eine Figur aus einem Kinderbuch. Plötzlich ergreift Panik von mir Besitz. Nein, nein, nein! Ich will nicht wieder Pia Peters sein, ich will Pia Weiland bleiben, mit allem, was dazugehört!

»Was ... was«, bringe ich stotternd hervor, »passiert eigentlich mit meinem Nachnamen?« Philip blickt auf und sieht mich überrascht an.

»Das können Sie sich dann noch in Ruhe überlegen«, erklärt mir die Anwältin, »den können Sie behalten oder ablegen, wie es Ihnen am liebsten ist.«

»Behalten!«, rufe ich hektisch aus. »Den will ich auf alle Fälle behalten.« Philip dreht den Kopf zur Seite und fixiert angestrengt die geschlossene Tür zum Sitzungssaal.

»Sind Sie sicher«, fragt unser gemeinsamer Rechtsbeistand – Philip und ich haben ja schließlich keinen Krieg, also lassen wir uns zusammen vertreten – nun doch einigermaßen besorgt nach, »dass alles in Ordnung ist? Sie wirken ein bisschen mitgenommen.«

»Na ja«, bringe ich unter Aufwendung aller Kräfte ohne Tränen hervor, »es ist schon ein komisches Gefühl.« Sie lächelt mich an.

»Das ist völlig normal«, sagt sie dann. Ich werfe Philip einen Blick zu, um herauszufinden, was er wohl gerade denkt. Aber er starrt noch immer eisern auf die Tür. Die sich in diesem Moment öffnet. Wir alle treten einen Schritt zurück, ein offenbar sehr erregtes Pärchen kommt herausgestürmt, die Frau hat eindeutig geweint, der Mann sieht ziemlich böse aus.

»Das werden wir dann ja noch sehen!«, brüllt er sie an. »Beim nächsten Termin mach ich dich fertig!« Er stürmt den Gang hinunter davon. Die Frau weint mittlerweile richtig laut und wird von einem anderen Mann – vermutlich ihr Anwalt – weggeführt, während er beruhigend auf sie einredet. Oha. Bei denen ist es wohl nicht so gut gelaufen. Ob Philip und ich den Saal gleich auch so verlassen? Aber warum sollten wir? Gibt ja nichts, über das wir streiten müssten, kein gemeinsames Vermögen, keine Kinder, nichts, bei uns wird es ein schnelles und unkompliziertes Ende geben.

»Herr und Frau Weiland?« Ein freundlich aussehender Mann um die fünfzig erscheint in der Tür. Er trägt eine schwarze Robe, das ist er also, unser Henker. Wir folgen ihm in einen schlichten Raum, der eher an ein Behörden-Büro als einen Sitzungssaal erinnert. Ein schlichter weißer Schreibtisch mit einem Stuhl dahinter und vier Stück davor, an der Wand ein Regal mit ein paar Büchern und Gesetzessammlungen, das einzige Fenster zeigt in einen tristen Innenhof. Hätte ich mir alles ein bisschen feierlicher vorgestellt und nicht so … deprimierend. Damals, als Philip und ich geheiratet haben, richtig schön mit Kirche, Blumenschmuck, Brautkleid und allem Drum und Dran, hat es mir deutlich besser gefallen. Aber ein dem Anlass entsprechendes Ambiente hat wahrscheinlich auch seine Vorteile, da haben romantische Gedanken wenig Chancen, überhaupt erst aufzukommen.

»Nehmen Sie bitte Platz.« Philip und ich hocken uns auf die zwei Plastikstühle in der Mitte vor dem Schreibtisch. Der Richter setzt sich dahinter, unsere Anwältin nimmt seitlich von uns Platz. Und dann geht es los.

Der Mann in der schwarzen Robe beginnt, unsere Namen, Geburtsdaten und Adressen in ein kleines Aufnahmegerät zu sprechen. Dann nennt er das Datum unserer standesamtlichen Trauung, seit wann das Trennungsjahr läuft und dass die Ehefrau – also ich – beantragt, die Ehe zu scheiden. Er spricht immer weiter, mittlerweile rauschen nur noch Wortfetzen an mir vorüber, ich meine, etwas von »Unterhaltsverzicht« und »ausgeschlossenem Versorgungsausgleich« zu verstehen, kann mich aber auch irren. Ich werfe Philip einen unauffälligen Seitenblick zu, noch immer verzieht mein Gleich-Exmann keine Miene, sondern starrt den Richter nur wortlos an. Am liebsten würde ich seine Hand nehmen und sie drücken, ich kann mich nur schwer beherrschen, diesem Impuls nicht zu folgen. Lass ihn, Pia, beschwöre ich mich in Gedanken immer wieder, lass ihn, du musst ihn gehen lassen, das bist du ihm schuldig.

»Die Ehe ist also zu scheiden, weil sie gescheitert ist«, teilt der Richter als Nächstes mit. Und ehe ich noch kurz dazwischengehen kann, um dem netten Mann in der schwarzen Robe zu erklären, dass nicht die Ehe, sondern ich, Pia Weiland, ganz persönlich gescheitert bin, weil ich der allergrößte Depp bin, der auf Gottes Erdboden wandelt, macht er auch schon weiter und wendet sich an mich: »Frau Weiland, ist es Ihr Wunsch, dass die Ehe geschieden wird?« *Nein, nein, auf gar keinen Fall, ich will das nicht, hören Sie endlich auf damit, ich möchte mit meinem Mann nach Hause gehen, damit alles wieder gut werden kann, ich habe aus meinen Fehlern gelernt und will doch einfach nur mit Philip ein glückliches Leben führen und ihm bald einen Stall voller Kinder schenken!* »Frau Weiland?«

»Äh«, krächze ich. Hole noch einmal tief Luft und murmele dann ein resigniertes »Ja«.

»Und Sie, Herr Weiland«, fragt er Philip.

»Stimmen Sie dem Scheidungsantrag zu?«

»Nein.« Häh? Mein Kopf fährt zu Philip herum. Und nicht nur meiner, auch unsere Anwältin und der Richter glotzen ihn ziemlich überrascht an. Er sitzt ganz ruhig und gelassen vorm Richtertisch, nickt und wiederholt dann noch einmal: »Sie haben ganz richtig gehört: Nein, ich stimme dem Antrag nicht zu.« Jetzt blickt er zur Seite und sieht mich an, richtet seine großen schokobraunen Augen direkt auf mich. Ein zaghaftes Lächeln breitet sich auf seinem Gesicht aus. »Ich will nicht geschieden werden, weil ich meine Frau liebe und mit ihr bis ans Ende meiner Tage zusammenbleiben will.«

»Also«, setzt der Richter an, wird aber von Philip unterbrochen.

»Willst du das auch?«, fragt er mich, und mit einem Mal spüre ich bei ihm eine nahezu greifbare Unsicherheit. Eine Sekunde lang bin ich noch bewegungsunfähig, dann falle ich ihm weinend um den Hals.

»Natürlich will ich das!«, schluchze ich vor Freude. Dann springen wir beide von unseren Stühlen auf und fallen uns wieder um den Hals, drücken uns so fest aneinander, als würden wir uns nie, nie wieder loslassen wollen. »Es gibt nichts, was ich mir mehr wünsche, als deine Frau zu bleiben!«, flüstere ich – immer noch schluchzend – in sein Ohr. Philip schiebt mich ein Stückchen von sich weg, mustert mich kurz – und dann nimmt er mich wieder in den Arm und gibt mir den schönsten und längsten Kuss, den ich je erlebt habe.

Wir hören gar nicht mehr auf, uns zu küssen, eine gefühlte Ewigkeit stehen wir nur so da und liegen uns in den Armen. Aus den Augenwinkeln bemerke ich, wie der Richter und unsere Anwältin leise an uns vorbeischleichen, ein paar Sekunden später höre ich, wie die Tür hinter ihnen ins Schloss fällt.

»Was die wohl denken?«, will ich kichernd wissen.

»Ist mir völlig egal«, erklärt Philip. »Hauptsache, wir sind wieder zusammen.«

Im nächsten Moment spüre ich schon wieder Philips Lippen auf meinen. Und ganz plötzlich sind sie da: die Schmetterlinge. Aufgeregt flattern Millionen davon in meinem Bauch herum, und ich denke: Wie schön!

»Sag mal«, will ich wissen, während Philip und ich Hand in Hand zur U-Bahn spazieren, um zu mir zu fahren. Zu unserem gemeinsamen Zuhause, gleich morgen wird Philip wieder einziehen, damit wir ab sofort keinen Augenblick länger als nötig voneinander getrennt sind. »Ich hätte da jetzt aber schon noch so zwei, drei Fragen.«

»Nämlich?«

»Ich verstehe noch nicht ganz, was zwischen gestern und heute eigentlich passiert ist.«

»Was soll passiert sein?«, tut er vollkommen ahnungslos und grinst mich an.

»Na, also, du weißt doch, was ich meine. Gestern Abend hast du mir noch was von unserem Weg erzählt, der zu Ende ist, um heute dem Antrag auf Scheidung nicht zuzustimmen. Da muss sich offensichtlich über Nacht irgendwas getan haben, das deine Meinung geändert hat.« Philip bleibt stehen, sieht mich an und scheint einen Moment lang nachzudenken.

»Schon, ja«, erklärt er gedehnt.

»Und was war es? Was hat dich dazu gebracht, mich plötzlich doch wieder zu lieben und mit mir zusammen sein zu wollen? Und was ist mit Franziska? Ich denke, du bist mit ihr zusammen, also muss doch was passiert sein!« Er streicht mir mit einer Hand über die Wange und gibt mir einen weiteren zärtlichen Kuss.

»Gar nichts ist passiert.«

»Gar nichts?«, echoe ich. »Aber es muss doch einen Grund dafür geben, dass du deine Meinung geändert hast.«

»Ich *habe* meine Meinung überhaupt nicht geändert.«

»Hast du nicht?« Schlagartig zieht sich mein Herz wieder zusammen, mir wird regelrecht heiß und kalt. War das gerade ein makabrer Scherz? Will Philip mir jetzt sagen, dass es doch bei der Scheidung bleibt, mich zurück ins Gericht schleppen, wo der Richter und die Anwältin bereits auf uns warten und sich lachend auf die Schenkel klopfen, weil sie sich mit mir einen so überaus gelungenen Spaß erlaubt haben?

»Ich habe sie nicht geändert«, fährt Philip fort und sieht mich nun ganz ernst an. Mittlerweile befindet sich mein Herz in einem regelrechten Schweinsgalopp. »Und zwar nicht eine einzige Sekunde lang. Als ich dir gesagt habe, dass ich die Scheidung will und mit Franziska zusammen bin, war das gelogen.« Jetzt verstehe ich langsam nur noch Bahnhof.

»Das begreife ich nicht.«

»Schatz«, er nimmt meine Hand und drückt sie, »es ist doch eigentlich ganz einfach: Ich liebe dich und habe das auch die ganze Zeit getan, selbst, als ich dich gestern weggeschickt habe.«

»Aber warum denn nur?«

»Weil ich dir gestern noch nicht sagen konnte, dass ich mit dir verheiratet bleiben will. Erst seit heute sind die sechs Wochen um.« Ich muss wohl einen ziemlich dämlichen Anblick abgeben, denn Philip fängt an zu lachen. »Du solltest mal dein Gesicht sehen«, prustet er, nimmt mich in den Arm und drückt mich fest an sich. Ich mache mich wieder von ihm los.

»Von was für sechs Wochen redest du eigentlich?«, frage ich etwas beleidigt nach, weil mein lieber Noch-immer-Mann mich hier so auflaufen lässt.

»Das müsstest du doch am besten wissen! Die sechs Wochen Kontaktsperre, die man einhalten muss, wenn man seine Ex zurückgewinnen will!«

»Wie bitte?« Ich bin völlig perplex. »Woher weißt du davon? Hat Barbara ...«

»Nein«, unterbricht Philip mich. »Ich hab vor ein paar Wochen eine Rechnung bekommen. An P. Weiland, 350 Euro für ein Voll-auf-Ex-Kurs-Seminar. Zuerst habe ich gar nicht begriffen, was das soll. Aber dann habe ich bei der Berliner Nummer, die auf der Rechnung stand, mal angerufen und erfahren, was das für ein Seminar ist. Da wurde mir klar, dass du das besucht haben musst und die Rechnung nur aus Versehen an mich gegangen ist, weil ich meinen Nachsendeantrag immer wieder verlängert habe und die Post sie deshalb an mich geschickt hat.« Nun sieht er wieder nachdenklich aus.

»Du wusstest also schon die ganze Zeit von dem Seminar?«, frage ich flüsternd, Philip nickt. Schon wieder ein Kloß im Hals.

»Erinnerst du dich«, will er wissen, »an unser Telefonat an dem Tag, als das Shooting war, und du mich angerufen hast, um mir zu erzählen, dass Barbara von Jens verlassen worden ist?«

»Klar«, erwidere ich. »Bei dem Gespräch warst du plötzlich total konfus.«

»Tja, da hatte ich gerade die Rechnung aus dem Briefkasten gefischt und war komplett von der Rolle. Zuerst«, meint er, »hat es ziemlich weh getan. Weil ich ja wusste …« Er unterbricht sich.

»Weil dir klar war, dass Basti derjenige war, den ich wiederhaben wollte und wegen dem ich diesen Kurs gebucht habe.«

»Ja«, gibt Philip zu. »Im ersten Moment dachte ich dann, dass ich einfach aufgeben sollte, weil du ja sowieso nie wieder zu mir zurückkommst. Aber dann war plötzlich mein Kampfgeist geweckt, und ich habe mir gesagt, dass ich das ja mal ausprobieren kann und schließlich nichts zu verlieren habe. Barbara hielt das auch für eine gute Idee und meinte, ich solle ruhig nach Berlin fahren und das Seminar besuchen.«

»Barbara?«

»Ich wollte noch eine weibliche Meinung hören und wissen, was sie davon hält, und sie fand eben auch, dass das möglicherweise funktionieren könnte.« In diesem Moment wird mir einiges klar: Meine Kollegin hat mit Philip gesprochen, als ich damals zu ihr in die Garderobe kam und dachte, sie würde mit Jens telefonieren. Barbara, dieses Miststück! Der werde ich was erzählen, wenn ich sie das nächste Mal sehe, sagt kein Sterbenswort und lässt mich total hängen! Im nächsten Moment ist mein Ärger aber schon wieder verraucht. Wer weiß – vielleicht hätte ich wirklich nie gerafft, wie wichtig Philip mir ist, wenn er sich nicht so zurückgezogen hätte? »Sie hatte auch die Idee«, fügt Philip noch hinzu, »dass ich dich mit Franziska eifersüchtig machen soll.«

»Das ist aber unlogisch!«, wende ich ein. »Beim Seminar hat Clemens Schüttler doch gesagt, dass man das unter gar keinen Umständen tun soll.«

»Nun ja«, Philip grinst, »Barbara und ich waren der Meinung, dass man bei einem Härtefall wie dir ruhig zu massiveren Maßnahmen greifen darf. Deshalb habe ich meine Kollegin Franziska gefragt, ob sie so nett ist und auf Barbaras Geburtstag meine neue Flamme spielt.«

»Das habt ihr euch ja nett ausgedacht!« Ich werfe ihm einen gespielt erbosten Blick zu. »Eine Frechheit ist das!«

»Hat aber funktioniert.« Ein weiteres Mal nimmt er mein Gesicht in seine Hände und fängt an, mich zärtlich zu küssen.

»Hmpf«, mache ich und löse mich sanft von ihm. »Ich hätte aber noch eine Frage.«

»Dann stell sie schon, damit ich dich endlich in Ruhe küssen kann.«

»Das, was du da gestern Abend noch gesagt hast, von wegen, ich sei wie ein bockiges Kind, das nur das will, was es nicht haben kann – das hast du dann auch nicht ernst gemeint?«

»Doch«, erwidert er und betrachtet mich nachdenklich. »Das war sogar mein voller Ernst.«

»Aber dann verstehe ich erst recht nicht, warum du es noch einmal versuchen willst.«

»Weil ich dich liebe, obwohl du manchmal ein bockiges Kind bist. Obwohl du mich so oft zurückgewiesen hast, obwohl mir all deine Schwächen bewusst sind, liebe ich dich.« Er nimmt meine Hand, wir spazieren weiter Richtung U-Bahn. »Und ich glaube einfach ganz fest daran, dass wir es beim zweiten Mal besser machen können.«

»Na ja«, erwidere ich, »möglicherweise werden wir ja tatsächlich aus unseren Fehlern klug?« Philip legt einen Arm um meine Schulter und zieht mich ganz fest an sich.

»Davon bin ich sogar überzeugt.«

Epilog

Ein Jahr nach »End of the Road« …

Wir sitzen bei unserem Lieblingsspanier in Eppendorf und stoßen auf unser erstes Jubiläum der »Nicht-Scheidung« an.

»Alles Liebe, mein Schatz!«, sagt Philip und hebt sein Champagner-Glas.

»Dir auch!« Wir trinken einen Schluck, dann beugt mein Mann sich über den Tisch zu mir herüber und gibt mir einen langen zärtlichen Kuss. Und mal wieder wundere ich mich, dass ich dabei immer noch dieses wahnsinnige Kribbeln im Bauch spüre. Seit wir wieder zusammen sind, scheine ich mich von Tag zu Tag mehr in Philip zu vergucken. Ich kann mir selbst nicht richtig erklären, wie so etwas möglich ist. Aber vermutlich hat Barbara Recht: Seit ich gelernt habe, mich lieben zu lassen, ist es, als wäre in mir eine Art Knoten geplatzt. Schon unglaublich, wie man sich selbst im Weg stehen und dabei das, was man sich doch eigentlich wünscht, boykottieren kann!

Seit wir wieder zusammen sind, haben wir außerdem bewusst daran gearbeitet, dass es uns nicht noch einmal passiert, dass wir mehr und mehr auseinanderdriften und es nicht einmal merken. Das gemeinsame Joggen haben wir beibehalten, mittlerweile stehe ich sogar morgens zusammen mit Philip auf. Nicht immer ganz ohne Murren, aber eine komplette Persönlichkeitsmetamorphose kann nun auch niemand erwarten, leichte Tendenzen zum Morgenmuffel werden wahrscheinlich immer bleiben. Ich begleite Philip oft zu den Lesungen, zu denen er muss. Dafür kommt er häufiger zu meinen »blöden Werberveranstaltungen« mit, die er mittlerweile auch gar nicht mehr so blöd findet.

Überhaupt nicht blöd fand er übrigens auch die ADC-Awards, bei denen wir im Frühjahr waren. Da haben Barbara und ich tatsächlich den »Goldenen Nagel« gewonnen, quasi den Oscar der Werbebranche. Für die dusselige Kampagne für Müllermanns Baumärkte. Philip war stolz wie, genau, eben jener Oscar, als ich mit meiner Kollegin auf die Bühne gerufen wurde, um die Auszeichnung entgegenzunehmen. Und ich – ich hab mich innerlich scheckig gelacht, als der Laudator in epischer Breite über Konzeption und Umsetzung unserer Idee lamentierte. Wenn der wüsste, wie es *wirklich* dazu kam!

Danach haben wir beide jede Menge Angebote von renommierten Agenturen bekommen, die uns als Team abwerben wollten. Aber wir sind bei »Behrmann Communications« geblieben. Lieber das größte Licht in einem kleinen Laden als die kleinste Funzel in einem Riesenapparat. Alte Werberphilosophie.

Und so geht es Philip und mir überaus prächtig, möchte ich sagen. Er ist immer noch ein wunderbarer Mann, trägt mich allerdings nicht mehr ständig auf Händen, sondern gibt mir auch mal Kontra, damit ich nicht wieder abhebe. Heimlich vermute ich, dass er sich hin und wieder Rat bei Barbara holt, nur beweisen kann ich es nicht. Letztlich ist es auch egal, Hauptsache, wir sind glücklich.

»Worüber grübelst du nach?«, unterbricht Philip meine Gedanken.

»Über nichts. Nur darüber, wie froh ich bin, jetzt hier mit

dir zu sitzen. Mit meinem wunderbaren Ehemann.« Ich greife nach seiner Hand und drücke sie.

»Ich hab noch was für dich«, meint Philip und fängt dann an, an seiner Anzugtasche herumzunesteln. Kurz darauf holt er eine kleine Schmuckschatulle hervor. »Hier!« Er reicht mir das Kästchen. Gerührt nehme ich es und lasse es aufschnappen. Ein goldener Ring, besetzt mit drei Brillanten kommt zum Vorschein.

»Ich hab aber doch schon einen Ehering«, meine ich erstaunt.

»Das ist auch kein Ehering«, erklärt er. »Das ist ein Nicht-Scheidungsring.« Na gut. Hin und wieder trägt er mich dann doch noch auf Händen.

»Danke, der ist wunderschön!« Ich hauche Philip einen Kuss zu und stecke den Ring an den noch freien Ringfinger meiner linke Hand. Die Seite, die zum Herzen geht, wie es so schön heißt.

»Ich hab auch was für dich.«

»Für mich?« Ich nicke und beuge mich zu der großen Handtasche, die zu meinen Füßen steht, ziehe den Reißverschluss auf und hole einen dicken Umschlag heraus.

»Hier«, sage ich und lege den Packen vor ihn hin.

»Was ist das?«

»Mach's auf, dann weißt du es.« Ich bin ziemlich aufgeregt, als mein Mann den Umschlag öffnet. Was er dazu wohl sagen wird?

»Ein dicker Packen Papier?«, stellt er etwas ratlos fest. Doch dann liest er, was auf der ersten Seite steht und strahlt mich an.

Lena Gold
Voll auf Ex-Kurs
Roman

»Schatz, das ist ja toll! Wann hast du das denn geschrieben?«

»Och, immer mal wieder so nebenbei im Büro«, gebe ich mich bescheiden. Ein weiterer Grund, weshalb ich die Angebote der großen Agenturen nicht angenommen habe. Nachdem ich angefangen hatte, Philips und meine Geschichte aufzuschreiben, hab ich schnell so viel Spaß daran entwickelt, dass ich das Buch unbedingt zu Ende bringen wollte. Bei »Behrmann Communications« kein Problem, seit Barbara und ich da die Stars sind, können wir im Wesentlichen tun und lassen, was wir wollen, solange wir unsere Arbeit gut und pünktlich abliefern.

»Und wieso nennst du dich Lena Gold?«

»Weil ich«, ich stehe auf, gehe rüber zu ihm, setze mich auf seinen Schoß und schlinge meine Arme um seinen Hals, »wenig Lust habe, den gleichen Rummel zu erleben wie Barbara und Jens in Sachen Müllermanns.« Philip grinst mich an und gibt mir einen Kuss.

»Dann lass uns mal«, Philip winkt dem Kellner, »schnell bezahlen und nach Hause fahren, meine kleine Lena.«

»Wir haben doch noch nicht einmal gegessen«, protestiere ich.

»Ach, wer braucht schon Essen? Mit dir zusammen kann ich allein von Luft und Liebe leben, und jetzt will ich sofort und auf der Stelle mit dir allein sein und kuscheln!« Während er mich wieder küsst, denke ich, dass er genau genommen Recht hat. Luft und Liebe, ja. Mein Magen meldet sich geräuschvoll zu Wort, aber ich sage ihm klipp und klar: Halt die Klappe!

Dank

An all meine Exfreunde, die – rückblickend betrachtet – glücklicherweise nicht zu mir zurückgekehrt sind.

An meine Mutter, die die schlimmsten Auswüchse meiner akuten Rechtschreibschwäche im Keim erstickt hat.

An meinen Liebsten, der sich monatelang und Tag für Tag anhören musste, dass ich »heute in einem beispiellosen Kraftakt« mindestens zehn Seiten schreibe – und der trotzdem immer ganz bezaubernd zu mir war, wenn ich spätabends übellaunig und frustriert nach nur drei Seiten zu ihm aufs Sofa gekrabbelt kam.

Last but not least: Dank an meine Lektorin Iris Kirschenhofer, die großmütig darüber hinwegsah, dass ich – nach Ausbleiben des beispiellosen Kraftaktes – das Manuskript immer nur Stückchen für Stückchen an sie rausgeschickt habe. Ich gelobe Besserung!

Gibt es denn nun so ein »Voll auf Ex-Kurs«-Seminar? Ich habe keine Ahnung, bei meinen Recherchen habe ich keins entdeckt. Aber ich habe mit folgenden Büchern gearbeitet (teilweise nur übers Internet erhältlich): Antonio Elster: »Allein gelassen? Die Exliebe wiedergewinnen«, Richard Tcherney: »So gewinnen Sie Ihren oder Ihre Ex zurück«, Das Beraterteam: »Ex zurück gewinnen. Wie Sie Ihre Exliebe zurück gewinnen«. Ob's funktioniert? Das muss jeder für sich selbst herausfinden …